GENEVA LEE

Only with You

Du bist mein größtes Glück

GENEVA LEE

Only with You

Du bist mein größtes Glück

Roman

Deutsch von Michelle Gyo

blanvalet

Die Originalausgabe erschien 2018 unter dem Titel
»Reaching Gavin« bei Ivy Estate, Louisville.

MIX
Papier aus verantwortungsvollen Quellen
FSC® C014496

Verlagsgruppe Random House FSC® N001967

1. Auflage

Redaktion: Susann Rehlein
Umschlaggestaltung: © Johannes Wiebel | punchdesign,
unter Verwendung von Motiven von Shutterstock.com
(kiuikson; MSNTY)
JaB · Herstellung: sam
Satz: Uhl + Massopust, Aalen
Druck und Einband: GGP Media GmbH, Pößneck
Printed in Germany
ISBN 978-3-7341-0717-7

www.blanvalet-verlag.de

Kapitel 1

Seattle, Washington, war ein regelrechtes Minenfeld aus Exfreunden. Man kam um die Ecke. Aus einem Gebäude. Holte sich nur kurz etwas zu essen. Und … *hallo*!

Der erste Tag meines Praktikums war noch nicht vorbei, und drei hatten mir bereits gegenübergestanden. Mein Tag hatte damit begonnen, dass ich in Luka reingerannt war, aka Mr. Erstes Studienjahr, als ich versuchte, den Parkplatz zu bezahlen. Die Maschine nahm meine Karte nicht an, so als wäre es nicht schon übel genug, fünfundzwanzig Dollar für das Privileg löhnen zu müssen, mein Auto in diesem Parkhaus stehen lassen zu dürfen. Der Kerl hinter mir hatte sich immer wieder geräuspert, bis ich schließlich die Beherrschung verlor und mich zu ihm umdrehte. »Brauchst du vielleicht ein Hustenbonbon, Blö …«

Mir verschlug es die Sprache, als ich diese mir so vertrauten blauen Augen erblickte. Vor ein paar Jahren hatte ich mich lange genug in sie versenkt, um noch jeden Fleck in der Iris in Erinnerung zu haben. Hätte ich mir nur mal die Mühe gemacht, ein wenig tiefer zu blicken … Das war aber auch wirklich schwer gewesen, in Anbetracht dessen, dass er wirklich überdurchschnittlich heiß war. Ich war auf sein unbändiges Haar und den kantigen Kiefer reingefallen. Und dass er zwei Stunden pro Tag im Fitnessstudio verbrachte, schadete auch nicht gerade. Allerdings hätte es mir vermutlich den Hinweis liefern können, dass er ein Narzisst erster Klasse war.

»Cassie?« Er klang so überrascht, wie ich mich fühlte, und das versetzte meinem Selbstbewusstsein einen bitter nötigen Schubs. Vielleicht hatte er nicht damit gerechnet, jemandem über den Weg zu laufen, den er kannte, oder vielleicht – nur vielleicht – hatte ich mich auch von der Neunzehnjährigen, die er gekannt hatte, ganz ordentlich weiterentwickelt. Die Yogahose und die Uggs hatte ich gegen Jimmy Choos und Bleistiftrock eingetauscht. Ich war kein Mädchen mehr.

»Der Automat ist kaputt.« Das war die einzige Erklärung. Ich hatte fünf Minuten lang versucht, ihn davon zu überzeugen, mein Geld anzunehmen.

»Lass es mich versuchen.« Lukas Lippen verzogen sich zu dem arroganten Lächeln, das ich einmal so charmant gefunden hatte. Damals hatte es ihm bei mir freien Eintritt verschafft. Jetzt musste ich mich beherrschen, ihm nicht eine runterzuhauen. Schnallte er meinen neuen Status als knallharte Bitch nicht? Ganz offensichtlich nicht, denn er schnappte mir meine Visakarte aus der Hand. Er trat vor, wandte sich zu dem Automaten um und zog sie durch. Die Zahlung erfolgte augenblicklich.

Das Leben musste für die wirklich dummen Typen echt einfacher sein. Die merkten es vermutlich nicht mal, wenn sie etwas echt Idiotisches machten. Mir war es leider nur zu bewusst, weshalb ich eine Reihe Flüche ausstieß, die jeden Matrosen zum Erröten gebracht hätten. Er gab mir die Karte zurück. Mein Parkplatz war gesichert, aber meine Würde war ein Trümmerhaufen.

»Danke.« Ich schob die Karte in meine Handtasche und mied Augenkontakt. Warum hatte kein Unbekannter hinter mir stehen können? Eine Fußballmutti oder ein schrumpeliger alter Manager? Jemand, dem nicht aufgefallen wäre, dass ich keine Ahnung hatte, wie man diesen Automaten benutzte.

»Was machst du hier?«, fragte er, tippte die Nummer seines Parkplatzes ein und bezahlte.

»Praktikum«, brachte ich hervor und spähte Richtung Ausgang. »Muss jetzt auch los, sonst komme ich zu spät.«

Er steckte den Beleg ein. Dann wandte er sich zu mir um, und sein Blick schweifte über meinen Körper und bedachte dabei meine Brust mit besonderer Aufmerksamkeit. »Wir sollten mal was unternehmen. Himmel, du hast dich kein bisschen verändert.«

Ich konnte mich nicht zurückhalten. Falls Luka glaubte, dass ich mich nicht verändert hatte, dann hatte er sich aber gehörig geirrt. »Meinst du mich oder meine Titten?«, fauchte ich. »Du bist derjenige, der sich nicht verändert hat.« Ich wartete nicht ab, ob ich das selbstzufriedene Grinsen von seinem Gesicht gewischt hatte, sondern verließ das Parkhaus.

Ja, ich hatte noch den gleichen Körper – dank fünf Stunden pro Woche im Fitnessstudio. Aber mich mit meinen Brüsten gleichzustellen, war genau der Grund, aus dem meine Beziehung zu Luka nicht funktioniert hatte. Seine Aufmerksamkeit reichte nicht über den Sex hinaus. Ich hatte eine echte Bindung gewollt, aber er konnte mir nur Orgasmen bieten. Das war eine Weile lang genug gewesen. Als dann der Blick, der über meinen Körper zu wandern pflegte, in andere Richtungen abgeschweift war, hatte ich ihn in die Wüste geschickt.

Ich nahm mir vor, das nächste Mal in einem anderen – weniger gut gelegenen – Parkhaus zu parken, und setzte mein Leben fort. Das Problem mit meinem Leben war allerdings, dass es launisch war wie nichts Gutes und die Geister irgendwelcher Exfreunde darin herumspukten. Als ich das Café an der Ecke betrat, waren mir die braunen Augen des Barista nur zu vertraut. Es war Mr. Nice Guy höchstpersönlich. Zu nett, viel zu nett, der Typ. Wir waren uns begegnet, nachdem ich einige miese Entscheidungen getroffen und unter Tequila-Einfluss den Bad Boys abgeschworen hatte.

Er schrieb meinen Namen auf den Becher, bevor ich noch rückwärts wieder aus der Tür schleichen konnte.

»Geht aufs Haus!«, rief er fröhlich und begann, mir ein Getränk zuzubereiten, ohne auf meine Bestellung zu warten. Danny erinnerte sich daran, wie ich meinen Kaffee trank. Weil Danny ein grundehrlicher, guter Mensch war – und ich Dreck.

»Bist du dir da sicher?«, fragte ich und wippte auf meinen Absätzen vor und zurück. Wenn er mich bezahlen ließ, hatte ich immerhin noch etwas anderes zu tun, als in sein engelhaftes Gesicht zu blicken, das mich anstrahlte. An dieser Stelle muss ich vielleicht erwähnen, dass Danny auf diese Junge-von-nebenan-Art ultraheiß ist. Sogar in dem obligatorischen T-Shirt von Sound Coffee, das er hier tragen musste, kam sein muskulöser Oberkörper zur Geltung – den er dem Klettern, Fahrradfahren und der Arbeit als Freiwilliger im örtlichen Tierheim verdankte. Als mein Getränk fertig war, fiel ihm eine braune, dichte Haarlocke ins Gesicht. Er schob sie sich hinters Ohr. Das hatte ich bereits eine Million Mal beobachtet. Es war irgendwie beruhigend. Und genau da lag das Problem mit Danny. Er war bequem und zuverlässig. Alles, was ich geglaubt hatte zu wollen.

Egal wie sehr ich es versucht hatte – und wir waren monatelang miteinander ausgegangen –, immer war es gewesen, als würde ich meinen Bruder küssen. Wir hatten es nicht einmal übers Fummeln hinausgeschafft. Dann hatte ich per SMS mit ihm Schluss gemacht, weil es persönlich zu sagen schlimmer gewesen wäre, als einen Welpen zu treten. Natürlich hatte er es gut aufgenommen, und der echten Fröhlichkeit nach zu urteilen, die er ausstrahlte, hatte ich keinen bleibenden Schaden angerichtet. Warum fühlte ich mich also noch so furchtbar?

»Wie geht es dir?«, fragte er, als er die Papphülle um meinen Becher schob.

»Gut.« Ich nahm das kostenlose Getränk entgegen. Immerhin war es ein großer Tag. Ein kostenloses Getränk war wie ein kleiner karmischer Glückszauber. Vielleicht war ich Danny gegenüber doch nicht so schrecklich gewesen. Vielleicht war ich kein solches Miststück. Vielleicht bekam ich die Chance, ihm zu zeigen, wie sehr ich mich verändert hatte. »Wie geht es dir?«

Vorsichtig nahm ich einen Schluck. Drei Shots Espresso, fettarme Milch und ein winziges bisschen Kakao. Es war genau so, wie ich es gern mochte.

»Prima.« Er beugte sich vor, damit wir uns über das Geschepper im Café hinweg unterhalten konnten. »Ich arbeite hier, seit mein Dad gestorben ist. Ich versuche, noch ein Jahr lang die Studiengebühr zusammenzusparen, damit meine Mom mir nicht bei einem Studentendarlehen helfen muss.«

Plötzlich schmeckte der Kaffee in meinem Mund nach Asche. »Oh mein Gott, das tut mir so leid, Danny! Das hatte ich nicht mitbekommen!«

»Ist in Ordnung.« Er tat mein Entsetzen mit einer Geste ab. »Es ist zwei Jahre her. Ich vermisse ihn, aber ich weiß, dass er auf mich aufpasst.«

Zwei Jahre? Es brauchte nicht viel geistige Rechenarbeit, um zu wissen, wo ich vor zwei Jahren gewesen war. Ich hatte gerade mit Danny Schluss gemacht, und meine besten Freundinnen und ich waren mit gefälschten Ausweisen durch die Bars gezogen. So sehr ich ihn fragen wollte, warum er es mir nicht erzählt hatte, kannte ich doch die Antwort. Warum sollte man eine Exfreundin auf dem Laufenden halten, die nicht einmal von Angesicht zu Angesicht mit einem Schluss machen konnte.

»Wir sollten uns mal treffen«, sagte ich schuldbewusst,

dankte ihm noch einmal für das Getränk und ging. Ich warf es in den ersten Mülleimer, den ich sah. Dort gehörte ich auch hin. In den Müll. Jetzt musste ich mir zu einem neuen Parkhaus auch ein anderes Café suchen.

Vielleicht könnte ich Danny wiederbegegnen, wenn ich klarmachte, dass ich an nichts anderem als Freundschaft interessiert war. Dann könnten wir miteinander abhängen. Nicht, dass er nicht schon genug Freunde hatte. Er war immer der Typ gewesen, der von Kumpels umgeben war. Vermutlich, weil er der Typ war, den man für einen Umzug anrief oder wenn das Zimmer gestrichen oder der Rasen gemäht werden musste. Danny war vermutlich der netteste Kerl auf der ganzen Welt. Ich dachte immer noch darüber nach, wie ich es wiedergutmachen könnte, als ich die Lobby der NorthWest Investments zum ersten Mal betrat.

Ich hatte meine Bewerbungsgespräche am Telefon absolviert und auf dem Campus, was bedeutete, dass ich die Büros noch nicht gesehen hatte. Anhand dessen, was ich über den Laden wusste, hatte ich ein mit Arbeitskabinen vollgestopftes Studio erwartet. Die Eigentümer der Gruppe waren nicht viel älter als ich. Der CEO war nicht einmal dreißig. Trotz der Tatsache, dass sie vernachlässigte Wahrzeichen Seattles aufkauften, um sie zu restaurieren, hatte ich nicht erwartet, dass wirklich Geld hinter dem Unternehmen steckte. Alles, von den deckenhohen Fenstern zu den Marmorfußböden und den glänzenden Aufzügen, widerlegte das. Ich hatte mich darauf gefreut, meine ersten Erfahrungen in der Öffentlichkeitsarbeit bei einem Start-up-Unternehmen zu sammeln. Jetzt stand ich hier und war höchst erfreut – und nervös. Dieses Praktikum war offensichtlich eine viel größere Sache, als ich gedacht hatte. Ich erlaubte mir einen Augenblick, um alles in mich aufzunehmen. Es war kein echter Job – noch nicht. Doch so nah war ich noch nie einem gewesen.

Ich schob meine Tasche über die Schulter und ging auf den Empfang zu, dann kam ich unelegant zum Stehen, als ein Mann mir in den Weg trat. Luka über den Weg zu laufen hatte sich wie ein böses Omen angefühlt. Die Unterhaltung mit Danny hatte mich ins Schleudern gebracht. Aber der Letzte, den ich sehen wollte, am letzten Ort, an dem ich ihn sehen wollte, wartete in der Eingangshalle von NortWest Investments auf mich.

Trevor, der Fang, den ich erst kürzlich losgelassen hatte, hielt ergeben die Hände hoch. Er hatte eine ähnliche Geste gemacht, als ich ihn letztes Weihnachten mit einer anderen erwischt hatte. Für mich wäre er immer Señor Mistkerl. Mein Geist raste. Was machte er hier? War er mir gefolgt? Vielleicht war ich hier falsch. Ich sah noch einmal zur Tür und erkannte, dass ich genau da war, wo ich sein sollte. Dann setzten sich die Puzzleteile zusammen. Ich hatte mich letzten Herbst für dieses Sommerpraktikum beworben, da waren wir noch ein Paar gewesen. Wut raste durch mich hindurch, als ich erkannte, was geschehen war.

Er hatte sich für das gleiche Praktikum beworben. Ich erinnerte mich nicht daran, dass es zwei Plätze gegeben hatte, was bedeutete, dass er sich absichtlich als meine Konkurrenz aufgestellt hatte – während wir noch miteinander gegangen waren. Ich hatte geglaubt, sein Fremdgehen wäre schlimm, aber offensichtlich konnte er noch widerlicher sein und hatte das auch getan.

»Lass mich das erklären«, begann er, aber ich ging an ihm vorbei. Trevor folgte mir zum Empfang.

Ich gab mein Bestes, seine lahmen Entschuldigungen auszublenden, und meldete mich bei dem Mann hinter dem Tresen.

»Hi, George«, las ich von dem Namensschild auf dem Tisch ab. »Ich bin hier wegen des Praktikums.«

Georges Lippen zuckten, als er die Situation erfasste. Wir mussten ziemlich lächerlich aussehen: ein schleimiger Kerl, der jede noch so klischeebehaftete Entschuldigung ausstieß, die man sich denken konnte, und die Exfreundin, die versuchte, ihn zu ignorieren. Mir stieg wahrscheinlich Dampf aus den Ohren. »Wie heißt du?«

»Cassandra Hart«, sagte ich freundlich.

»Mr. North wird gleich für die Einführung der Praktikanten herkommen. Wenn du dich setzen möchtest ...« Ohne Zweifel wusste er, dass ich die Zeit lieber damit verbringen würde, meinen Mitpraktikanten auf einen Spieß zu stecken.

»Danke.« Ich wandte mich um und ging, so gelassen es mir möglich war, zu der Sitzecke, doch bevor ich mich setzen konnte, überfiel Trevor mich mit einem: »Wir müssen reinen Tisch machen.«

»Ernsthaft?« Ich wirbelte zu ihm herum. Ich senkte die Stimme zu einem leisen Fauchen und beschloss, genau das zu machen. »Du bist unglaublich. Du hast mir dieses Praktikum gestohlen.«

»Du bist auch hier. Ich habe wohl kaum etwas gestohlen.«

Das stimmte, aber das würde ich nicht zugeben. »Du hast das absichtlich gemacht, ich habe keine Ahnung, warum. Gott helfe dir, falls du so versuchst, mich zurückzugewinnen. Lass mich das ganz deutlich sagen. Du und ich? Das ist vorbei. Falls das also ein jämmerlich …«

»Ist es nicht«, unterbrach er mich.

Das haute mich um. »Na … gut. Denn wenn du mir das hier vermasselst, werde ich dir die Eier abschneiden und sie den Möwen zum Fraß vorwerfen.«

Trevors Miene verdüsterte sich, aber bevor er etwas erwidern konnte, wurden wir von einem höflichen Räuspern unterbrochen.

»Ich denke, wir fangen dann wohl mit den Bestimmungen zur sexuellen Belästigung an.«

Wir drehten uns zu der Quelle der tiefen, männlichen Stimme um. Ich straffte die Schultern ein wenig, um selbstbewusst zu wirken, aber meine Wangen waren sicher gerötet. Die Hitze verwandelte sich in ein wahres Inferno, als mein Blick auf ihn traf: Mr. Groß, Dunkelhaarig und Gutaussehend, in einem maßgeschneiderten Anzug. Die schwarzen Haare waren hinter die Ohren geschoben, und seine elektrischen blauen Augen musterten mich. Seinem finsteren Blick nach zu urteilen – das war aber auch das Einzige, was in diesem Gesicht störte – gefiel ihm nicht, was er sah.

Meine Knie gaben ein wenig nach, und ich machte rasch einen Schritt nach vorn, um mich zu fangen. Es dauerte kurz, meine Sprache wiederzufinden, aber dann war sie fest und klar. »Mr. North?«

Er senkte den Kopf bestätigend, und mir rutschte das Herz in die Hose. Seinem Aussehen nach zu urteilen, konnte er nur ein paar Jahre älter sein als ich. Und ich hatte gehofft, dass er vielleicht ein weiterer Praktikant wäre. Oder ein Assistent der Geschäftsführung. Oder ein wirklich kurioser, neugieriger Fremder. Egal wer, nur nicht der CEO.

»Nenn mich Gavin«, bot er mir an. »Ich gehe davon aus, dass ihr euch kennt.«

Ich nickte und sah, dass Trevor das ebenfalls tat.

»Wir sind alte Freunde.« Die Lüge kam Trevor leicht über die Lippen, und Gavins Augenbraue zuckte nach oben. Gavin North hatte allem Anschein nach einen noch besser funktionierenden Lügendetektor als ich. Trotzdem sagte er nichts dazu. Trevor machte einen Schritt nach vorn, bevor ich mich erholt hatte. »Ich bin Trevor.«

Ich hasste es, dass er sich selbst zuerst vorgestellt hatte. Also streckte ich die Hand aus, bevor er das tun konnte. »Cassie. Ich meine, Cassandra.«

Gavin sah zwischen uns hin und her, bevor er meine Hand schüttelte. Zwei übereifrige Praktikanten, die fest entschlossen waren, einander zu übertrumpfen. Er wählte mich aus und nahm meine Hand mit festem Griff. Funken flogen, sobald unsere Finger sich berührten, und ich unterdrückte ein Aufkeuchen. Er war heiß, und ich war nervös, das war eine furchtbare Kombi. Ich zog die Hand weg und hoffte, dass er nicht sah, wie sehr mich die Berührung verwirrte. Doch als unsere Blicke sich begegneten, war seiner eiskalt. Zu kalt. Entweder hasste er mich bereits, oder er hatte beschlossen, auf Abstand zu bleiben. Vielleicht war ich ja doch nicht die Auserwählte. Bedachte man die Drohung, die ich Trevor entgegengeschleudert hatte, als er dazugekommen war, konnte ich ihm das nicht vorwerfen. Die Schmetterlinge in meinem Bauch verwandelten sich in einen Schwarm wütender Hornissen.

»Wenn ihr beide fertig seid …« – er wartete keine Antwort ab –, »gestattet mir, euch zu eurem ersten Tag bei NorthWest Investments willkommen zu heißen.« Die Kälte in seiner Stimme tat nichts, um die Übelkeit erregende Nervosität zu dämpfen, die ich wegen meines Verhaltens verspürte. Ich zwang mich zu einem Lächeln und fragte mich, ob mein erster Tag hier auch mein letzter sein würde.

Als ich an diesem Abend nach Hause kam, wünschte ich mir, dass er das gewesen wäre.

Kapitel 2

Mein aktueller fester Freund war verlässlich, aufmerksam und batteriebetrieben. Meine am längsten andauernde Beziehung hatte unterschiedliche Geschwindigkeiten und vibrierte. Mr. Zuverlässig, mein Vibrator, hatte mich noch nie enttäuscht. Und er lag mitten im Wohnzimmer auf dem Fußboden. Die Katze meiner Mitbewohnerin döste faul daneben.

»Echt mal!« Ich schnappte ihn der Katze weg, die empört nach meiner Hand schlug. »Das ist meiner, weißt du, den darfst du dir nicht einfach holen. Wie bist du überhaupt in meine Unterwäscheschublade gekommen?«

Super. Jetzt redete ich schon mit der Katze. Ein weiterer Beweis dafür, dass der heutige Tag mich beinahe kleingekriegt hatte. Als sie mir in mein Zimmer folgen wollte, knallte ich ihr die Tür vor der Nase zu. Sie reagierte mit einem frustrierten Maunzen. Ich zupfte ein bisschen Fell vom Vibrator und legte ihn wieder zwischen meine Unterwäsche, dann streifte ich die Stilettos ab. Die letzten paar

Jahre über den Campus zu laufen hätte mich darauf vorbereiten sollen, den ganzen Tag auf den Beinen zu sein, aber Seattle war hügelig und hatte rissige Bürgersteige. Und ich hatte rasch gelernt, dass ich trotz der vielen Aufzüge bei NWI nicht mein Leben damit zubringen konnte, auf einen zu warten, also machte ich mich mit den Treppen vertraut, während ich Akten von einem zum nächsten Büro brachte.

Ich zog mich nicht aus, sondern warf mich, wie ich war, aufs Bett. Ich war zu erschöpft von der starken Mischung aus Nervosität, Aufregung und Verärgerung, die beinahe den ganzen Tag über angedauert hatte. Mein Telefon wies ein Dutzend verpasster Nachrichten von meinen besten Freundinnen Jillian und Jess auf, in denen sie mir Glück wünschten und wissen wollten, wie es mir ging. Die Nachrichten wurden zunehmend nervöser, als ich mich nicht meldete. Ich stieß einen Seufzer aus und antwortete.

Cassie: Facetime?
Jess: Ich glaube, es ist etwa ein Uhr morgens in Schottland. Jillian schläft bestimmt.

Ich vergaß immer, den Zeitunterschied zu checken. Sie war erst seit ein paar Wochen weg. Nicht lange genug, dass ich ihre Abwesenheit bereits richtig begriffen hatte. Sogar während der Sommerferien, wenn ich nach Hause nach Texas fuhr, waren wir nicht so weit voneinander entfernt gewesen. Doch bevor ich mein Angebot zurückziehen konnte, meldete sie sich.

Jillian: Bin wach!

Natürlich war sie wach. Sie hatte vermutlich unfassbar guten Sex mit ihrem Freund Liam gehabt. Er war der Grund, aus dem sie am anderen Ende der Welt war. Genau genommen waren meine beiden Freundinnen außerhalb des Landes, dank der Männer in ihren Leben. Jillian war in Schottland mit ihrem Freund, und Jess war in Mexiko – mit ihrem Mann. Eine weitere Veränderung, die ich noch nicht so ganz verarbeitet hatte.

Es dauerte ein paar Minuten, beide auf den Bildschirm zu bekommen. Jess lümmelte in einer Hängematte, und das Sonnenlicht ließ ihr honigblondes Haar wie einen Heiligenschein aufleuchten. Sie war brauner, als ich sie je gesehen hatte, und dank des fehlenden Make-ups bemerkte ich, dass mehr Sommersprossen ihre Nase zierten als normalerweise im verregneten Washington. In Schottland war es dunkel, und Jillian hatte sich offensichtlich hinausgeschlichen, um mit uns facetimen zu können, ohne Liam oder seine Familie zu wecken. Man konnte kaum ihr dunkles Haar erkennen, das als unordentlicher Dutt auf ihrem Kopf zusammengedreht war. Ihr Mascara war leicht verschmiert, und ihre Haut glühte, und zwar nicht dank irgendwelcher Kosmetika. Ich hatte recht gehabt mit meiner Vermutung.

»Du siehst umwerfend aus!«, flötete Jillian, was sich zweifellos auf meinen sorgfältig gezogenen Lidstrich bezog und den klassischen roten Lippenstift, den ich gewählt hatte, um weniger wie die kleine Praktikantin auszusehen, die ich war. »Sehr chefig.«

»Ich glaube nicht, dass ich jemanden damit täuschen konnte«, sagte ich und verdrehte die Augen.

»Ich wette, sie hatten jede Menge Bewerber, und sie haben dich ausgewählt«, rief Jess mir in Erinnerung, während ihr Bild auf dem Bildschirm ein wenig schwankte, als würde sie von einer sanften, unsichtbaren Brise gewiegt.

»Es gibt zwei Praktikanten«, sagte ich und versuchte locker zu klingen.

»Erzähl uns davon«, sagte Jess.

Das war das Wunderbare an meinen besten Freundinnen. Sie wussten genau, wann sie zuhören mussten, selbst wenn die traurige Singlefrau unserer Truppe wegen ihrer Exfreunde herumheulen wollte. Ich war nicht so beschäftigt gewesen, dass mir entgangen wäre, dass sie beide seltener anriefen, um sich auszuheulen. Jetzt hatten sie jemand anderen, der ihnen zuhörte, was mich, wenn ich ehrlich war, ein wenig eifersüchtig machte. Ich hatte nicht unbedingt Angst, sie zu verlieren – sondern ein Teil von mir wollte das, was sie hatten. Doch im Moment waren sie für mich da und wollten mir dabei zuhören, wie ich von den kleinen Gemeinheiten in meinem Leben berichtete.

»Ja, spuck es schon aus«, ermunterte mich Jillian, als ob sie meine Gedanken lesen könnte. Sie hatte einen unheimlichen Instinkt, genau zu wissen, was ich gerade hören musste. Sie war für mich da. Jess war für mich da. Daran änderte auch ihr Beziehungsstatus nichts.

»Ich bin Luka begegnet«, fing ich an und beschloss, die Ereignisse nacheinander zu erzählen. Wenigstens für eine Spitzengeschichte taugte der Horrortag.

»Warte mal, Luka aus dem ersten Semester? Der italienische Sexgott, der den ganzen Tag im Fitnessstudio zugebracht hat?«, spezifizierte Jillian.

»Es scheint, du erinnerst dich ziemlich gut an ihn«, sagte ich und schüttelte den Kopf. Vielleicht wollte ich den heutigen Tag oder die Erinnerungen, die er aufgebracht hatte, doch nicht erneut durchleben.

»Du hast einen Monat lang dein Zimmer nur für die Kurse verlassen – und ich will erst gar nicht damit anfangen, wie laut ihr zwei gewesen seid.« Jess verzog das Gesicht.

»Du musst gerade reden. Ich habe meine letzten Ferien damit zugebracht, Roman und dir beim Vögeln zuzuhören«, rief ich ihr ins Gedächtnis. Ich zog sie auf, besonders, da sie recht hatte. Wenigstens war sie mit Roman diskret gewesen. Luka und ich waren vom Aufpasser des Studentenwohnheims im Jungswaschraum erwischt worden, und wir waren mehrere Male wegen Verletzung der Ruhezeiten gemahnt worden. Meine Beziehung zu ihm war definitiv erinnerungswürdig.

Ich erzählte ihnen von der unangenehmen zufälligen Begegnung und gab sogar meine Idiotie bei dem Automaten zu.

»Das war ein wirklich ätzender Start in deinen Tag«, sagte Jillian mitfühlend.

»Wenigstens konnte es so nur besser werden, stimmt's?«, warf Jess ein.

Schön wär's. »Dann bin ich an Danny geraten.«

»Danny?« Beide wiederholten den Namen gleichzeitig und mit leerer Miene.

»Der nette Kerl, der geküsst hat, als wäre er mein Bruder.«

Das half ihnen auf die Sprünge.

»Oh, der war total nett. Ich mochte den! Ich weiß nicht mal mehr genau, warum ihr eigentlich Schluss gemacht habt«, sagte Jess. Sie war ein großer Fan von netten Jungs. Sie hatte immer solche gedatet. Fast hätte sie sich sogar aus diesem Grund mit ihrem zum Gähnen langweiligen Freund verlobt.

Jillian kicherte derweil los. »Er war langweilig.«

»Aber nett«, fügte Jess wieder hinzu, als wäre sie an seiner Stelle beleidigt.

»Er war nett«, stimmte ich zu, bevor ich fortfuhr. »Und langweilig. Er hat sich daran erinnert, wie ich meinen Kaffee mag.«

Meine beiden Freundinnen zuckten sichtlich zusammen, und ihr Unbehagen wuchs, als ich von seinem Vater erzählte.

»Wow«, war alles, was Jillian herausbrachte.

»Wart's ab. Es wird noch besser«, murmelte ich. »Ratet, wer der andere Praktikant ist.«

Jess stand der Mund offen, und ihr Gesicht spiegelte die entsetzte Miene von Jillian wider. Meine Mädels kannten mich zu gut. Oder vielleicht hatten sie auch immer Trevor als den Dreckskerl erkannt, der er war, und deshalb erwartet, dass so etwas passieren würde.

»Nein!«, rief Jillian.

»Señor Mistkerl«, bestätigte ich, befriedigt durch die Reaktionen, auch wenn ich wegen seines Verhaltens immer noch angefressen war.

»Ich kann nicht fassen, dass er das getan hat«, sagte Jess nach ein paar Augenblicken des Schweigens. »Wer tut so was?«

»Ich meine, er wusste, dass du dich auf die Stelle beworben hast!«, sagte Jillian aufgebracht.

Es war, als durchlebten die beiden ebenfalls den Albtraum des heutigen Morgens. Auf eine Weise hatten sie das auch. Sie waren während jeder miesen Entscheidung und des daraus resultierenden Herzschmerzes der letzten Jahre bei mir gewesen. Sie hatten jeden dieser Jungs kennengelernt. Es fiel ihnen nicht schwer, bei meinem Elend mitzufühlen.

»Diese Ansammlung der Jungs. Das ist wie eine nicht allzu subtile Erinnerung an jede blöde Entscheidung, die ich jemals getroffen habe«, gab ich leise zu.

»Stell dir das Ganze als einen Pfad vor«, sagte Jess. »Sie sind nur eine Erinnerung daran, wie weit du gekommen bist.«

»Und wohin du gehst«, fügte Jillian hinzu.

Ich war nicht sicher, wann meine besten Freundinnen so weise geworden waren, aber ich vermutete, dass es ungefähr zu dem Zeitpunkt geschehen war, als sie ihre eigenen Männer fürs Leben gefunden hatten. Wie gern wollte ich ihnen glauben.

»Ich habe eine oder zwei falsche Abzweigungen genommen, und das war's jetzt aber auch. Mir reicht's«, sagte ich trocken. Ich war fertig damit, an den falschen Orten die Liebe zu suchen und mich in all diese falschen Kerle zu verlieben. Dates, Männer – das waren miese Angewohnheiten, die ich dank Liebesromanen und meinem zuverlässigen Vibrator abgeschafft hatte.

»Nö.« Jillian schüttelte den Kopf. »Du bist einfach nur noch nicht da.«

»Wo?«, fragte ich.

»Du wirst es wissen, wenn du dort bist«, sagte sie einfach.

»Ernsthaft, wann habt ihr beiden euch in verdammte Gurus verwandelt?« Ich konnte nicht anders, ich musste sie ein wenig damit aufziehen.

»Wie war der Rest deines Tages?«, fragte Jess und überging so meinen gutmütigen Spott einfach.

»Ich habe den Kopierer kaputt gemacht, hab den falschen Knopf gedrückt, sah wie ein totaler Depp aus, als ich meinem neuen Chef gestehen musste, was passiert war.«

»Der gleiche Chef, der die Drohung Trevor gegenüber mitangehört hat?«, fragte Jillian.

»Mr. Groß, Dunkel und Gutaussehend.« Ich seufzte bei dieser Erinnerung. »Dann war er sauer auf mich, weil ich nicht an meinem Schreibtisch war, dabei war ich unterwegs gewesen, um vorgestellt zu werden.«

Jess verengte die Augen. »Ich hasse ihn jetzt schon.«

»Wir hassen ihn«, fiel Jillian ein.

»In der Zwischenzeit hatte Trevor seine Lippen quasi am Arsch von dem Kerl kleben. So einen Speichellecker habt ihr noch nicht gesehen!«

»Warst du eifersüchtig?«, fragte Jess.

»Ich meine, ja, er ist unfassbar heiß. Aber er bekommt diesen seltsamen Blick, wann immer er mich ansieht. Ob das sein persönliches Chef-Getue ist? Damit ich weiß, dass ich unter ihm bin? Keine Ahnung.«

»Ich meinte wegen Trevor«, sagte Jess.

»Oh.«

»Sie dachte, du redest über den Chef«, sagte Jillian begeistert. Ich wappnete mich für die unausweichlichen Motivationsreden, die nun folgen würden.

»Es ist sechs Monate her«, sagte Jess, als hätte sie meine Trennungen im Kalender notiert.

»Ich hab dir gesagt, dass ich mit Jungs durch bin. Also … mit Männern. Im Grunde genommen mit allem, was einen Penis hat.«

»Vielen Dank für diese Klarstellung.« Sarkasmus schwang in Jillians Stimme mit. »Es ist in Ordnung, wieder Lust auf einen Mann zu haben.«

»Lass es nur langsam angehen«, wies Jess mich an.

»Ich lege gleich auf«, sagte ich warnend.

»Ich bin sicher, dass er nicht glaubt, dass du unter ihm bist«, sagte Jillian.

»Er will dich einfach nur unter sich.« Jess grinste durchtrieben.

»Sollte die Ehe nicht dafür sorgen, dass du gesetzter wirst? Du bist schamlos.«

»Wo wir gerade davon reden, mein Ehemann ruft mich zum Abendessen, ich muss los.« Das Grinsen verwandelte sich in ein breites Lächeln, das ihr gesamtes Gesicht strahlen ließ. Sogar nur an ihn zu denken hatte diese Wirkung auf sie. Ich konnte mich nicht daran erinnern, jemals selbst so gestrahlt zu haben.

Eifersüchtig. Tisch für eine Person.

»Ich sollte ein wenig schlafen. Wir fahren morgen nach Inverness.« Jillian gähnte, und ich erkannte, dass es in ihrem Teil der Welt nach zwei Uhr morgens war.

»Grüß meine Schwester von mir«, sagte Jess, als wir uns verabschiedeten.

»Ich werde ihr sagen, dass du liebestoll bist und dich wie eine Verrückte aufführst.« Das würde ich nicht tun, aber Jess war zu lange meine keusche, brave beste Freundin gewesen, um diese verrückte 180-Grad-Wendung nicht zu feiern, die sie hingelegt hatte und die erst vor einem Monat damit geendet hatte, dass sie durchgebrannt war.

»Ich mache mir Sorgen um Jill«, sagte Jess. »Ich glaube, wir könnten sie an Schottland verlieren.«

»Ich ruf ihre Mutter an«, drohte ich nur halb im Scherz. Ich wollte ja, dass meine besten Freundinnen ihre Happy Ends fanden, ich wollte es wirklich. Aber bitte näher an zu Hause.

»Weiß deine Katze, wie man Schubladen öffnet?«, fragte ich, als Lillian Stunden später aus dem Büro kam.

Sie zuckte beim Klang meiner Stimme zusammen, aber sie erholte sich schnell und ließ ihre Handtasche und den Aktenkoffer auf den Esstisch fallen. »Nicht, dass ich wüsste.«

Lillian und ich gewöhnten uns noch an die Anwesenheit der jeweils anderen. Für mich war es etwas leichter, da ich die letzten drei Jahre im Wohnheim verbracht hatte. Sie schien immer noch jeden Abend überrascht zu sein, mich hier vorzufinden. Es war erst zwei Wochen her, dass ich für den Sommer bei Jess' älterer Schwester eingezogen war. Lillian war eine erfolgreiche Anwältin, weshalb sie lange arbeitete. Und zwar wirklich, wirklich lange. Sie nutzte ihre Wohnung lediglich zum Duschen und Schlafen, und sie ging sogar am Wochenende ins Büro.

Das war wohl einer der Gründe, aus dem sie zugestimmt hatte, dass ich bei ihr wohnen konnte, als ich das Praktikum bei NorthWest Investments bekam. Natürlich gab es Bedingungen. Keine Partys. Keine Jungs. Da ich an beidem nicht interessiert war, würde es keine Probleme geben. Seattle war eine teure Stadt, und ich wusste, dass ich nirgends etwas Billigeres finden könnte. Ich wohnte nämlich umsonst. Ich hatte bloß noch nicht herausgefunden, ob ich in meinem Zimmer bleiben sollte oder ob sie Gesellschaft wollte.

Heute Abend lächelte sie müde, während sie den Kühlschrank durchsuchte und eine Schachtel Take-away-Essen herausholte. Sie machte die Nudeln erst gar nicht warm, sondern nahm sich eine Gabel und setzte sich ans entgegengesetzte Ende der Couch.

»Wie war der erste Tag?«

»Ganz okay.« Ich zuckte mit den Schultern, hatte ich doch die Einzelheiten gerade Jess und Jillian brühwarm erzählt. Lillian fragte nicht nach. Wir standen einander nicht wirklich nahe. Wegen ihres wahnsinnigen Arbeitspensums hatte sie Jess in Olympic Falls nur ein paarmal besucht. Wir waren abends essen gegangen oder waren in die Stadt gefahren, um sie zu besuchen, aber wir kannten einander nicht besonders gut.

»War nicht so toll, mh?« Sie schluckte eine lange, fettige Nudel herunter.

»Das merkst du?«

»Anwälte können Menschen lesen«, erklärte sie. Ihre Katze sprang auf ihren Schoß und funkelte mich an, als ob sie mir zu verstehen geben wollte, dass das hier ihre Zeit mit Lillian war.

»Einfach nur blöder Erster-Tag-Kram.« Ich klappte das Buch zu, das ich gelesen hatte, und beschloss, mich wieder in mein Zimmer zurückzuziehen, damit sie sich in ihrer Wohnung ein wenig entspannen konnte.

»Bei meinem ersten Praktikum habe ich Kaffee über einen der Partner geschüttet. Einen kochend heißen Vanilla Latte. Er hatte Verbrennungen zweiten Grades. Hast du das gemacht?«, fragte sie, und ihre Lippen verzogen sich zu einem Grinsen. Vielleicht stand sie jetzt, da sie so erfolgreich war, über dieser Blamage. Ich lachte ein wenig, was die Katze erschreckte, die mit einem Satz von Lillians Schoß sprang und das Zimmer verließ. Lillian streckte die Beine aus.

»Nein, habe ich nicht.« Noch nicht. Ich spürte, dass die Situation irgendwie verloren war. Morgen würde ich vermutlich meinen Mocha auf Gavin kippen und seinen teuren Anzug ruinieren. Dann würde er mich wirklich hassen. Allerdings nur, falls ich den Mocha vorher nicht über Trevors dämlichem Kopf ausleerte.

»Dann wird alles gut«, versprach sie.

»Ich geh ins Bett«, sagte ich zu ihr. An meiner Tür blieb ich stehen und fragte: »Was hat dein Chef gemacht?«

»Er hat mich gefeuert«, sagte sie, »also bin ich rüber auf die andere Seite der Straße und habe ein Praktikum bei der Konkurrenz gekriegt.«

»Gut gespielt.« Irgendwie überraschte es mich nicht, dass Lillian den Mumm hatte, zu einer anderen Anwaltskanzlei zu marschieren und nach einem Praktikum zu fragen. Ihre Schwester hatte sie immer ein Arbeitstier genannt. Es schien, dass sie immer schon so gewesen war. »Dank dir«, sagte ich. »Gute Nacht.«

Zur Konkurrenz von NorthWest Investments gehen? Das würde für mich keine Option darstellen. Und außerdem war ich nicht gefeuert worden. Ich musste nur beweisen, dass ich es schaffen konnte, und das würde ich, und zwar ohne dass ich mich bei meinem Chef einschleimte. Dieser Mann würde mich nicht in die Knie zwingen.

Ich gab mein Bestes, die schwache Glut zu ignorieren, die dieser Gedanke in mir entfachte. In nächster Zeit würde ich mich auf niemanden einlassen. Das leise Pochen zwischen meinen Beinen ließ jedoch erahnen, dass mein Körper über Meuterei nachdachte.

In Wahrheit vermisste ich den Sex am meisten, den man in Beziehungen hatte. Das würde ich jedoch niemals zugeben. Ich hatte hart daran gearbeitet, um dorthin zu gelangen, wo ich war: ein volles Stipendium an der Universität von Olympic Falls. Ich würde meine guten Noten beibehalten, damit ich es nicht verlor, und meinen Lebenslauf ausbauen. Der Stress, den das mit sich brachte, machte mich zu einem nervösen Gummiball. Sex hatte mich von Stress befreit. Das Problem war, dass Sex mit seelischem Ballast einherging, für den in meinem Leben kein Platz mehr war. Ich musste neue Wege finden, den Stress loszuwerden. Ich wandte mich meiner Kommode zu. Und stellte fest, dass die verdammte Katze in der Schublade saß.

»Wie machst du das?«, fragte ich, bevor ich sie hochnahm und sie wieder in den Flur brachte. Das Letzte, was ich jetzt brauchen konnte, war, dass irgendjemand – auch wenn es nur die Katze war – mir an die Wäsche ging.

Kapitel 3

An meinem zweiten Tag fünf Minuten zu spät zu sein – besonders nach dem emotionalen Trauma vom ersten Tag – fühlte sich an wie ein böses Omen, so wie der graue Himmel über mir. Seattle war normalerweise sonnig im Sommer und ansonsten für Dauernieselregen bekannt, aber heute war die Ausnahme. Sommer UND Nieselregen. Ich huschte in die Lobby, als die ersten schwachen Tropfen auf den Asphalt trafen. George, der Rezeptionist, sah auf und schüttelte den Kopf.

»Ich weiß schon.« Ich suchte in meiner Tasche nach meinem brandneuen Angestelltenausweis. Irgendwie hatte ich ihn bereits verbummelt. Endlich fand ich ihn, er war tief in die Eingeweide meiner Tasche gerutscht. Triumphierend hielt ich ihn hoch.

George beugte sich vor und senkte verschwörerisch die Stimme. »Mr. North ist mies drauf. Ich würde direkt zum sechsten Stock hochfahren. Er ist noch nicht da.«

»Danke«, sagte ich, doch mir rutschte das Herz in die

Hose. Ich war nicht nur spät dran, wenn ich nicht aufpasste, riskierte ich, meinen sowieso schon genervten Chef endgültig zu verärgern.

»Versuch, beschäftigt rüberzukommen«, rief er mir hinterher.

Der Aufzug kam und kam nicht, und mein Stresspegel erhöhte sich mit jeder verstreichenden Sekunde, bis er ein beim Menschen bisher unbekanntes Level erreicht hatte. Als der Aufzug doch noch kam, stieß ich erleichtert die Luft aus, trat ein und hieb auf den Knopf für den sechsten Stock.

Ich war nicht sicher, was genau Gavin Norths Problem war. Bei der ersten Gelegenheit hatte er mich an einen Kollegen abgegeben für die Tour durch NWI. Trevor dagegen hatte er selbst herumgeführt. Vielleicht war er ein Chauvinist, ein weißer Mann mit dem Gehabe der Altherrenclubs. Das hatte ich nicht erwartet, als ich herkam. Nicht nach meinen zahlreichen Telefoninterviews und den Erkundigungen, die ich über die Firma eingeholt hatte. Über Gavin North hatte ich allerdings kaum was gefunden. Die meisten Nachrichten konzentrierten sich auf das skandalbehaftete Leben seines stummen Geschäftspartners Nathaniel West. Die Reporter waren besessen davon herauszufinden, warum der Immobilieninvestor sich mit einem Geschäftsneuling eingelassen hatte. Ich war ebenfalls neugierig. Ich würde ein wenig Zeit mit ihm verbringen müssen, um Informationen zu kriegen, was schwierig werden würde, wenn er weiterhin Trevor vorzog.

Ich brauchte einen Plan. Ich würde in den sechsten Stock

hinauffahren, meine Tasche an meinem Schreibtisch abwerfen und mich dann an den nächsten freundlich dreinblickenden Kollegen hängen. Das war meine beste Option, da ich an Tag zwei noch kein echtes Arbeitspensum hatte.

Doch das Schicksal hatte andere Pläne. Der Aufzug hielt auf Stockwerk drei, und ich hätte am liebsten geschrien, als die Türen aufglitten und Gavin North einstieg. Er trat auf die Seite, sein Blick wanderte über mich und blieb dann an der Tasche über meiner Schulter hängen.

»Kommst du gerade erst an, Miss Hart?«, fragte er im Plauderton.

War das eine Fangfrage? Wenn ich Ja sagte, würde er sich dann in das schreckliche Chefmonster verwandeln, vor dem George mich gewarnt hatte? Ich erwog eine Lüge – aber das war keine gute Idee, gleich am Anfang.

»Ja«, räumte ich nach einer unangenehm langen Pause ein. Am besten hielt ich mich an die Wahrheit. »Ich kenne Seattle nicht gut. Hab mich verlaufen.«

»Eine ehrliche Antwort.« In seiner Stimme schien Überraschung mitzuschwingen, und etwas anderes. Interesse?

»Wäre es dir verdammt nochmal lieber, ich hätte gelogen?«

Entsetzt hob er eine Augenbraue, und ich erkannte, was ich getan hatte. Mein Cassie-Filter war aus gewesen. Ich musste ihn heute Morgen erst noch aktivieren. Es hatte Jahre gedauert, die Geistesgegenwart zu entwickeln, die es mir ermöglichte, nicht wie ein Seemann zu fluchen. Dass es so schwierig gewesen war, lag hauptsächlich daran, dass ich mich nicht fluchen hörte. Meine besten Freundinnen hatten einen großen Teil unserer ersten Jahre am College damit verbracht zu wiederholen, was ich gerade gesagt hatte. Aber vor dem Kaffee war ich wohl noch nicht präsent genug, um diese schlechte Angewohnheit im Griff zu haben.

Ich musste nicht zu den verspiegelten Wänden des Aufzugs sehen, um zu wissen, dass ich die Farbe eines frisch gekochten Hummers angenommen hatte. Also betrachtete ich weiter meine Schuhspitzen.

»Tut mir leid«, sagte ich betont langsam, um nicht gleich wieder zu fluchen. »Ich spreche seemännisch – buchstäblich. Ich hatte noch keinen Kaffee, deshalb weiß ich nicht, was ich gesagt habe.«

»Du weißt nicht, was du gesagt hast?«, wiederholte er. Ja, da färbte definitiv Interesse seine Stimme. Der Aufzug hielt im sechsten Stock, aber er drückte den Haltknopf, bevor die Türen aufgleiten konnten. Ich war mit einem Gott in einem dreiteiligen Anzug gefangen, der den Gerüchten zufolge in einer wirklich miesen Stimmung war. Nur wirkte er gar nicht grantig.

Gavin drehte sich zu mir um, und zum ersten Mal sah ich, wie jung er war. Klar, er war einige Jahre älter als ich, aber das Selbstbewusstsein, das er ausstrahlte, ließ ihn älter wirken. Mein Eingeständnis hatte ihm das genommen und nur den Mann zurückgelassen. Ein leichtes Grinsen hatte sich auf seine Lippen gestohlen, doch es wurde zu keinem ganzen Lächeln. Ich schluckte schwer, als er seine Jacke aufknöpfte und dann mit einer eleganten Bewegung die Hände in die Taschen seiner Hose schob. Sogar jetzt, ohne seine Chef-Fassade, hatte er das Auftreten eines Mannes, der nicht oft überrascht wurde.

»Ich würde vorschlagen, du arbeitest daran«, riet er mir. Es dauerte einen Moment, bis die sanften Worte bei mir ankamen. Zuerst dachte ich, er wollte nett sein, was sich wider seine Natur anfühlte. Dann begriff ich, dass er etwas zurückhielt.

»Lachst du mich aus?« Ich machte einen Schritt auf die Schalttafel des Aufzugs zu, aber er stellte sich davor.

»Du musst schon entschuldigen, aber ich habe noch nie jemanden mit schimpfwortbedingter Amnesie getroffen.«

»Das ist keine Amnesie.« Ich machte noch einen Schritt in Richtung Schalttafel, was mich auch ihm näherbrachte – so nah, dass ich das teure Parfüm roch, das er trug, eine berauschende Mischung aus Leder und Bergamotte. Ich schloss eine Sekunde lang die Augen, um mich zu sammeln. »Das ist mehr wie ein Filter.«

»Also beleidigt dich deine eigene Sprache?« Das Schmunzeln war zu einem offenen Lächeln geworden. Es erhellte sein ganzes Gesicht und strahlte von ihm ab. Ich hätte genauso gut aus Eiscreme bestehen können, denn ich schmolz praktisch dahin.

»Fluchen beleidigt mich nicht«, sagte ich. »Das sind doch nur Worte. Vielleicht höre ich sie deshalb nicht. Bist du dir jedes Mal dessen bewusst, wenn du ›das‹ oder ›und‹ sagst?«

»Das ist ein Argument.« Endlich, ein Lachen. Irgendwie war es besser, es zu hören, als zu wissen, dass er es zurückhielt. Vielleicht weil es so warmherzig und echt war wie sein Lächeln.

»Ich schwöre, sobald ich Kaffee hatte, werde ich es unter Kontrolle halten.« Ich sah zu dem großen roten Knopf, der mich erlösen würde, mir vollauf bewusst, dass ich gleich vor Scham nach Luft ringend im Waschraum stehen würde.

»Kaffee also.« Er drückte auf den Knopf, und der Aufzug verkündete mit einem *Pling* unsere Ankunft. In einer flüssigen Bewegung trat er zur Seite und bedeutete mir, zuerst auszusteigen.

Gavin North war ein Gentleman. Ich hatte diesen Gedanken kaum verarbeitet, als er hinzufügte: »Wir wollen doch nicht, dass du die Kontrolle verlierst, im Büro.«

Ich hatte viel Erfahrung und mit mehr als einem Kerl, und das nicht nur sexuell. Man hatte mich betrogen, belogen, angebetet und gestalkt. Im Grunde hatte ich die komplette Bandbreite von Liebesbeziehungen erlebt. Ich war Expertin darin, Doppeldeutigkeiten zu verstehen. Wie zum Beispiel, dass Gavin das »im Büro« rasch an seine letzte Aussage angehängt hatte, bevor sich unsere Wege am Kaffeeautomaten getrennt hatten.

Aber Gavin North war nicht mein Freund oder mein Exfreund oder auch nur Material für einen festen Freund. Und ich war auch gar nicht auf einen festen Freund aus. Weshalb ich mich fragte, warum ich wohl plötzlich so besessen von dem Thema fester Freund war. Ich wusste nämlich ganz genau, dass ich genagelt war – im übertragenen Sinne und oft auch im buchstäblichen –, wenn ich mich erstmal mit diesem Gedankengang beschäftigte. Ich brauchte Koffein und einen klaren Kopf. Während ich darauf wartete, dass der Espressoautomat warmlief, gesellte Trevor sich zu mir. Es war ziemlich schwer, meinen Kopf klar zu bekommen, wenn ich schon wieder fluchen wollte. Ich fragte mich, was meine besten Freundinnen in dieser Situation tun würden. Ich konnte Jess' ruhige, besänftigende Stimme beinahe hören, die mich durch eine Liste mit Schritten führte: Stell deinen Becher unter den Ausguss, drück auf den Knopf, behalt den Blick auf der Maschine, nimm deine Tasse und geh weg. Durch ein Wunder kam George von der Rezeption zu uns. Er warf uns beiden einen Blick zu, als er eine Tasse nahm, und studierte die Situation nicht allzu unauffällig.

»Schrecklicher Kaffee, aber was will man machen?«, fragte er und wartete, dass ich mir meinen zubereitete.

Ich lächelte ihn an, und er zwinkerte, als wüsste er ganz genau, was hier vor sich ging. Er übernahm für mich die Rolle des Puffers. Ich schuldete ihm später einen guten Kaffee, auch wenn das bedeutete, dass ich mich wieder einem Ex stellen musste, Danny.

Ich war bei Schritt zwei, als Trevor sich lässig gegen die Wand lehnte. Bei Schritt drei räusperte er sich bedeutungsschwanger. Langsam machte ich mir Sorgen, was ich tun würde, wenn ich Schritt vier erreichte und eine Tasse mit kochend heißem Kaffee in der Hand hielt. Es war besser, das nicht zu riskieren, befand ich.

»Kann ich dir helfen?«, fragte ich also und hielt den Blick auf die Maschine gerichtet. Nie zuvor in meinem Leben war ich so entschlossen gewesen, einen Arbeitsablauf durchzuziehen.

»Machst du Kaffee?«, fragte er.

Ich verdrehte unwillkürlich die Augen, konnte den Blick dann aber wieder auf den Strahl Espresso richten, der in meine Tasse rann. »Nein, ich studiere Teilchenphysik.«

George lachte leise auf, was ihm einen scharfen Blick von Trevor einbrachte. Er schnaubte. Immerhin einen Verbündeten hatte ich in diesem Büro.

»Möchtest du mir einen machen?«, fragte Trevor. Die Andeutung eines Lachens verriet, dass er das hier genoss. Er hatte mir nicht nur mein Praktikum gestohlen, er würde auch den gesamten Sommer damit zubringen, mich zu provozieren.

Ich machte mir nicht die Mühe, darauf zu antworten. Es schien mir eine Verschwendung von Atemluft, ihm noch einmal zu drohen. Er verdiente keine weitere Aufmerksamkeit von mir. Ich musste mich zurückhalten, um nicht vor Erleichterung zu seufzen, als die Maschine fertig war. Ich nahm mir meinen Becher, wandte mich zu George um und fragte: »Willst du auch einen?«

Er unterdrückte mit Mühe sein Lachen und schüttelte den Kopf. »Ich mach schon.«

»Solltest du nicht am Empfangstresen sein?«, fragte Trevor. Wenn ich schon nicht anbiss, konnte er vielleicht einen Streit anfangen, den ich nicht würde ignorieren können.

George kam mir jedoch zuvor. »Jemand hat meine Ketten gelockert, da konnte ich entkommen.«

Ich kicherte, was mir ein beifälliges Lächeln von George einbrachte, und einen verächtlichen Blick von Trevor. Das war wie ein doppelter Lottogewinn.

»Wir sehen uns später«, sagte George zu mir und ignorierte Trevor geflissentlich, als er mir zum Abschied zuwinkte.

Da mein Puffer gegangen war, beschloss ich, es ihm gleichzutun, bevor Trevor mich erneut in einen Streit verwickeln konnte.

»Gehst du jetzt zu dem Meeting?«, fragte er.

Zu spät. Er hatte zum Gegenschlag angesetzt, als mein Schutzschild unten war.

Welches Meeting? Ich blieb stehen und traf rasch eine Entscheidung. Falls ich in der Eile ein Memo oder eine Mail verpasst hatte, war es besser, das von irgendjemandem zu hören – sogar von einer Schlange wie Trevor –, statt es zu verpassen. Ich raffte meinen Stolz zusammen und drehte mich wieder zu ihm um. »Ich bin gerade erst angekommen. Welches Meeting?«

»Ach, vergiss es. Mr. North hat mich zu einem Meeting dazu gebeten, bei dem es um die Pläne für das alte Majestic Kino in Capitol Hill geht. Ich denke, das ist nur für das Führungskomitee. Ich wollte bloß sehen, ob du auf dem Weg dorthin bist.« Sein verzücktes Gesicht strahlte vor Selbstzufriedenheit. Er war zu einem Meeting des Führungskomitees eingeladen worden, und ich nicht. Er genoss diese Tatsache, und ich wollte ihn in den Arsch treten.

Ich würde der weiblichen Spezies einen Gefallen tun.

»Viel Spaß. Ich geh rüber zu …« Ich stolperte bei meiner Suche nach etwas, das wichtig klang. In Wahrheit war es mein zweiter Tag – unser zweiter Tag –, und ich war mir noch nicht darüber im Klaren, was ich tun sollte. Deshalb wusste ich nicht wirklich, wohin ich gehen sollte. Auf meinem Schreibtisch wartete keine Arbeit. Gestern waren wir herumgeführt und vorgestellt worden. Ich hatte erwartet, dass die Arbeit heute anfing, doch für Trevor hatte sie angefangen.

»Mach dir nichts daraus. Ich bin sicher, sie haben auch für dich was geplant.« Er winkte mir herablassend zu und stolzierte davon.

Das Wort Abneigung reichte nicht aus, um zu beschreiben, was ich ihm gegenüber empfand. Ich verabscheute ihn. Ich hasste ihn. Wie er damit durchkam, so ein Arschloch zu sein, konnte ich einfach nicht begreifen. Er hatte mich betrogen. Er hatte mich belogen. Er hatte mir etwas vorgemacht.

Ich wählte Jess' Nummer, wenigstens war sie in der gleichen Zeitzone wie ich, und trat in einen ruhigen Raum.

Ich erwartete nicht, dass sie ranging. Vor allem weil ich mir vorstellte, wie sie sich an einem mexikanischen Strand sonnte, während ihr frischgebackener Ehemann ihr mit Palmwedeln Luft zufächelte. Aber sie ging beim zweiten Klingeln ran und klang ein wenig atemlos.

Ich ignorierte, dass ich vermutlich einen Flitterwochenaugenblick unterbrochen hatte, und fing sofort mit der elenden Geschichte an. »Trevor ist ein Schwanz epischen Ausmaßes – und das meine ich nur im übertragenen Sinne. Er hat nämlich definitiv keinen Schwanz, auf den diese Beschreibung zutrifft.«

»Was hat er getan?«, fragte sie.

Ich erklärte es ihr, und dieses Mal war ich mir vollständig

der Kraftausdrücke bewusst, die durch meinen Filter kamen. Ich benutzte im Schnitt dreimal pro Satz das F-Wort.

»Wieso bloß hat er es darauf abgesehen, mir mein Leben zu vermiesen? Er ist doch derjenige, der mich betrogen hat.«

»Hast du seine Kreditkarte nicht mit einem Zehntausend-Dollar-Urlaub belastet?«

Da hatte sie recht. Das hatte ich gemacht, und ich hatte besagten Urlaub mehr als genossen. Sie war bei diesem finanziellen Racheakt anwesend gewesen. Verdammt, sie genoss gerade genau deshalb ihre Flitterwochen. »Das war der Schadensatz für das emotionale Trauma, ihn mit dem Mädchen aus seinem Wirtschaftskurs zu erwischen.«

Jess war so weise, nichts dazu zu sagen.

»Okay«, lenkte ich ein. »Er kann mich ja hassen, aber warum muss er jetzt auch noch hier der Auserwählte sein?«

»Scheiß auf ihn. Geh zu dem Meeting.«

»Ich bin nicht eingeladen.«

»Besser um Entschuldigung bitten, als um Erlaubnis«, riet sie mir. »Er hat dir dieses Praktikum gestohlen. Hol's dir zurück.«

»Da könntest du recht haben.« Und wie sie recht hatte. Genau das hatte ich hören müssen. Nach unserer Trennung hatten wir beide uns mies verhalten, aber das war damals, und jetzt war jetzt.

»Halt mich auf dem Laufenden.«

Das versprach ich, dann legte ich auf. Würde ich wirklich rumsitzen und zulassen, dass Trevor mir eine Chance wegschnappte? Bevor mich der Mut verlassen konnte, flitzte ich in die Richtung, die er genommen hatte. Ich wusste nicht, wo das Meeting stattfand, aber das war egal. Meine innere Tigerin hatte übernommen, und sie war auf der Jagd. Ich musste nur dem Geruch der Verlogenheit folgen, den Trevor hinter sich herzog.

Kapitel 4

Gerade durchstreifte ich im Großraumbüro das Labyrinth mit Arbeitsnischen, als ich ihm und einem Haufen anderer Leute, die ich noch nicht kennengelernt hatte, in die Arme lief. Trevor hob überrascht eine Augenbraue, aber ich zwang mich zu einem selbstbewussten Lächeln.

»Tut mir leid, ich bin spät dran. Ich habe vergessen zu fragen, wo das Meeting stattfindet. Neue Praktikantin. Zweiter Tag«, fügte ich als Erklärung hinzu.

Niemand zuckte auch nur mit der Wimper über meine ungebetene Anwesenheit, doch Trevor sah drein, als hätte er in eine Zitrone gebissen. Ich blickte mich um und begriff mit Schrecken, dass jeder ein iPad oder Notebook dabeihatte. Rasch durchwühlte ich meine Tasche und förderte ein paar Post-its und einen Stift zutage. Ansonsten hatte ich nur die Rückseiten von Kassenzetteln. Die Post-its also. Ich legte mein Telefon neben meine magere Ausbeute und hoffte, dass es nicht so unprofessionell aussah, wie ich mich fühlte. Trevor trug heute einen Anzug, zweifellos in dem Versuch, unserem jungen Chef nachzueifern. Ich fragte mich, ob ich ähnlich overdressed wirkte in meinem Wickelkleid und den Heels. Die meisten anderen Angestellten hielten sich an legere Businesskleidung. Ein paar trugen Jeans. Es würde einen Moment dauern, mich an die Stimmung von Seattle zu gewöhnen. Ich hatte geglaubt, dass die Tendenz zu legerer Kleidung auf dem Campus ein College-Ding wäre. Je mehr Zeit ich aber in der Stadt verbrachte, desto mehr argwöhnte ich, dass es der Stil des Pazifischen Nordwestens war.

Gavin kam, als die meisten Stühle besetzt waren. In einem Zimmer mit so vielen seiner Angestellten, von denen fast alle viel älter waren als er, stach er hervor. Doch nicht, weil er so viel jünger wirkte. Er strahlte eine Energie und ein Selbstbewusstsein aus, das nichts mit seinem Dreiteiler oder der Krawatte zu tun hatte. Er betrat den Raum, als würde er ihm gehören. Was natürlich auch der Fall war, aber es gab keinen Zweifel daran, dass er das wusste. Ich war nicht sicher, ob ich jemals so viel Überzeugung bei etwas ausgestrahlt hatte. Jedenfalls schwieg der gesamte Raum, als er an den Kopf des Tischs trat – und zu dem Stuhl direkt neben meinem.

Ich hatte mich nicht absichtlich auf den Stuhl zur Rechten des CEO gesetzt. Den Stuhl hatte ich aufgrund seiner Entfernung zu einer gewissen unerwünschten Person gewählt. Den Seitenblicken nach zu urteilen, die man mir zuwarf, wurde diese Wahl jedoch anders interpretiert. Ich setzte eine unbeteiligte Miene auf und wandte meine Aufmerksamkeit Gavin zu.

»Schön, dass unsere neuen Praktikanten hier sind«, sagte er, und sein Blick ruhte kurz auf mir, bevor er ihn wieder der Gruppe zuwandte. »Ich bin sicher, Sie haben Cassandra und Trevor bereits kennengelernt. Das sind die armen unbezahlten Kräfte, die wir in diesem Sommer ausnutzen werden. Seien Sie nett zu ihnen.«

Die anderen lachten über diesen Scherz. Falls ich mich gefragt hatte, wie sein Alter das Verhältnis zu den Kollegen beeinflusste, hatte ich meine Antwort. Die Leute wirkten entspannt. Sogar glücklich. Ich fragte mich, was ihn an diesem Morgen so sehr verärgert hatte, dass George gemeint hatte, mich warnen zu müssen. Die Stimmung in einem großen Unternehmen in der Stadt, besonders einem im Bereich Grundstückserschließung, hatte ich mir immer gereizter vorgestellt. Börsencrashs, Vorschriften und Gesetze, Hauseigentümergesellschaften – all das zusammen konnte diesen Menschen hier das Leben zur Hölle machen. Und doch hatte jeder gute Laune, bis auf Trevor, der ein wenig grün um die Nase aussah.

»Und da Becky gerade in Mutterschutz gegangen ist, stellen diese Praktikanten hier unsere gesamte PR dar.«

Ich richtete mich ein weniger gerader auf und spürte diese Verantwortung förmlich auf meinen Schultern – sie fühlte sich besser an als die perfekte Handtasche.

»Wir werden Sie nicht im Stich lassen«, rief Trevor vom anderen Ende des Zimmers. Ein paar der Älteren warfen einander Blicke zu. Trevor war übereifrig. Ich notierte mir im Geiste, mich eher auf der Grenze zwischen Ober-Cheerleader und Anarchist zu bewegen.

»Gut zu wissen, wir haben nämlich so etwas wie ein PR-Problem«, sagte Gavin und wandte sich zu dem Whiteboard hinter sich um. Er zog einen Screen herunter und drückte auf eine Fernbedienung. Eine PowerPoint-Präsentation begann. »Das ist das Majestic Kino in Capitol Hill.«

Das Bild auf dem Screen zeigte ein baufälliges, heruntergekommenes Gebäude, das einmal wunderschön gewesen sein musste. Das Schriftdisplay war verblasst und abgesackt in den Jahren der Vernachlässigung. Unkraut überwucherte den Gehsteig und kletterten an den Wänden zum leeren Kartenschalter hinauf. Und doch konnte ich unter den Spuren der Zeit das Leben sehen, das einst in ihm gewohnt hatte. Fast sah ich das beleuchtete Schild vor mir, wie es den Film der Woche ankündigte. Wir hatten ein ähnliches Kino in Abilene, doch das hatte man instandgehalten. Mit meinen Eltern war ich fast jedes Wochenende dort gewesen. In der Highschool hatten meine Freunde und ich dort abgehangen, wir hatten für ein Ticket bezahlt und waren dann den ganzen Tag von Saal zu Saal gewechselt oder hatten einfach darauf gewartet, dass die nächste Vorstellung begann. Dem Management hatte das nichts ausgemacht. So war es eben in einer Kleinstadt, in der es nicht viel zu tun gab. Vermutlich kam es in einer großen Stadt auf ein Kino mehr oder weniger nicht an. Aber eine Schande war es trotzdem.

»Du liebe Güte, Boss«, rief da eine Rothaarige quer über den Tisch. »Vielleicht solltest du uns die Objekte zeigen, bevor du sie kaufst.«

Gavin lachte über den Scherz auf seine Kosten, und alle

anderen kicherten. »Ich weiß, ich weiß. Ich bin ein Softie. Aber dieses Gebäude hat eine wunderbare Geschichte. Und die Stadt wollte es abreißen. Vergib mir, Agnes.«

Ich war ein wenig überrascht, dass eine junge Frau in ihren Zwanzigern Agnes hieß, aber wenigstens kannte ich nun noch jemanden außer Trevor und George.

Gavin drückte auf die Fernbedienung und zeigte uns das Innere. Es sah nicht besser aus. Eher noch schlimmer. Auf beiden Seiten der Leinwand waren verschnörkelte Goldverzierungen zu sehen, aber die Vorhänge, die daneben hätten hängen sollen, waren beinahe herabgerissen. Durch die Mitte der Leinwand verlief ein riesiger Riss. Das waren jedoch nicht die größten Probleme. Ein paar der Sitze waren über die Jahre verschwunden und standen nun wahrscheinlich in den Wohnzimmern von irgendwelchen Hipstern. An ihrer Stelle lagen Schlafsäcke, und Müll bedeckte den Boden.

»Es sieht aus, als hätten wir bereits ein paar Mieter«, sagte jemand.

»Die Schlösser wurden ausgetauscht und die Eingänge gesichert. Ich glaube nicht, dass es noch Probleme mit Hausbesetzern geben wird. Wir haben aber ein paar Plakate der ortsansässigen Heime und Rehabilitationszentren hingehängt, für die, die einen warmen und trockenen Schlafplatz brauchen.«

Mein Herz begann ein wenig zu flattern wegen dieser Besonnenheit. So etwas musste er nicht tun. Kommerziell sinnvoll wäre lediglich, die Schlösser auszutauschen und die Leute rauszusetzen. Gavin machte sich aber Gedanken darüber, wo diese Menschen hinkonnten. Er hatte ein Herz und sah aus wie ein Filmstar. Ich konnte nur hoffen, dass er demnächst mal blöd war und mir so gewissermaßen die Nadel lieferte, mit der ich die Blase meiner Faszination zum Platzen bringen konnte.

»Gut, ein neuer Vorhang wird einiges kosten, und es sieht so aus, als wären die meisten Sitze nicht mehr zu gebrauchen. Soll es denn ein Kino bleiben?«, fragte Agnes, die Rothaarige.

»Das ist der Plan. Das wird auch unsere Verteidigung gegen den Denkmalschutz.«

Einige stöhnten. Ich sah mich um und wartete, dass jemand dies erklärte. War wohl ein Insiderding. Mein Blick fiel auf Gavin, der die Augen verdrehte. Das war offensichtlich nicht sein erstes Rodeo, meines aber schon. »Das haben wir oft«, erklärte er mir. »Einige Viertel in Seattle entwickeln sich und wachsen rasch, weil große Firmen sich in der Stadt niederlassen. Das bedeutet, dass eine Menge historischer Gebäude neue Verwendungszwecke finden oder abgerissen werden.«

»Und dann schreitet der Denkmalschutz ein und versucht, das zu unterbinden«, riet ich.

Gavin nickte. »Auf eine Art stehen wir aber auf der selben Seite wie die.«

»Sag denen das mal«, grummelte Agnes.

»Sie haben jeden Anlass zu Besorgnis. Das Gebäude sollte abgerissen werden, und sie haben hart dagegen angekämpft. Das ist einer der Gründe, warum wir das Gebäude zu so einem guten Preis bekommen haben.«

»Weil es mit dem verfickten Denkmalschutz daherkommt?«, fragte ich und bereute meine Worte sofort.

Müdes Lachen erklang in der Runde. Anscheinend hatte ich den Nagel auf den Kopf getroffen. Rot wurde ich trotzdem.

»Das ist nichts, womit wir es nicht schon zu tun gehabt hätten«, sagte Gavin. »Und es ist perfekt für unsere PR, um Erfahrungen zu sammeln.«

Nur, dass das PR-Team mit so etwas noch nie zu tun gehabt hatte. Oder mit überhaupt etwas. Die ganzen Bücher und Essays und Präsentationen und Tests waren nicht das Gleiche, wie sich einer wütenden, feindlich gesinnten Gruppe zu stellen, die darauf aus war, unsere Arbeit zu untergraben. Die meisten meiner Professoren lehrten Pressearbeit mithilfe der Offensivtaktik. Man hatte mir beigebracht, den Problemen zuvorzukommen, um alles kontrollieren zu können, sobald die Nachricht herauskam. In diesem Fall jedoch war die Katze bereits aus der Unterwäscheschublade gehüpft.

»Was also sollen wir tun?«, fragte Trevor, während ich noch wegen der Differenz zwischen dem Elfenbeinturm und der echten Welt in der Krise war. Ich stellte mir vor, wie ich Trevors Kopf zwischen meinen Daumen zerquetschte, hielt jedoch den Blick auf Gavin gerichtet.

Gavin sah zu mir. »Wir müssen ihnen in der Mitte entgegenkommen. Sie werden Forderungen stellen, die nicht zu erfüllen sind. Wie eine Restauration der alten Leinwand oder der Sitze. Wie du sehen kannst, wird das nicht passieren. Wenn sie vernünftig sind, sehen sie das ein. Doch wir müssen mit einer Menge Gegenwind rechnen, weil wir überhaupt etwas tun. Wir müssen ihnen einen Plan zeigen, in dem wir das Kino modernisieren und dabei so viel der ursprünglichen Substanz beibehalten wie möglich, und unser PR-Team muss bereitstehen, sobald die Baubewilligungen durch sind.«

Ich hob eine Augenbraue und biss mir auf die Lippe, bevor ich meine Bedenken aussprach. »Ehrlich, das klingt ein wenig mehr wie die Arbeit für eure Bauabteilung.«

»Und das ist es«, stimmte Gavin zu. »Aber wir brauchen eine starke Präsentation mit einer klaren Richtung, die Raum für ihre Vorschläge lässt, ohne ihnen Raum für ihre Proteste zu liefern.«

Warum fragte er nicht gleich nach einem Einhorn, das Cupcakes kotzte?

Er fuhr fort mit seiner *großen Aufgabe für die PR.* »Wir brauchen eine Reihe Pressemitteilungen, die uns als die Guten dastehen lassen, und müssen irgendwie rüberbringen, dass wir helfen, die Geschichte von Capitol Hill zu erhalten und weiterzuschreiben.«

Wenn wir so vorgingen, sollten wir einen Schritt nach dem anderen machen und jede Menge Raum lassen für Anpassungen, fußend auf ihren Reaktionen.

»Wie sieht es mit einer gesponserten Gemeindeveranstaltung aus?«, fragte ich und tippte mit dem Stift auf meine Post-its.

»Wir werden mehr brauchen als das. Es wird wenigstens neun Monate brauchen, das Projekt abzuschließen – und das nur, wenn wir keine Probleme mit den Genehmigungen bekommen. Wir sollten während dieser ganzen Zeit in der Gemeinde aktiv sein, ihnen zeigen, dass sie sich keine Sorgen machen müssen. Kriegen wir das nicht hin, haben wir Demonstranten, und Gewerkschaftsmitglieder mögen es nicht, Streikposten zu verärgern. Dann wird es also wirklich schwierig.«

»Ernsthaft?« Das rutschte mir heraus, bevor ich noch etwas dagegen tun konnte.

»Ihr müsst ihr die Naivität nachsehen, sie ist aus Texas«, sagte Trevor, als wollte er um Vergebung für den Alien im Zimmer bitten.

»Wir haben durchaus Demonstranten in Texas«, gab ich zurück. »Ich bin nur überrascht, dass ein Komitee für Denkmalschutz solche schweren Geschütze auffährt.«

»Für gewöhnlich führt jemand mit Geld diese Aktionen an«, erklärte Agnes. »Wissen wir schon, wer es diesmal ist?«

Gavin schüttelte den Kopf, doch ich bemerkte, dass sich sein Kiefer anspannte. Er hielt etwas zurück. Ich sah ihn an und fragte mich, ob er es uns eröffnen würde, doch er fuhr nur fort. »Ich ahne es. Ich sage es euch, sobald es bestätigt ist, versprochen.«

Ich war keine Agatha Christie, aber ich wagte zu behaupten, dass er ganz genau wusste, wer es war, und aus irgendeinem Grund hielt er diese Information vor dem Team zurück. Gavin wirkte nur noch geheimnisvoller auf mich.

Seine diplomatische Antwort wurde mit Gemurmel quittiert, aber Gavin hob die Hände, und alle wurden still. Es war erstaunlich. Obwohl er so viel jünger war als viele Anwesende, sahen sie alle ihn an und warteten auf seine

Anweisungen. Das war so wahnsinnig heiß. Das hier war kein College-Junge. Das war ein Mann, der eine Situation in die Hand nahm und dabei zeigte, dass Teamwork und Verantwortung siegen konnten.

»Also werfen wir hierfür die armen, hilflosen Praktikanten den Löwen zum Fraß vor?«, fragte Agnes. Sie grinste mich quer über den Tisch hinweg spitzbübisch an.

»Ich hoffe, ein paar von euch werden helfen. Aber ich denke, sie kommen zurecht. Ich glaube, sie wollen noch die Welt verändern. Sie sind nicht so zynisch wie der Rest von uns. Noch nicht.«

Jeder nickte und lächelte, als wäre der Zynismus einfach ein Teil des Jobs. Ich hoffte, niemals an diesen Punkt zu gelangen. Ich hoffte, dass ich in fünf, in zehn, in fünfzehn und in zwanzig Jahren immer noch für etwas brennen würde. Gavin machte mir ein wenig Hoffnung. Er mochte sich zu den Zynikern gezählt haben, doch seine Handlungen bewiesen das Gegenteil. Er brannte für das, was er tat. Das sah ich an den Maßnahmen, die er ergriff, um den Schwachen zu helfen. Dann wiederum lehrte seine Herangehensweise, dass eine starke Offensive eine gute Verteidigung war und dass es vielleicht am besten war, ein wenig Rüstung angelegt zu haben. Es musste ein Gleichgewicht geben. Gavin war erfolgreich *trotz* seines großen Herzens.

»Also ist eure einzige PR-Frau in Mutterschutz?«, rief Trevor dazwischen und stellte die Frage, auf die auch ich eine Antwort wollte. Gavin wandte ihm seine Aufmerksamkeit zu und nickte.

»Wir sind sehr schnell gewachsen. PR war uns immer

wichtig, aber da wir jetzt immer mehr Projekte wie dieses annehmen, werden wir ein größeres Team brauchen. Wir werden uns vergrößern, sobald Becky zurück ist und an der Entscheidung teilhaben kann.«

Mein Radar für Chancen schlug an, und ich richtete mich auf. Das klang, als würden hier in ein paar Monaten Jobs verfügbar sein. Da wäre ich zwar noch nicht mit dem College fertig. Aber wenn ich gut genug war, würde das mehr bedeuten als jeder furztrockene Lebenslauf, der über Gavins und Beckys Tisch ging. Plötzlich war das kein Projekt. Es war ein Casting, und ich stand für die Hauptrolle auf der Bühne.

Kapitel 5

Das Meeting war beendet, und ich kehrte an meinen Schreibtisch zurück und machte mich an die Arbeit. Stunden saß ich da, die sich anfühlten wie Tage – und hatte dennoch praktisch nichts vorzuweisen. Ich bemerkte nicht einmal, dass ich die Mittagspause verpasste. Das war herausragend, wenn man bedachte, dass ich nichts geleistet hatte.

Nach der fünften Stunde *nada* fühlte es sich an, als rückten die Wände meines Arbeitsplatzes auf mich zu, um mich zu einer Existenz in vollkommener Mittelmäßigkeit zu verdammen. In diesem Tempo würde ich das Team von NorthWest Investments niemals beeindrucken. Der Job, den Gavin mir vor der Nase baumeln ließ, schien immer mehr außer Reichweite zu rücken. Ich würde vermutlich den Abschluss ohne Job und ohne Aussichten machen und nach Hause zurückkehren, um irgendwo zu kellnern.

Wenn mir nichts einfiel, das den Bedürfnissen der Gemeinde gerecht wurde und das ihnen zeigte, wofür North-

West Investments stand, wie konnte ich da an größeren Projekten arbeiten? Wie konnte ich Teil eines größeren Teams sein? Wie konnte ich sie bitten, in mich zu investieren? Das hier führte nirgendwo hin, und es zermürbte meine sonst unerschütterliche Auf-geht's-Einstellung.

Als ich von meinem Schreibtisch aufstand, tat mir der Rücken weh, und einer meiner Füße war eingeschlafen. Ich musste mich bewegen, die Blutzirkulation anregen. Ich beschloss, runter an die Ecke zu laufen und mir einen Kaffee zu holen und ein paar Kohlenhydrate, die sie da verkauften. Der Aufzug war ausnahmsweise mal auf meinem Stockwerk, und ich beschloss, ihn zu nehmen. Als die Türen sich gerade schlossen, schob sich eine Hand dazwischen. Trevor kam herein und stellte sich neben mich.

Der Tag musste ja unbedingt noch länger werden.

»Hast du an dem Vorschlag gearbeitet?«, fragte er, und ich nickte und behielt den Blick auf den Knöpfen, die aufleuchteten. Wenigstens war es kein hohes Gebäude.

»Du?«

»Ja, das wird total großartig. Ich schwör dir, die Ideen rauschen nur so rein.«

Genau wie bei mir der Schwachsinn, erwiderte ich stumm. Trevor war immer ein Mann der Ideen gewesen. Es fehlte ihm aber am Durchhaltevermögen. Er war gut beim Vorspiel, doch schlecht darin, die Sache voranzubringen. Er laberte groß daher und lieferte dann mittelmäßig ab. Ich bezweifelte nicht, dass er bereits mit einem Dutzend großartiger Vorschläge aufwarten konnte. Aber war einer davon wirklich durchsetzbar?

Nicht von ihm allein, begriff ich. Vielleicht würde meine Sturheit mich reinreiten. Gavin sagte, sie brauchten ein PR-Team, keinen Pressesprecher. NorthWest Investments propagierte Teamwork und Gemeinschaft. Ich aber machte das nicht. Ich saß allein herum und mühte mich ab. Während Trevor jede Menge Ideen hatte. Vielleicht würde es einen Job für uns beide geben, wenn wir unsere Karten richtig ausspielten. Ich ignorierte das Übelkeit erregende Gefühl in meinem Magen bei dem Gedanken daran, länger als diesen Sommer mit Trevor zu arbeiten. In Wahrheit sprachen wir beide für je eine Rolle vor. Wir könnten beide angestellt werden. Gavin hatte Team gesagt, und in *Team* gab es kein *Ich*. Nicht immer würde ich entscheiden können, mit wem ich zusammenarbeitete, also war es jetzt wohl an der Zeit, sich an jemanden wie Trevor zu gewöhnen. Kaum vorstellbar, dass mir je irgendein Kollege mehr auf die Nerven gehen könnte als er, aber wenn ich lernen konnte, mit ihm zu arbeiten, konnte ich mit jedem zusammenarbeiten.

Vielleicht fand ich dabei sogar den Schlüssel zum Weltfrieden.

»Wir könnten uns zusammensetzen, wenn ich mir einen Kaffee geholt habe«, schlug ich vor. »Ich könnte dir zeigen, was ich habe. Du könntest mir zeigen, was du hast.«

»Ich glaube, es ist besser, wenn wir unsere Augen auf dem jeweils eigenen Entwurf behalten«, sagte Trevor zu meinem lockeren Vorschlag höhnisch, als hätte ich ihm gerade vorgeschlagen, doch noch zu heiraten.

»Ich denke einfach, dass Gavin ein PR-Team möchte …«

Trevor unterbrach mich. »Wir wissen beide, dass es nicht

zu unseren Langzeitplänen gehört zusammenzuarbeiten. Warum also sollten wir so tun?«

Das bekam ich, wenn ich versuchte, diplomatisch zu sein. Ich ging an ihm vorbei und zum Empfangstresen. Trotz der Abfuhr, die er mir gerade erteilt hatte, folgte Trevor mir und fuhr fort: »Das geht nicht gegen dich. Ich weiß, dass du wirklich klug bist, Cassie. Aber ich muss einen Job in Seattle bekommen, wenn ich mit der Schule fertig bin. Du hast viele Möglichkeiten. Du könntest zurückgehen nach Texas.«

»Ich könnte …« Eine Erwiderung würde nichts bringen, ich lief nur Gefahr, ihm eine reinzuhauen. Also wandte ich mich George zu und lächelte ihn an.

»Möchtest du einen Kaffee? Ich gehe runter und hole mir einen.« Ich sprach ruhig und vernünftig und das trotz der Tatsache, dass ich auf hundertachtzig war.

»Dem Herrn sei Dank«, sagte George. »Ich hätte gerne einen Americano, wenn das nicht zu viele Umstände macht. Falls ihr aber erst eure Diskussion zu Ende führen müsst …«

»Die Diskussion ist beendet«, sagte ich zu ihm.

Trevor verstand den Hinweis nicht. »Ich könnte mir deine Präsentation ansehen, wenn du möchtest, das wäre wohl in Ordnung, aber ich glaube, es ist wichtig, dass …«

Plötzlich hielt er inne, und ihm sank die Kinnlade herab. Ich blickte hoch, um zu sehen, was ihm die Sprache verschlug. Es war unschwer zu erkennen, denn gerade war eine der schönsten Frauen der Welt durch die Türen von NorthWest Investments getreten. Langes, seidiges schwarzes Haar fiel ihr über die Schultern. Es war sichtlich eine oder zwei Schattierungen dunkler als ihre normale Farbe, ging man von ihrer samtigen olivfarbenen Haut aus. Da sie jetzt ihre Sonnenbrille abnahm und sie in ihre Chanel-Tasche schob, sah man ihre bezaubernden strahlend blauen Augen, als sie an uns vorbeiging. Ihre maßgeschneiderte Hose hörte ein paar Zentimeter über ihren Knöcheln auf, und ihre langen Beine steckten in hohen Heels aus Lackleder. Ihre lockere elfenbeinfarbene Bluse war ärmellos und umspielte ihre schlanke Figur. Die Frau war der Inbegriff von Grazie, sogar ich konnte nicht anders und starrte sie an.

»Du solltest vielleicht den Mund schließen«, murmelte ich Trevor zu, als sie vorbei war. Ich tat, als würde ich meine heraushängende Zunge einrollen. Er war so widerlich.

»Wer ist das?«, fragte Trevor, und ich konnte beinahe sehen, wie er sie im Geiste auf seinen Wunschzettel setzte.

»Imogen Sound«, sagte George. »Sie wird gekommen sein, um Gavin zu sehen. Sie ist …«

»Heiß wie die Hölle«, warf Trevor ein.

George stieß einen Seufzer aus, wie jemand, der fand, dass er zu viel Zeit mit der jüngeren Generation verbringen musste. Er schien nichts mehr sagen zu wollen.

Ich verdrehte die Augen und zog die Tasche ein wenig höher auf die Schulter. Sie fühlte sich bedeutend weniger glamourös an, da diese Frau nun in der Nähe war. »Ich gehe los, dir den Kaffee besorgen.«

Ich war gerade von dem Empfangstresen weggetreten, als Gavin aus dem Aufzug stieg und Imogen begegnete. Das Lächeln, das sich bei ihrem Anblick auf seinem Gesicht ausbreitete, war wie eine Faust, die mein Herz umklammerte. Sie drückte zu, und es fühlte sich an, als würde mein Herz unter dem Druck zerplatzen. Bei all meinen Bedenken, nicht mit meinem Boss zu flirten, hatte ich nie daran gedacht, dass er gar nicht verfügbar sein könnte. Imogen beugte sich zu ihm und küsste ihn auf die Wange, bevor sie ihn umarmte, und da hatte ich meine Antwort. Gavin gab ihr einen Kuss auf die Stirn, bevor er seinen Arm um ihre Schultern legte und sich wieder zum Aufzug umwandte. Er sah auf und erblickte mich, wie ich sie ansah. Gavin öffnete den Mund, als wollte er mir etwas zurufen, aber ich war nicht in der Stimmung, mir seine Freundin vorstellen zu lassen. Nicht heute. Nicht, während die Verwirrung sich in mir aufbaute wie ein Tsunami, der gleich auf die Küste treffen würde.

Kapitel 6

Gavin hatte eine Geliebte. Eine Tatsache, die wegen der Alliteration noch ätzender war. Aber es war auch eine Tatsache, die mich gar nicht ärgern sollte – nein, ich hatte kein Recht, verärgert zu sein.

Ich *war* aber verdammt nochmal verärgert.

Ich war mir nämlich ziemlich sicher, dass ich mir seine subtilen Andeutungen mir gegenüber nicht eingebildet hatte, und das machte ihn nur zu einem weiteren Möchtegernbetrüger. Der Rest des Tages zog in einem Nebel aus halbherzigem Lächeln und wandernden Gedanken vorbei. Egal, wie sehr ich versuchte, meine Aufmerksamkeit von Gavin und seinem Date für die Mittagspause wegzulenken, ich dachte weiter an ihn. Sie war hübsch und nett, und wenn ein Mädchen wie sie einen Kerl nicht bei der Stange halten konnte, welche Hoffnung sollte dann eine neurotische Wahnsinnige wie ich haben? Und Trevor war eine ständige Erinnerung daran, dass ich nicht das Mädchen war, für das es ein *For Ever* gab. Ich war das Mädchen dazwischen, auf das sich ein Kerl einließ, während er auf die bessere Investition wartete. Ich war ein aussichtsloser Fall.

Als es fünf Uhr schlug, freute ich mich wahnsinnig, endlich einpacken und nach Hause gehen zu können. Ohne die Möglichkeit, in diese Ablenkung auf zwei Beinen zu rennen, die dieses Bürogebäude heimsuchte, standen meine Chancen besser, noch an der Kinosache zu arbeiten.

Heute war Seattle eingeknickt und hatte sich dem Juni ergeben. Der Himmel war strahlend blau und wolkenlos, und selbst Mount Rainier war am Horizont zu erkennen. Zu Hause hatte die Saison längst begonnen, und wir hätten uns auf die drückende Schwüle des texanischen Sommers vorbereitet. Hier bedeutete Sommer perfekte Tage mit 23 Grad und klarem Himmel. Vielleicht würde ich endlich zum Pool des Apartmentkomplexes gehen. Ich brauchte Sonne – und eine neue Einstellung.

Ich hatte auf einem Parkplatz eine Meile den Berg hinauf geparkt, und als ich dort ankam, war ich so weit, vollständig bekleidet in den Pool zu springen. Mein zuverlässiger alter Corolla wartete auf mich. Meine Mom hatte ihn einmal durchs ganze Land gefahren, damit ich ein Auto für mein großes Praktikum hatte. Meine Eltern konnten sich einfach nicht vorstellen, dass man an einem Ort lebte, an dem kein Auto nötig war. Jetzt fühlte ich mich verpflichtet, es zu fahren, und zwar so lange, wie sie mir Geld fürs Parken auf das Konto überwiesen. Trotz des windigen Tages hatte ich es geschafft, den sonnigsten Fleck auf dem Parkplatz zu erwischen, und als ich die Tür auf der Fahrerseite öffnete, schwappte mir eine Hitzewelle entgegen. Nachdem ich den Hügel hinaufgestiegen war, war mir wirklich nicht danach loszufahren, bevor die Klimaanlage ansprang. Also öffnete ich die hintere Beifahrertür und warf meine Handtasche hinein. Dann lehnte ich mich gegen das Auto, schloss die Augen und wandte mein Gesicht der Sonne zu.

Das vermisste ich an Texas. Hier vergingen Wochen ohne einen sonnigen Tag. Im Winter waren es manchmal Monate. Alles andere an Washington gefiel mir gut. Ich hatte mein College aufgrund der Stipendien ausgewählt. Ich hatte es mir nicht einmal angesehen, bevor ich das Vollstipendium annahm, aber ich war ziemlich zufrieden mit dem, was das Schicksal mir ausgeteilt hatte. Und jetzt, da der Sommer hier war, konnte ich drei Monate dauerhaftes Glück genießen.

Das Gellen einer Hupe störte meine glücklichen Gedanken. Vielleicht würde der Sommer auf dieser Seite des Pudget Sound weniger entspannt. Ich öffnete vorsichtig ein Auge, unwillig, mich mit einem Fremden auseinanderzusetzen, nicht einmal für Smalltalk, und dann stieß ich einen Seufzer aus. Einen Fremden konnte ich ignorieren. Einen Exfreund nicht. Obwohl ich den Parkplatz gewechselt hatte und weiter weg parkte als nötig – alles, um *ihm* aus dem Weg zu gehen – hatte Mr. Erstes Studienjahr mich gefunden. Luka trug einen Anzug, der weder zu seinem Alter passte noch zu dem, was ich über seine Persönlichkeit wusste. Mit Glück verkaufte er gebrauchte Autos. Ich hatte nicht daran gedacht zu fragen. Er war wirklich der Letzte, dem ich begegnen wollte, besonders jetzt.

»Wolltest du dich nicht mit dem Parkscheinautomaten rumärgern?«, fragte Luka.

»Parkplatz war voll.« Wen kümmerte es, ob das eine Lüge war. Ich würde nicht zugeben, dass mich eine dämliche Kreditkartenmaschine geschlagen hatte. Außerdem würde es absolut zu Luka passen, dass er sich dann dachte, ich hätte das gemacht, um ihm aus dem Weg zu gehen. Sicher, genau das hatte ich getan, aber das musste er nicht wissen. »Schön, dich zu sehen. Ich muss los.«

»Hast du was vor?«

Wollte er einen ausgedruckten Zeitplan, oder durchschaute er mich? Denn ja, mein heißes Date beinhaltete, am Pool zu sitzen und die Mädels anzurufen, damit sie mir moralische Unterstützung leisteten, und mich dann auf dieses Projekt mit dem Majestic zu stürzen. Es beinhaltete nicht, auch nur eine Sekunde meines Lebens an ihn zu verschwenden. »War ein langer Tag.«

»Das sehe ich.« Seine Augenbrauen zogen sich besorgt zusammen, was beunruhigend echt wirkte. »Alles in Ordnung? Du siehst müde aus.«

Das war das Letzte, was ein Mädchen hören wollte. Natürlich war ich müde, ich musste an einem Jahrzehnt patriarchalischen Männermists vorbei, eine Karriereleiter ragte über mir auf, und die Startpistole war nicht losgegangen. Mit anderen Worten: Ich war eine unbezahlte Praktikantin.

Ich wollte ihm das gerade erzählen, als er sagte: »Eigentlich siehst du fantastisch aus. Ich dachte nur, du wärst müde, weil ich dich mit geschlossenen Augen dastehen sah.«

Ich schloss den Mund, um meine Tirade zurückzuhalten. Dass Luka nicht gut für mich war, wusste ich. Ich hatte den Tag aber damit verbracht, mich mit Señor Mistkerl zu messen und von Mr. Groß, Dunkel und Gutaussehend enttäuscht zu werden. Ich durfte also wirklich nicht mäkelig sein, wenn ich ein Kompliment bekam, egal, von wem. Ohne meine besten Freundinnen, dank derer mein Tag mit Komplimenten begann, fragte ich mich, ob ich im Büro overdressed war, da die Leute beinahe überrascht schienen, eine Frau in Heels zu sehen – als könnte ich das Patriarchat nicht in Jimmy Choos stürzen. Selbst in welchen aus dem Secondhandladen.

»Weißt du, ich hatte gehofft, dass ich dir nochmal über den Weg laufe. Das Schicksal scheint da seine Hand im Spiel zu haben«, fuhr er fort und schaffte es irgendwie, seinen Blick auf meinem Gesicht zu behalten.

Hätte er gewusst, wie weit ich gegangen war, um dieses Schicksal zu vereiteln, würde er das tatsächlich glauben. »Wirklich? Warum?«

»Ich war ein ziemlicher Idiot neulich. Ich hätte wegen des Automaten nicht lachen sollen. Das Ding hat einen Knacks. Aber auch, weil ich meinte, was ich sagte. Wir sollten mal was zusammen machen. Uns treffen.«

Bat Luka mich um ein Date? »Vielleicht solltest du dir mal den Fahrplan anschauen, der Zug ist abgefahren.«

»Nicht so«, sagte er rasch, bevor ich in mein mittlerweile wohl ausreichend abgekühltes Auto steigen und wegfahren konnte. »Ich war ein Kind, als wir zusammen waren, du auch. Ich habe mich immer gefragt, was du gemacht hast, seit wir aus dem Studentenwohnheim ausgezogen sind.«

Vielleicht irrte ich mich in ihm. Mir würde es gar nicht

gefallen, wenn jemand annahm, dass ich immer noch die Gleiche wäre wie mit neunzehn. Eine Menge hatte sich verändert. Und doch musste mein Fokus auf dem Praktikum liegen. Ablenkung konnte ich mir nicht leisten. »Ich muss heute Abend arbeiten.«

»Das ist in Ordnung. Wie wäre es mit Freitag?«

Ich zögerte gerade lange genug, um zu zeigen, dass mein Wochenende noch frei war. Er würde wissen, wenn ich log, was mich dazu brachte, die Sünde Nummer eins zu begehen: Ja zu sagen, obwohl ich Nein sagen wollte. »Okay.«

»Hier.« Er nahm mir mein Telefon aus der Hand und tippte seine Nummer ein. Das fühlte sich übergriffig an, aber ich war zu schockiert, um ihn aufzuhalten. »Ich schreib dir.«

»Toll.« Mir gelang ein halbherziges Tschüss, bevor ich mich in die Sicherheit des Toyota meiner Mom zurückzog. Ich brauchte einen Augenblick, um Radio und Klimaanlage einzustellen. Luka winkte, als er in einem BMW aus der Parklücke fuhr. Ein BMW? Vielleicht wollte ich mich ja doch mit ihm treffen und mich auf den neuesten Stand bringen lassen.

»Neeeein!« Ich schlug mit der Stirn gegen das Lenkrad. Ich musste diese ganzen dummen Ideen vertreiben, die mir heute durch den Kopf gingen. Zuerst hatte ich mit Gavin geflirtet, dann Trevor herausgefordert, und jetzt hatte ich einem Nicht-Date mit Luka zugestimmt. Die Idiotie war komplett. Nicht zum ersten Mal dachte ich darüber nach, wie viel leichter es in der Welt ohne Männer wäre. Das Problem war, dass es mir zu viel ausmachte. Ich war mit zu liebevollen Eltern aufgewachsen. Ich hatte zugesehen, wie meine besten Freundinnen *den Einen* fanden. Es gab zu viele Beweise dafür, dass die wahre Liebe existierte, als dass ich es ignorieren konnte. Das wollte ich aber, denn ich hasste das Gefühl, auf einen Prinzen zu warten, der doch nicht an meine Tür klopfen würde. Im echten Leben waren alle Prinzen vergeben. Ich wusste nur nicht, wie ich mich damit zufriedengeben sollte, Single zu sein. Ich mochte mein Leben. Ich mochte mich. Das sollte reichen, aber das tat es offensichtlich nicht, denn ich hatte gerade einem Date mit einem Typen zugestimmt, der ein hormonelles Möbiusband auf zwei Beinen war. Vielleicht würde er sich nicht melden, und ich würde nicht mehr mit dem Auto zur Arbeit fahren, und wir würden beide vergnügt sein bis an unser Lebensende – ohne einander jemals wiederzusehen.

Ich ließ diese Fantasie vor meinem inneren Auge abspulen und fuhr los – gerade als Lukas erste Nachricht ankam. Vielleicht würde ich auch zuerst den Exfreunddrachen töten müssen.

In Schottland war es zwei Uhr morgens, aber mir war das egal. Es war mir gelungen, den gesamten Inhalt meines Schranks auf mein Bett zu werfen, während ich mit Jillian facetimte. Ich hatte mein Zimmer und mein Leben in ein Chaos verwandelt und mir die Chance auf ausreichend Schlaf zunichtegemacht. Mein erster Schritt in die echte Welt, mit einem Praktikum nämlich, erwies sich als kompletter Fehlschlag.

»Ich weiß nicht, was ich mir dabei gedacht habe«, stieß ich

mit einem Schnauben aus und wühlte einen Haufen Röcke durch, suchte nach etwas, das professionell, aber nicht zu elegant für den kommenden Tag war. »Luka ist ein Arsch erster Klasse, und ich weiß das. Was soll's, dass er heute nett zu mir war? Er hat die Hälfte der Mädchen in unserer Abschlussklasse gevögelt, während wir zusammen waren.«

»Hat er wirklich *Date* gesagt? Hat er wirklich gefragt: ›Gehen wir auf ein Date?‹« Jillian gähnte, und man sah ihr an, dass ich sie aus dem Schlaf gerissen hatte.

»Nein. Er hat gesagt, wir gehen als Freunde miteinander aus, um uns auf den neuesten Stand zu bringen, aber wir wissen, was das bedeutet.«

Jillian blinzelte ein paarmal, bevor sie verwirrt den Kopf schüttelte. »Was, wenn er wirklich nur wissen will, was du so getrieben hast?«

Sie wurde offensichtlich wunderlich in ihrer neuen festen Beziehung, ich fand besorgniserregend, dass sie sich nicht mehr daran erinnern konnte, was »auf den neuesten Stand bringen«, in Exfreundisch hieß. »Sich auf den neuesten Stand bringen ist eine deutliche Einladung zum Sex.«

Und ich hatte mich darauf eingelassen.

»Wieso ist das eine Einladung zum Sex?«

»Jeder weiß, dass ein Kerl, wenn er fragt, ob du mit ihm ausgehst, eigentlich sagt, dass er mit dir schlafen will, auch wenn er sagt, es wäre nur, um sich auf den neuesten Stand zu bringen.« Ich konnte nicht glauben, dass ich ihr das gerade wirklich erklärte.

»Den Artikel muss ich in der Cosmo verpasst haben«, sagte sie nüchtern. Wenigstens ihr Sarkasmus war wach.

Bei aller Fairness musste man sagen, dass Jillian vor Liam nicht für ernste Beziehungen zu haben gewesen war. Ich konnte sein wuscheliges blondes Haar auf der anderen Seite des Bettes neben ihr sehen. Ein leises Schnarchen erklang. Das war typisch Mann, alles zu verschlafen, selbst wenn eine beste Freundin am anderen Ende der Welt ausflippte. »Ich nerve dich. Jetzt habe ich ein schlechtes Gewissen.«

»Ach was, alles gut.« Jillian schüttelte den Kopf. »Ich bin nur müde.«

»Und ich bin die Bitch, die dich mitten in der Nacht aufgeweckt hat.« Ich hatte wirklich den Verstand verloren. Warum in aller Welt hatte ich gedacht, das hier könnte nicht bis zum Morgen warten? Dann erinnerte ich mich daran, dass ich in Seattle schlafen würde, wenn es in Schottland Morgen war.

»Ist keine große Sache«, sagte sie mit einem Schulterzucken. »So weit weg voneinander zu sein ist für uns alle schwer. Ich bin aber immer für dich da, selbst wenn ich nicht im gleichen Land bin.«

»Oder auch nur auf dem gleichen Kontinent«, grummelte ich. »Wann kommst du wieder nach Hause?« Ich setzte meine beste Welpenmiene auf. Falls ich meine beste Freundin mithilfe von Schuldgefühlen nach Hause locken musste, würde ich das schamlos tun.

»Ich weiß es noch nicht.« Jillians Blick huschte von der Kamera weg, sie wich der Frage aus. Jetzt war jedoch nicht der Zeitpunkt, ihr das vorzuhalten, nicht, wenn ich sie gerade aus dem Schlaf neben einem heißen Schotten gerissen hatte.

»Was mache ich nur? Ignoriere ich ihn? Er hat mir schon getextet, und er hat seine Nummer in mein Telefon getippt, also kann ich nicht so tun, als wäre es die falsche Nummer.«

Jillian richtete sich ein wenig auf. »Er hat bereits geschrieben?«

»Ja. Sieh nicht so begeistert aus. Auf wessen Seite bist du eigentlich?« Musste ich sie wirklich an die erste Regel einer besten Freundin erinnern? *Chicks vor Dicks.*

»Es ist doch so«, sagte Jillian. »Du hast selbst gesagt, dass ihr euch beide verändert habt. Woher weißt du, dass Luka sich nicht zu seinem Vorteil verändert hat?«

»Weil er noch atmet. Ich habe wirklich eine Menge Frösche geküsst, und keiner von denen hat sich als Prinz erwiesen«, rief ich ihr ins Gedächtnis.

»Ich sage nur, dass du nicht wollen würdest, dass er dich behandelt, als wärst du noch die Gleiche. Vielleicht musst du ihm eine zweite Chance geben. Was hast du zu verlieren?«

Die Liste mit den Dingen, die ich zu verlieren hatte, war zu lang für ein einziges Telefonat. Ganz oben standen meine Würde und meine Selbstachtung. Diesen Gedanken behielt ich aber für mich. »Was habe ich zu gewinnen?«

»Vielleicht lernst du etwas«, schlug Jillian vor.

Es war, als wäre eine Glühbirne über ihrem Kopf angegangen. Sie hatte völlig recht. Es gab etwas, das ich daraus lernen konnte. Ich konnte etwas von Luka lernen. »Jillian, du bist ein Genie!«

»Erzähl mir was Neues. Aber ernsthaft, warum bin ich ein Genie?«, fuhr sie fort, und ihre Verwirrung schmälerte ihr durchtriebenes Grinsen kein bisschen.

Liam rührte sich im Schlaf und rollte sich herum, sodass seine nackte Brust zu sehen war. Ich gab mein Bestes, ihn nicht anzustarren. Es fühlte sich seltsam an, Jillians Freund anzugaffen, aber es ging nicht anders. Es war fast, als wäre man im Museum. Ich konnte das Gemälde in seiner vollen Pracht bewundern und dabei immer noch respektieren, dass es jemand anderem gehörte. Dann riss ich den Blick von ihm los und sah sie wieder an. »Dieses Date muss kein Totalausfall werden. Vielleicht erfahre ich von Luka ja, warum genau er mich betrogen hat.«

»Weil er ein Arsch erster Klasse ist?«, riet sie. »Das hast du selbst gesagt.«

Das sagte ich ihr seit dem Beginn unseres Telefonats. Klar, dass sie jetzt darauf herumritt. »Nein, es muss einen Grund gegeben haben. Wir waren ziemlich ineinander verknallt. Er hat alles bekommen, was er je gewollt haben könnte. Warum würde er es da mit einer anderen treiben?«

»Weil er ein Arsch erster Klasse ist. Aber ich wiederhole mich.«

»Ich widerspreche dir da nicht, aber sieh es mal so, das ist wie ein Zwischenbericht auf der Arbeit. Ab und zu muss man mal prüfen, wie weit man gekommen ist. Mit Luka auszugehen wird mir diese Gelegenheit geben.«

»Wie weit wirst du das treiben? Willst du auch mit Trevor ausgehen?«

Ich streckte ihr die Zunge raus. Das war kindisch, aber sie hatte es verdient. »Auf gar keinen Fall!«

»Du denkst vielleicht zu viel über alles nach.«

»Meinen Fortschritt mit Trevor zu überprüfen ist nun

wirklich nicht nötig. Zumal er mir im Büro jeden Tag im Nacken sitzt. Ein Abend mit Luka wird vielleicht nicht direkt ein Spaß, aber ich schätze, er wird mir nicht nur zeigen, wo ich war, sondern auch, wie weit ich gekommen bin. Vielleicht zeigt er mir auch, wo ich falschliege. Ein Kerl, der mich betrügt, war eine Fehlentscheidung. Aber *zwei* Kerle? Ich muss wissen, warum die das gemacht haben.«

»Es ist nicht deine Schuld, wenn ein Kerl betrügt«, warf sie ein.

Ich ignorierte sie und fuhr fort, laut nachzudenken, lief im Zimmer hin und her. »Und ein Abendessen umsonst. Das ist ein perfekt. Was habe ich zu verlieren?«

»Deine Würde«, murmelte sie.

Ich blieb stehen, um sie wütend anzublitzen. »Unwahrscheinlich.«

Plötzlich ertönte ein Krachen, gefolgt von einem lauten Surren. Ich fuhr herum und ertappte Lillians Katze, die aus meiner Unterwäscheschublade sprang und meinen Vibrator im Maul hatte.

»Was sagtest du von wegen deine Würde verlieren?« Jillian brach in hysterisches Gelächter aus, sodass Liam sich neben ihr regte. »Wie kann eine so kleine Katze einen so großen Vibrator ins Maul kriegen?«

»Du bist nicht hilfreich!« Ich rannte auf die Katze zu, aber sie wich mir aus. »Komm her, Kätzchen. Komm her!«

Die Katze schob sich rückwärts zur Tür und interessierte sich überhaupt nicht für meinen Befehl.

»Ich hasse dich«, flüsterte ich.

»Kennst du überhaupt den Namen der Katze?«, brachte

Jillian zwischen ihren Lachanfällen hervor. Liam war jetzt wach und versuchte zu begreifen, was er verpasst hatte.

»Was hat die Katze da im Maul?«, fragte er mit seinem schweren schottischen Akzent und rieb sich den Schlaf aus den Augen.

Ich wollte wirklich gerne sterben. Jillian war wegen Liams Beitrag endgültig zusammengebrochen und war aus dem Bett gefallen, das Telefon stand zum Glück auf dem Nachtisch. Liam blickte über den Bettrand, aber ich konnte nur erkennen, dass Jillians Füße in der Luft zappelten. Ich beendete den Anruf und lief der Katze hinterher. Ich würde den verdammten Namen wirklich lernen müssen. Ich war nicht mal sicher, ob Katzen auf ihren Namen reagierten. Und wieso war sie so von meinem Vibrator besessen? Mir war es gerade gelungen, das verdammte Vieh in die Ecke zu treiben, als die Wohnungstür aufging.

Lillian hatte eine Million Akten in den Händen. Ihr Dutt war zur Seite gerutscht und ihr Anzug völlig zerknittert. Sie machte einen Schritt in die Wohnung und blieb stehen, um sich das Szenario anzusehen. Ihr unerwarteter Auftritt lenkte mich kurz ab, und die Katze entkam mir wieder.

»Wie heißt deine Katze?«, fragte ich zwischen zusammengebissenen Zähnen.

»Olive«, erwiderte sie. Sie wirkte unschlüssig, ob sie mir helfen sollte oder nicht.

Olive? Das war ein leckerer Snack aus dem Mittelmeerraum und kein winziges haariges Biest aus der Hölle.

»Was hat sie da …« Ihre Stimme verklang, als sie begriff.

Es gelang ihr hervorragend, ihr Entsetzen zu verbergen, als sie ihre niedliche kleine Katze mit einem lilafarbenen vibrierenden Phallus entdeckte. »Wie um Himmels willen ist sie da drangekommen?«

Jetzt war nicht die Zeit, ihr zu erzählen, dass ihre Katze von meinem Sexspielzeug besessen war. Ich war mir ziemlich sicher, dass niemals die Zeit war, das einer Mitbewohnerin zu erzählen. Mir gelang es endlich, dem Vieh das Ding wegzunehmen. Lillian nahm die Katze auf den Arm und kuschelte sie liebevoll. »Das arme Mädchen ist sterilisiert worden, jetzt will es flachgelegt werden. Wir verstehen das.«

Wir verstehen das? Wirkte ich so verzweifelt? Der Vibrator in meiner Hand war vermutlich ein eindeutiges Zeichen.

»Nacht!« Ich ging, bevor die Situation noch peinlicher werden konnte. Ich ging kurz ins Bad, um Mr. Verlässlich zu waschen. Ich war nicht sterilisiert wie die arme Olive, aber das hier war dennoch meine beste Option. Kein Wunder, dass ich Luka nicht gleich abserviert hatte.

Vielleicht brauchte ich Mr. Verlässlich auch gar nicht, weil ich ganz offensichtlich genagelt war. Vom Leben.

Kapitel 7

Die Woche verflog auf die Art, wie das nur vorkam, wenn man etwas fürchtete – wie einen Zahnarztbesuch oder den Termin bei der Zulassungsstelle. In diesem Fall war es das Date mit Luka. Vielleicht war das Leben nicht so übel, wie ich dachte, aber es lief auch nicht gerade wie geschmiert. Die letzten paar Tage hatte ich damit zugebracht, den richtigen Dreh für die Präsentation für das Majestic zu finden. Und bisher hatte ich jede Menge Nichts. Der ach so hilfreiche Trevor hatte mir seine Hilfe angeboten, aber ich hatte abgewunken und mich lieber zum Brüten in mein provisorisches Büro verzogen, dessen Wände mir den notwendigen Schutz vor den Blicken der anderen boten. Außerdem bedeutete es auch, dass ich nicht ständig Trevor über den Weg lief. Oder, wo wir schon dabei waren, Gavin und seiner wunderschönen Freundin. Ich musste mich auf die Arbeit konzentrieren, aber als die Stunden am Freitagnachmittag verstrichen, sah ich doch immer wieder auf die Uhr. Anders als die anderen freute ich mich nicht gerade auf mein Wochenende. Mehr und mehr meiner Kollegen loggten sich früher aus und gingen, bereit für die Berge oder eine Kajaktour oder was diese Outdoortypen eben in ihrer freien Zeit so machten. Um drei Uhr mühte ich mich immer noch, irgendein Resultat zu liefern und nicht unter der Furcht vor meinem Date zusammenzubrechen. Ich schnappte mir meine Tasche und beschloss, dass es Zeit war für eine Wende.

George sprach mit dem Lieferanten, also winkte ich ihm auf dem Weg zur Tür nur zu. Bei Sound Coffee standen bloß ein paar Leute an, sodass ich Zeit hatte, darüber nachzudenken, wie viel Koffein genau ich brauchte. Ich bemerkte, dass Danny nicht hinter der Theke war. Dank sei Gott für die kleinen Gaben.

Ich hatte mich immer noch nicht für ein Getränk entschieden, als ich an der Reihe war. Die freundliche Barista an der Kasse sah weniger freundlich aus, als ich eine Bestellung stotterte. Ich schnappte mir Georges üblichen Americano und bat um ein paar Zuckertütchen extra, genau wie er es mochte. Es war leichter, ihn bei Laune zu halten, als jeden Morgen zu schauen, wo meine Karte war. Dann blickte ich auf und bestellte das Erste, was mir auf der Karte ins Auge fiel: einen Kokosmilch-Latte mit extra Espresso. Konnte man ja mal probieren. Als ich meine Bestellung bekam und zur Tür hinausging, hatte der Himmel über mir sich unheilvoll verdunkelt. Trotz der drückenden siebenundzwanzig Grad rollten Wolken heran, und obwohl es in Seattle selten ein echtes Gewitter gab, hätte ich all mein Geld darauf verwettet, dass es an diesem Abend regnen würde. Könnte ein Date wegen schlechtem Wetter verschoben werden?

George hatte Zeit, als ich zurück ins Büro kam, und ich gab ihm seinen Kaffee.

Er nahm ihn mit misstrauischem Stirnrunzeln entgegen. »Die meisten holen sich einen Kaffee am Montagmittag, nicht am Freitagmittag.«

Ich tat so, als wollte ich ihm den Becher wieder wegnehmen. »Wenn du den nicht möchtest …«

»Ich bin nicht die meisten.« Er nahm ihn schnell zurück und öffnete den Deckel. »Wie sind deine Wochenendpläne? Du siehst aus, als hättest du ein Date mit schlechten Neuigkeiten? Musst du die Steuer machen?«

»Wenn es nur das wäre.« Ich schüttelte den Kopf und wünschte mir, es wäre etwas so Einfaches. »Nein, irgendwie habe ich ein Dinner mit einem alten … *Freund.*«

George hob eine Augenbraue. Er durchschaute den kleinen Schwindel sofort.

»Okay, es ist ein Exfreund«, gestand ich ein. »Ich wusste nicht, wie ich Nein sagen sollte.«

»N-E-I-N«, buchstabierte er es für mich und schnippte dabei mit den Fingern.

»Ist jetzt ein bisschen spät. Er holt mich in vier Stunden ab.«

»Ist es ein Date?«, fragte George und sah etwas interessierter aus.

»Absolut nicht! Er steht auf meiner Kein-Date-Liste.« Ich fügte nicht hinzu, dass im Moment jeder lebende Mann auf meiner Kein-Date-Liste stand.

»Warum gehst du dann mit ihm aus?«

Ich beugte mich vor und senkte die Stimme. Irgendwie hatte ich den Eindruck, dass George es verstehen würde. »Ich möchte begreifen, warum er mich betrogen hat.«

»Oh, Liebes, es gibt nur einen Grund, aus dem ein Mann betrügt.« Er schnalzte mit der Zunge, wie das eigentlich nur meine Mutter konnte.

»Und der wäre?« Ich nahm vorsichtig einen Schluck von meinem Kaffee. Er war nicht schlecht, aber ich würde ihn vermutlich nicht noch einmal bestellen. Eines Tages würde ich wieder mein perfektes Getränk finden. Es schien wahrscheinlicher, als meinen perfekten Mann zu finden. Aber auf Georges Weisheit war ich jetzt doch gespannt.

»Weil er ein Betrüger ist. Du kannst einen Mann nicht ändern, der betrügt. Du kannst einen Mann nicht in Ordnung bringen, der betrügt. Und die Schuld liegt niemals bei *dir*.«

»Das weiß ich.« Ich begann, das Etikett von Sound Coffee zu studieren, als ob es ein Kunstwerk wäre. Wusste ich das wirklich? Wenn ja, dann gab es keinen Grund, zu diesem Date zu gehen. Ich könnte absagen. Ich hätte bereits absagen können, aber das hatte ich nicht getan.

»Ich kann dir das sagen, bis ich blau bin im Gesicht«, sagte er. »Aber das Ding ist, dass du es glauben musst. Also kannst du genauso gut auf das Date gehen, lass mich nur präventiv festhalten: *Ich habe es dir gleich gesagt.*«

Ich verdrehte die Augen. »Das ist sehr hilfreich.«

»Ich bin da, um zu helfen.«

George hatte recht. Wenn ich wirklich glaubte, dass es

nicht meine Schuld gewesen war, würde ich heute Abend nicht hingehen. Ich musste mir wohl selbst etwas beweisen. »Ich weiß, dass es keine gute Idee ist, aber ich muss es machen.«

Er nickte, als wäre das ein Dilemma, das er verstand. Ich blickte auf, und eine neue Welle Angestellter quoll aus dem Aufzug. Ich erblickte Gavin und versuchte, mich hinter dem Farn zu verstecken, den George auf der Theke stehen hatte. Das Letzte, was ich jetzt brauchte, war eine Begegnung mit dem Chef. Nicht, wenn ich versuchte, ihm aus dem Weg zu gehen, und was hatte George da gerade über Betrüger gesagt? Wenn er recht hatte, und ich wusste, dass er recht hatte, war es am besten, ich hielt Abstand von Gavin.

»Wo geht ihr hin?«, fragte George, der meinen Houdini-Eskapaden gegenüber blind zu sein schien.

Ich zuckte mit der Schulter, besorgt, dass meine Stimme durch die Lobby dringen würde. Luka hatte mir das Restaurant geschickt, aber ich war nie da gewesen. »Irgendwo Downtown, beim Pike Place Market. Ein kleines französisches Bistro.«

»Oh. Französisches Essen«, sagte er bedeutungsvoll und fügte ein weiteres missbilligendes mütterliches Zungenschnalzen hinzu. »Für ihn ist das auf jeden Fall ein Date.«

»Na, für mich aber nicht.« Soweit es mich betraf, war das mein letztes Wort zu dem Thema. Ich würde aus Luka rausbekommen, was ich wollte, was nur fair schien, nachdem er mich damals auch nur benutzt hatte. Ich verdiente Antworten, und ein wenig französisches Essen würde auch nicht schaden.

Gavin warf mir ein angespanntes Lächeln zu, als er aus dem Bürogebäude eilte. Ich war entdeckt! Doch er blieb nicht stehen, um sich zu unterhalten. Mein Herz schlug einen verräterischen Salto, während ich ihm hinterhersah.

»Also der Mann…«, setzte George an, aber ich unterbrach ihn.

»Ist absolut tabu.«

Ich ließ keinen Raum für Widerworte. Keine Dates. Keine Romantik. George öffnete den Mund, als wollte er trotzdem etwas sagen, aber da kam Trevor.

»Habt ihr Mr. North, äh, ich meine Gavin, gesehen?« Er war ein wenig außer Puste, und sein Gesicht war rot, als wäre er gerade die Stufen hinabgerannt, statt den Aufzug zu nehmen.

Ich ignorierte ihn. George ebenfalls.

»Oh, kommt schon, Leute! Ich soll kurzfristig zu einem Meeting.«

Warum sollte Trevor kurzfristig zu einem Meeting eingeladen werden? Vielleicht hatte Gavin seine Lieblinge. Oder vielleicht hatte mich mein Wegducken in meinem Kabuff die Woche von der Gästeliste befördert. Ich versuchte, nicht sauer zu wirken.

»Er ist gerade gegangen«, sagte ich leise, damit er meine Verärgerung nicht hörte. Trevor zu behindern, ganz egal, wie sehr er es verdiente, war nicht professionell, und ich war entschlossen, von jetzt an den rechten Weg zu beschreiten.

»Danke!« Er rauschte raus, um ihn einzuholen.

»Ich finde nicht, dass wir es ihm hätten sagen sollen«, sagte George mit einer ordentlichen Portion Bissigkeit.

»Er hätte ihn sowieso gefunden. Ich bin überrascht, dass er ihn überhaupt verloren hat. Seine Lippen kleben normalerweise doch an Gavins Arsch.«

»Das ist dein anderer Exfreund, oder?« George kicherte und nahm einen Schluck von seinem Americano. »Mädchen, du hast ein seltsames Liebesleben.«

Ich fuhr zu ihm herum und verschüttete dabei beinahe mein Getränk. »Keiner von denen hat irgendetwas mit meinem Liebesleben zu tun.«

»Ja, ja. Was immer du dir einreden willst.« Er hielt ergeben eine Hand hoch, und die andere umklammerte seinen Kaffee in sicherer Entfernung vor meinen zuckenden Gliedern.

»Dann sind wir uns ja einig. Wäre doch schade, wenn du wegen unbedachter Bemerkungen deine Kaffeespendiererin verlieren würdest.« Ich scherzte. Zumindest zum Teil. George meinte es gut, und vermutlich hatte er recht bei ein paar Sachen, ob mir das nun gefiel oder nicht.

Ich verabschiedete mich, nahm meinen Kaffee und ging zurück an die Arbeit. Die nächsten anderthalb Stunden würden vorübergehen, ob ich nun hier war oder zu Hause, doch sobald ich zu Hause war, wurde es Zeit, mich für mein Date mit Luka fertigzumachen – und das war das Letzte, was ich wollte. Auf die Wand meiner Schreibtischnische zu starren klang im Vergleich dazu wie das Paradies. Ich drückte auf den Aufzugknopf nach oben, und George schnalzte erneut mit der Zunge und murmelte etwas vor sich hin.

Der Regen kam nicht. Stattdessen wurde es am Abend noch heißer, es war gerade, als sollte ich meine persönliche Hölle betreten. Luka holte mich mit dem BMW ab, in dem ich ihn am Tag zuvor hatte davonfahren sehen. Vor ein paar Jahren hatte er einen gebrauchten Honda Accord gefahren, und wie ich war auch er Stipendiat gewesen. Ich glaubte nicht, dass Lukas Eltern direkt arm waren, aber sie schwammen auch nicht in Geld. Das hatten wir gemeinsam gehabt, als wir uns kennenlernten. Ich fragte mich unwillkürlich, wie sehr sein Leben sich seither verändert hatte, wenn er sich jetzt so ein Auto leisten konnte. Ich stieg ein und bewunderte das butterweiche Leder und lächelte ihn an.

Er musterte mich und pfiff anerkennend. »Du siehst fantastisch aus.«

Ich sah tatsächlich fantastisch aus. Obwohl ich vor dem Date Angst hatte, wollte ich das Maximum rausholen. Für mich hieß das: das kleine Schwarze mit gekreuzten Trägern und ein paar schwarze Jimmy Choos mit Riemchen, die ich auf einer Secondhand-Webseite gefunden hatte. Ich wollte mich bei diesem Date gleichberechtigt fühlen. Ich mochte keinen BMW fahren, aber ich hatte es weit gebracht.

»Das ist ein wirklich schickes Auto.« Ein Kompliment schien angebracht, aber ich wollte ihn nicht auf dumme Gedanken bringen, indem ich ihm sagte, dass er heiß aussah. Obwohl er heiß aussah. Ich hatte seine Eltern ein Mal getroffen. Er hatte das blonde Haar und die blauen Augen seiner russischen Mutter und das italienische Auftreten seines Vaters. Und das zusammen ergab einen Mann, der genau wusste, wie gut er aussah.

»Danke«, sagte er mit einem Grinsen. »Das war ein Abschlussgeschenk an mich selbst.«

Natürlich. Ich blickte auf meine Schuhe, die ein Geschenk an mich waren. Bisschen bescheidener als seins. »Ich schätze, ich habe nicht mitbekommen, dass du den Abschluss gemacht hast.«

»Ja, es wurde schwerer, mein Stipendium zu behalten, deshalb hatte ich das Gefühl, ich muss da raus. Du verstehst sicher.« Er schaltete einen Gang hoch und fuhr schneller, schlängelte sich durch den Verkehr. Mit neunzehn hätte mich sein Fahrstil beeindruckt. Heute fand ich ihn beängstigend. Wusste Luka, wie irre der Verkehr Downtown um die Zeit abends war? Und plötzlich kam mir ein noch beängstigenderer Gedanke. Was, wenn Luka sich gar nicht verändert hatte? Würde das mein Experiment zunichtemachen? Jetzt war es zu spät für einen Rückzieher. Vermutlich war es auch für alles andere zu spät, denn Luka würde uns umbringen. Ich klammerte mich an die Armstützen und sprach lautlos ein Gebet. *Bitte, wenn du mich heute Abend heil hier rausholst, verspreche ich, keine weiteren Kerle wie diesen zu daten. Nie wieder.*

»Du hast noch ein Jahr vor dir?«, fragte er über das Dröhnen des Motors hinweg.

Mir gelang es zu nicken, was sich bei der Geschwindigkeit anfühlte, als hätte ich ein Schleudertrauma. »Nach diesem Sommer habe ich noch ein Semester mit Kursen. Dann muss ich mir ein bezahltes Praktikum suchen, um den Abschluss fertigzumachen.«

Wir befanden uns in der Smalltalk-Hölle. Der Ort, an

dem Menschen landeten, die nichts mehr gemeinsam hatten und nun bis in alle Ewigkeit rumlabern mussten, nach dem Motto: »Erzähl mir von deiner Familie«, oder: »In welche Branche willst du später?« Ich wusste jetzt schon, dass die nächsten paar Stunden nur schlimmer werden konnten. Neunter-Kreis-der-Hölle-mäßig.

Als wir Pike Place endlich erreichten und parkten, war Luka aus dem Auto draußen und auf meiner Seite, um mir die Tür zu öffnen, bevor ich auch nur zittrig eine Hand nach dem Griff ausstrecken konnte. Mit wackligen Beinen stieg ich aus und sann kurz darüber nach, den geheiligten Boden unter meinen Absätzen zu küssen.

»Ist alles in Ordnung?« Lukas Augenbrauen zogen sich besorgt zusammen. Das hatte er mich vor ein paar Tagen auf dem Parkplatz genau auf die gleiche Art gefragt. Da hatte es ehrlich gewirkt. Jetzt fühlte es sich oberflächlich und einstudiert an, so als müsste er proben, ein anständiger Mensch zu sein.

Ich schüttelte entschieden den Kopf und musste mich beherrschen, um mich nicht auf ihn zu stürzen, obwohl ich ihn am liebsten erwürgt hätte. »Du fährst wie ein Henker.«

Ich fragte mich, ob ich ein Taxi nach Hause nehmen könnte. Doch Taxi war teuer, und ich war eine unbezahlte Praktikantin. Aber alles war billiger als der Tod.

Luka war sichtlich gereizt, aber dann straffte er sich und grinste. Das hatte ich schon bei ihm gesehen. Wenn er sich benahm, als gäbe es kein Problem, dann gab es auch kein Problem. Ich war immer noch wütend, als er die Hand ausstreckte, mit einer viel zu freundlichen Geste, und einen

Arm um meine Schultern legte. Ich schüttelte seinen Arm dennoch mit einem Schulterzucken ab und schenkte ihm ein versöhnliches Lächeln.

»Du hast nur vergessen, wie es ist, mit mir zu fahren.« Ich meinte, dass seine Worte zweideutig klangen, aber bevor ich etwas erwidern konnte, nahm er meine Hand und lief los.

Wieder diese Berührung! Es war ziemlich offensichtlich, dass er das hier für ein Date hielt. Die Tatsache, dass er darauf bestanden hatte, mich abzuholen, hätte mir eine Warnung sein sollen. Ganz gleich, was *ich* von diesem Abend erwartete, konnte ich Lukas Motive nicht ignorieren. Diesmal ließ ich ihn meine Hand halten. Es fühlte sich nicht so übel an, wie ich es mir gewünscht hätte. Es war irgendwie beruhigend und vertraut. So waren wir gewesen, als wir uns gerade kennengelernt hatten – zärtlich, manchmal zu sehr. Ich erinnerte mich daran, dass sowohl Jillian als auch Jess uns übertrieben gefunden hatten. Damals war es aber eine andere Sache gewesen. Mir war es egal gewesen, wenn er wie ein Wahnsinniger durch die Stadt gefahren war in seinem Accord und sich benahm, als wären wir bei *The Fast and the Furious*. Ich war zu sehr in meinem herrlichen Hormonrausch versunken gewesen. Und jetzt? Fühlte es sich irgendwie nett an, jemandes Hand zu halten.

Das Restaurant lag den Hügel hinab und ziemlich verborgen in einer schmalen Gasse. Als wir ankamen, sah ich, dass es charmant und lauschig und ein wenig zu vertraulich war. Eine Kellnerin führte uns an einen kleinen Tisch im hinteren Bereich – wie man sie für Liebespaare oder einen romantischen Abend reservierte. Luka hatte diesen Laden mit gutem Grund ausgesucht. Ich blickte mich um und dachte, dass er wohl gute Bewertungen für erste Dates auf Yelp haben musste. Sie reichte uns Karten, die auf Französisch waren. Eine Sprache, die ich nicht beherrschte.

Luka beugte sich zu mir herüber und flüsterte: »Ich übersetze für dich.«

Mit Entsetzen fiel mir ein, dass Luka während der gesamten Highschool Französisch gelernt hatte. Er musste das im College fortgeführt haben. Er zog wirklich alle Register. Warum konnte das kein Junge machen, den ich daten *wollte*? Ein paar schnulzige romantische Gesten gefielen mir ja wirklich, aber doch um Himmels willen nicht, wenn das Ganze ein abgeschmacktes Theaterstück von meinem Ex war. Wenigstens hatte ich so vielleicht die Chance, dass er sich mir gegenüber öffnete.

Vielleicht hatte Jillian recht, und ich traute ihm zu wenig zu. Ich war ein anderer Mensch als damals. Ich war offener, klüger, und es war weniger wahrscheinlich, dass ich mir seinen Mist einfach gefallen ließ. Vielleicht würden die Dinge anders liegen, wenn er zu einer Bindung bereit wäre. Dann erinnerte ich mich daran, wie er fuhr. Ich würde nicht darauf wetten, dass er sich verändert hatte.

Ein Kellner mit bekümmertem Blick tauchte an unserem Tisch auf und starrte auf uns herab, während er die Spezialitäten des Abends herunterratterte. Die meisten waren mir bekannt. Ich mochte ja kein Französisch sprechen, aber ich hatte schon Französisch gegessen. Ich wollte Luka nicht die Gelegenheit geben, sich aufzuspielen. Doch bevor ich alle Optionen begriffen hatte, begann Luka schon zu bestellen. »Wir fangen mit den Escargot und der Foie Gras an. Bringen Sie bitte eine Flasche Dom Perignon. Die Dame nimmt das Kalbfleisch, und ich nehme das Cassoulet.«

Zufrieden klappte er die Karte zu.

Zufällig mochte ich Kalb. Vermutlich hätte ich es bestellt. Aber mir missfiel die Tatsache, dass er versuchte, für mich zu bestellen. Ich fing den Blick des Kellners auf, bevor er sich umdrehen konnte. »Die Dame nimmt das Filet in Medium Rare.« Dann fügte ich rasch ein »bitte« hinzu.

Der Kellner sah zu Luka und dann wieder zu mir. Wenn er zu dem, was sich gerade abgespielt hatte, einen Gedanken hatte, tat er ihn glücklicherweise nicht kund. Er nickte und murmelte ein »Sehr gerne«, bevor er Richtung Küche verschwand. Sehr Französisch.

»Entschuldige bitte. Sie sind für ihr Kalbfleisch bekannt. Ich wollte, dass du etwas Neues ausprobierst.«

»Ich bin auf einer Ranch in Texas aufgewachsen. Ich habe jedes Fleisch probiert, das es gibt.« Ich wünschte, ich hätte den letzten Teil zurücknehmen können. Das klang zu doppeldeutig.

Luka musste das aufgefallen sein, denn er versuchte, ein Lächeln zu verbergen und wandte den Kopf, um aus dem Fenster zu blicken. »Der Laden ist so schön. Ich war noch nie hier.«

Anscheinend würde der Abend zu einem Weitpisswettbewerb. Na gut, ich konnte vielleicht nicht im Stehen pinkeln, aber ich konnte meine Frau stehen.

»Ich war heute wirklich gut beschäftigt auf der Arbeit«, sagte ich freundlich.

»Ein Praktikum, richtig?«

Ich nickte. Mir gefiel nicht, wie das hier lief.

»Bezahlt?«, fragte er.

»Nein, aber es ist eine fantastische Gelegenheit. Die Investmentgruppe leistet wirklich gute Arbeit. Das kann sogar eine Anstellung werden nach meinem Abschluss.«

»Ist es eine gemeinnützige Organisation?« Er spie die Frage aus, als hätte sie einen schlechten Geschmack.

Natürlich, auf Firmen, die für die Verbesserung der Gesellschaft arbeiteten, musste jemand wie Luka herabsehen. Die Gründe, aus denen er und ich inkompatibel waren, stapelten sich langsam höher als der Feldherrenhügel, von dem er herabschaute.

»Nein. Es ist eine Firma mit einem Gewissen.« Das war die Firmenrichtlinie. Die, die auf all ihren Webseiten und Broschüren stand. Gavin wäre stolz auf mich.

Ich sah, was Luka darüber dachte. Ich zuckte mit den Schultern, der Befragung müde. Es war Zeit, ihn ins Rampenlicht zu holen. »Was hast du so gemacht?«

»Ich entwickle ein neues Spiel für Microsoft. Ich bin im führenden Designteam.«

»Du bist der führende Designer?«, fragte ich so unschuldig wie möglich. Es gab einen gewaltigen Unterschied zwischen *im Team sein* und *die Verantwortung haben.* Frisch vom College? Ich wusste, wo sein Platz in dem Rudel war. Und ich würde mich nicht scheuen, das kundzutun.

»Nein.« Er rutschte auf dem Stuhl herum und wandte seinen Körper ein wenig von mir ab. Treffer! »Aber das könnte ich, weißt du. Jeder muss irgendwo anfangen. Das

Gehalt ist riesig. Ich habe mein eigenes Büro, ein neues Auto, bekomme ein paar Wochen Urlaub.«

Ich konnte nicht sagen, ob er mir da Microsoft oder sich verkaufen wollte. Aber ich war sowieso nicht an Aktien interessiert.

»Das ist cool«, sagte ich unverbindlich und tippte mit dem Fingernagel auf die Zinken meiner Gabel. Der mürrische Kellner tauchte mit der Flasche Champagner auf, hielt sie Luka hin, doch der winkte bloß ab. Er war wirklich entschlossen, eine Show abzuziehen. Der Kellner goss zwei Gläser ein, und ich sah zu, wie die Bläschen in der blassen Flüssigkeit tanzten.

Luka hob sein Glas. »Auf Neubeginne.«

Ich hoffte, er meinte keinen Neubeginn mit mir. Ich tippte mit meinem Kelch gegen seinen und nahm dann einen Schluck, erstaunt, wie sehr es in meinem Mund prickelte. Ich hatte noch nie so teuren Champagner gehabt. Jetzt verstand ich den Preis, aber das würde ich ihm nicht sagen.

Der Alkohol verschaffte mir Mut. Ich nahm einen berauschenden Schluck, dann wagte ich mich vor. »Seit wir uns begegnet sind, denke ich darüber nach, wie unsere Beziehung endete.«

»Ich auch«, gab er zu meiner Überraschung zu.

Ich hatte nicht erwartet, dass er einer Diskussion über unsere Vergangenheit so offen gegenüberstehen würde, aber hey, wenn sich diese Gelegenheit ergab, würde ich sie nutzen. Carpe fucking diem.

»Ich schätze, ich habe nie verstanden, warum du mich

betrogen hast.« Ich stellte mein Glas ab und wartete auf eine Antwort.

Luka nahm sich bei seinem nächsten Schluck extrem viel Zeit. Als er über uns nachgedacht hatte, hatte er diesen Aspekt wohl ausgelassen. Endlich antwortete er. »Wir alle machen Fehler, Cassie. Ich denke, es ist am besten, die Vergangenheit ruhen zu lassen.«

»Heißt das auch, dich in der Vergangenheit ruhen zu lassen?« Ich konnte nicht anders. Meine Geduld begann zu zerbröseln, besonders da Luka sich benahm, als wäre, was er getan hatte, keine große Sache. Ich beschloss, nicht nachzugeben. »Nein, ernsthaft. Du hast mir wehgetan. Ich fand das mies von dir.«

»Es war mies von mir«, gab er zu. »Aber ich war ein Kind. Ich war auf einem Campus voller wunderschöner Frauen. Ich habe mich seither sehr verändert.«

Ich nahm an, dass jemand, dessen Verteidigung darin bestand, die große Anzahl wunderschöner Frauen auf dem Campus anzuführen, sich nicht so sehr verändert hatte, wie er mich glauben machen wollte. Bevor ich ihn darauf hinweisen konnte, kam er mir näher. Ich spürte seine Hand auf meinem Knie und zuckte ein wenig zusammen. Luka sah mir tief in die Augen, und eine Sekunde lang erinnerte ich mich daran, wie charmant er sein konnte. Ja, er war eingebildet, viel zu selbstsicher, aber er konnte auch halten, was er versprach – und er hatte das Aussehen dazu. Als seine babyblauen Augen seelenvoll in meine blickten, fühlte ich mich wieder wie die Cassie mit neunzehn, und einen Augenblick lang verlor ich mich. »Cassie, ich werde dich nicht anlügen. Ich bin erwachsen geworden. Ich denke, dass wir etwas wirklich Besonderes hatten. So heißen Sex hat man nicht jeden Tag. Ich bin mit der Arbeit beschäftigt. Du bist mit diesem Praktikum beschäftigt. Ich denke, dass wir vielleicht gemeinsam ein bisschen Dampf ablassen könnten.«

»Wie bitte?« Ich schlug die Hand von meinem Knie.

»Versteh das nicht falsch. Ich meine, vielleicht wird es zu etwas führen. Eines Tages. Und ich werde dich nicht wieder sitzenlassen. Ich sehe den Wert, den es hat, bei einem Mädel zu bleiben.«

»Mädel?«, wiederholte ich. »Ich bin kein Mädel. Ich bin eine Frau.« Und er würde mir nur so nahekommen, dass er die Rechnung bezahlte. Der Kellner hatte ein wirklich schlechtes Timing und kam gerade in diesem Augenblick mit der Foie Gras. Ich rannte ihn beinahe um, als ich nach meiner Tasche griff, aufstand und loslief. »Das Problem ist, dass du das niemals gesehen hast. Das Mädchen, das dumm genug war, deine Raserei cool zu finden, das nichts merkte, als du anfingst rumzuvögeln, ist weg. Und diese *Frau* hier ist jetzt auch weg.« Ich machte einen Schritt Richtung Tür, dann blieb ich stehen und drehte mich noch einmal um. Ich nahm den Teller mit der Foie Gras und schenkte ihm einen arroganten Blick. »Und ich nehme das hier mit.«

Der Kellner, der danebengestanden hatte, tat nichts, um mich aufzuhalten, als ich das Geschirr stahl. Ich hoffte, dass sie es Luka auf die Rechnung setzen würden. Ich war mit der Foie Gras in der Hand aus der Tür, bevor mir wieder einfiel, dass er mich hergefahren hatte. Jetzt stand ich mitten in Seattle mit einem Teller französischer Entenleber in der Hand und in Schuhen, die nicht fürs Laufen gemacht waren. Ich beschloss, dass ich trotz alledem losgehen musste. Falls Luka die Eier hatte, mir zu folgen, wollte ich nicht, dass er mich dastehen und darüber nachdenken sah, was ich jetzt tun sollte. Ich ging in die entgegengesetzte Richtung, weg von seinem Auto. Es schien wahrscheinlicher, dass er den Weg nehmen würde, den wir gekommen waren. Er war immerhin derjenige, der den Trip in die Vergangenheit hatte unternehmen wollen. Das Problem war, dass ich nicht wirklich wusste, wo ich war. Ich brauchte eine Weile, bis ich den gestohlenen Teller so balanciert kriegte, dass ich in die Tasche greifen und mein Telefon hervorholen konnte. Doch bevor ich die Taxi-App öffnen konnte, hielt ein Auto mit heruntergefahrener Scheibe vor mir an. Ich blickte rasch auf mein kleines Schwarzes herab und fragte mich, ob ich aus Versehen wie eine Straßennutte gekleidet war. Es schien nicht so. Vielleicht wollte jemand etwas Haute Cuisine abstauben.

»Cassie?«, rief eine mir bekannte Stimme.

Ich beugte mich vor, ein Balanceakt auf hohen Schuhen und mit Foie Gras und Handtasche, und dann sah ich den Fahrer. Gavins freundliches und wirklich sehr willkommenes Gesicht blickte mich an.

Kapitel 8

»Oh mein Gott, ich dachte, du hältst mich für eine Nutte.«

Warum musste ich in seiner Nähe immer aussprechen, was ich dachte? Es schien, als hätte ich in Anwesenheit von Gavin North absolut keinen Filter. Ich konnte mir nicht vorstellen, was er über mich dachte. Oder eigentlich konnte ich es mir vorstellen, bis ins Detail, und nichts davon war gut.

Doch er lachte nur. »Du sahst ein wenig verloren aus.«

Das war vermutlich das Netteste, was er sagen konnte, bedachte man, dass ich mit einem Teller Foie Gras durch die Innenstadt von Seattle wanderte. Da ich vermutlich sowieso sagen würde, was mir gerade in den Sinn kam, konnte ich genauso gut ehrlich zu ihm sein. »Ich bin gerade von einem wirklich miesen Date abgehauen.« Ich hielt den Teller hoch. »Und ich habe die Vorspeise geklaut.«

»Ist das Foie Gras?«, fragte Gavin und reckte den Kopf.

»Ist es. Oder war es, die Hitze ist nicht gut dafür.« Ich blickte auf das leckere Gericht hinab und hoffte, dass es nicht verdorben war, während ich draußen herumgestanden hatte. Ich wollte es zusammen mit all meinen Gefühlen für den heutigen Abend verschlingen. Möglicherweise mit einem Löffel. Auf jeden Fall mit einer Flasche Wein.

»Ich hab einen Vorschlag: Ich bring dich nach Hause, wenn du mir davon was abgibst.« Gavin winkte mich auf das Auto zu: ein glänzender neuer Tesla.

Bedachte man die Umstände, schien das ein vernünftiger Deal, ich hatte keine bessere Option. Hier draußen so spät am Freitagabend ein Taxi zu bekommen würde vermutlich fünfzehn bis zwanzig Minuten dauern. Ich stakste auf meinen Heels zur Beifahrerseite und stieg ein. Verlegen lächelte ich ihn an und umklammerte die Foie Gras. Er hatte immer noch seine Büroklamotten an. Zu gern hätte ich gewusst, ob er gerade aus dem Meeting kam, aber ich hatte nicht den Mut zu fragen. Das Letzte, was ich jetzt brauchte, war die Erinnerung daran, dass er Trevor für das Meeting ausgewählt hatte und nicht mich.

»Ich wohne draußen in Bellevue, hoffentlich ist das in Ordnung«, sagte ich zu ihm und versuchte, meinen Gurt anzulegen, während ich den Teller festhielt.

Gavin beugte sich über die Mittelkonsole, sodass ich den Mandelgeruch seines Shampoos wahrnahm, und machte das für mich. Seine Hand glitt an dem Gurt hinauf und glättete und straffte ihn an meiner Schulter, bevor er rasch über die nackte Haut an meinem Schlüsselbein strich.

Halleluja.

»Ich wollte sowieso in die Richtung.« Sein Atem ging schwer, als er seine Aufmerksamkeit dem Lenkrad zuwandte und es so fest packte, dass seine Knöchel weiß wurden.

»Okay«, sagte ich leise, während ich mich mühte, meine abtrünnigen Gefühle wieder unter Kontrolle zu bekommen, die auf alarmierende Weise auf Gavins Frequenz zu schwingen schienen. Ich wollte ihn fragen, wohin er wollte – oder besser, zu wem. Aber ich hielt den Mund. Gavin sah in beide Spiegel, setzte den Blinker und steuerte das Auto in den Verkehr. Er war nicht nur der perfekte Gentleman, er war auch noch der perfekte Fahrer. Ich begann zu vermuten, dass das Gesamtpaket Gavin North beinahe perfekt war, bis auf die Sache mit der Freundin.

»Du hast mir das Leben gerettet.« Ich schüttelte mein Haar, als ich das Licht im Flur anmachte. Es hatte endlich begonnen zu nieseln, als wir den Apartmentkomplex erreichten, und die Sommernacht lud jetzt zum Drinnenbleiben ein. Typisch für das wankelmütige Seattle.

»Ich habe bloß deine Schuhe gerettet«, sagte er und lachte. Er blieb an der Tür stehen, als wartete er auf eine Einladung. Er füllte den Türrahmen aus, und kleine Regentropfen sprenkelten die breiten Schultern seiner Anzugjacke.

Ich bat ihn herein, während ich mir die Highheels von den geschwollenen Füßen zog. Ihn hereinzubitten war das Wenigste, was ich tun konnte, nachdem er mich an einem Freitagabend durch den Verkehr in der Stadt nach Hause gefahren hatte. Von Lillian war nichts zu sehen, was schön war, da ich Enthaltsamkeit geschworen hatte, um ihr Gästezimmer für den Sommer zu bekommen. Ich hatte ihr versprochen, keinen Sex zu haben. Keine One-Night-Stands.

Ich hatte ihr aber nicht gerade *überhaupt keine Männer* versprochen. Es musste ein paar vernünftige Ausnahmen für Lieferanten und Hausmeister geben. Männer, die nicht als Männer zählten. Wie Gavin, der kein Mann war. Er war mein Chef.

Vielleicht sollte ich ein Gummiband am Handgelenk tragen, um mich an diese wirklich wichtige Tatsache zu erinnern.

Sicher, er war nicht der Chef, den ich erwartet hatte. Er war voll auf eine Sache konzentriert. Und ja, er hatte mich mehr als einmal überrascht. Er nahm die Dinge mit Gelassenheit, machte Witze, brachte seine Praktikantin und ihre Schuhe durch die ganze Stadt nach Hause. Weil Gavin ein lieber Kerl war, der sich die Zeit für andere Menschen nahm. Er sorgte sich wirklich um sie. *Vor allem aber sorgte er sich um dieses Projekt, bei dem sie ihm halfen*, rief ich mir ins Gedächtnis, während ich das Weinregal in der Ecke ansah. Deshalb war er jetzt hier. Weil er seine Praktikantin im Regen nach Hause gebracht hatte. Deshalb würde er Nein sagen, wenn ich ihm ein Glas Montepulciano anbot, den ich im Supermarkt gekauft hatte. Das, und die Tatsache, dass er vermutlich Wein vorzog, der mehr als zehn Dollar kostete. Weil es zeigen könnte, dass er Zeit mit mir verbringen wollte, wenn er ein Glas Wein annahm. Doch war das Glas Wein das entsprechende Angebot, oder ging es da wirklich nur um Wein? Am Ende siegte die Texanerin in mir – der Teil, der mit hervorragenden Umgangsformen geschlagen war.

»Darf ich dir ein Glas Wein anbieten?« Ich nahm die Flasche in die Hand, sodass er das Etikett erkennen konnte, um ganz deutlich zu sein. Billiger Wein. Firmenpraktikantin. Gentleman-Chef. Ich wusste, wie seine Antwort aussehen würde, bevor er auch nur den Mund öffnete.

»Gerne.«

Mir fiel die Kinnlade runter, und bevor ich den Mund wieder zukriegte, zog er die Anzugjacke aus und begann, die Manschettenknöpfe zu öffnen. Meine Kinnlade blieb weiter unten, während ich in die Küche ging, um den Korkenzieher zu suchen. Es bedurfte eines gedanklichen Coachings, wie ich mir das bei Olympiateilnehmern vorstellte, um mich von ihm abzuwenden und in die Schublade zu blicken. Ich hatte keine Ahnung, was mich erwartete, wenn ich mich wieder umdrehte. Was, wenn er sein Hemd auszog? Was, wenn er splitterfasernackt dastand?

Ich brauchte zwei Anläufe, um den Korken aus der Flasche zu bekommen, und als er herausflutschte, überflutete eine Welle der Erleichterung mich. Ich nahm zwei Weingläser und schenkte uns beiden rasch eine achtsame Menge ein. Es bedurfte keiner weiteren mentalen Gymnastikübungen, um mich wieder umzudrehen. Gavin saß entspannt auf dem Sofa und hatte die Arme hinter dem Kopf verschränkt. Er hatte die Ärmel hochgerollt und die Krawatte gelockert, aber ansonsten war er voll bekleidet. Mein Herz machte einen Satz vor unbegründeter Enttäuschung. Später würde ich mir eine Standpauke vor dem Spiegel halten. In der ich mich daran erinnerte, dass ich den Pfad des Single-Lebens gewählt hatte, und dann würde ich mir die Meinung sagen, was unangebrachte Fantasien über meinen Chef betraf.

»Tut mir leid, der ist billig.« Ich wünschte mir sofort,

das wieder zurücknehmen zu können, und meine Wangen nahmen die gleiche Farbe an wie der Wein, den ich ihm reichte.

»Kein Problem.« Er zuckte mit den Schultern, als wäre ihm das egal. »Das erinnert mich ans College.« Er bewegte den Wein nicht im Glas, sondern nahm gleich einen großen Schluck. »Definitiv besser als der Zweidollarfusel von damals.«

»Der hier hat ja auch zehn Dollar gekostet«, sagte ich gespielt selbstzufrieden. Ich wusste nicht, wo ich mich hinsetzen sollte. Neben ihn erschien mir falsch – wie ein deutliches Signal, dass wir ein spontanes Date hatten. Auf der anderen Seite des Zimmers wäre zu weit weg, als hätte ich Angst, er könnte denken, wir wären bei einem Date. Ich entschied mich für das entgegengesetzte Ende der Couch, und ließ ein dreiviertel Polster zwischen uns Platz.

»Dann bezahle ich offensichtlich zu viel.« Er grinste und wandte sich mir zu, wobei ihm eine dunkle Haarsträhne in die Stirn fiel. Selbst sein Haar schien Feierabend zu haben.

»Mir bezahlst du nichts, das gleicht es wieder aus«, erwiderte ich.

Seine Augenbraue hob sich fragend, und er blickte sich in der Wohnung um. »Erbin?«

Das brachte mich zum Lachen. Ich schüttelte den Kopf. »Schön wär's. Tochter eines texanischen Ranchers – und nein. Das ist die Wohnung der Schwester meiner besten Freundin.«

»Kein schlechter Deal. Arbeitet sie lange?«

Ich schluckte das Lachen herunter, das mir bei seiner

Frage entkommen wollte. »Sie ist Anwältin, deshalb arbeitet sie nicht nur lange, sondern immer.«

»Dann bist du die meisten Abende allein.« Er nahm noch einen Schluck, und sein Mund verharrte etwas länger am Rand des Glases. Ich war nicht sicher, ob er den Wein oder diese Information auskostete.

Vielleicht las ich zu viel hinein, aber das hier fühlte sich nicht nur nach freundlichem Smalltalk an. Entweder er checkte die Lage, oder ich war nicht die Einzige, die sich hier das Überschreiten der Grenze zwischen Chef und Angestellter vorstellte. Und es war gar nicht so abwegig. Es gab keinen großen Altersunterschied, und er bezahlte mich nicht. Obwohl ich mir nicht sicher war, ob es das besser oder schlimmer machte.

»Abends rede ich normalerweise mit meinen besten Freundinnen. Sie sind beide außer Landes.« Es war nicht so, als hätte er sich interessiert gezeigt, aber ich wollte nicht, dass er dachte, ich säße allein in der Wohnung einer anderen herum.

»Zusammen?«, fragte er und stellte sein leeres Weinglas auf den Tisch. Ich wusste nicht, ob ich ihm noch eins anbieten sollte oder nicht. Zu viel Alkohol und Cassie ergaben für gewöhnlich miese Entscheidungen. Doch ich nippte nur und hatte alles unter Kontrolle.

»Nein«, sagte ich, holte die Flasche aus der Küche und goss ihm noch ein Glas ein. Das war nur gastfreundlich. »Jillian ist mit ihrem Freund in Schottland, und Jessica ist auf Flitterwochen.«

»Flitterwochen?« Er verbarg seine Überraschung nicht

und löste damit meine Alarmglocken aus. Ich hatte gelernt, das H-Wort bei Dates zu meiden, doch das hier war kein Date, und es war eine Tatsache. Jessica war verheiratet. Mal ganz davon abgesehen, dass ich mir das selbst kaum vorstellen konnte.

»Ja, sie hat vor ein paar Wochen geheiratet.«

»Ist sie … älter?«

Da war es, der wilde Blick eines Mannes, der in eine Unterhaltung über feste Beziehungen mit einem Mädchen gefangen war, das er kaum kannte. Da dies hier kein Date war und ich entschlossen, es auch nicht in diese Richtung laufen zu lassen, grinste ich. »Wir sind gleich alt. Sie hat einen Tutor geheiratet.«

»*Ihren* Tutor?« Er rutschte auf der Couch herum und sah sichtlich unbehaglich aus.

»Nicht zu dem Zeitpunkt.« Ich gab mein Bestes, unschuldig dreinzublicken, aber ich konnte mich kaum beherrschen, nicht loszulachen.

»Wow.« Er hielt inne und zupfte an seiner lockeren Krawatte.

»Er ist etwa so alt wie du, also nicht uralt.«

»Missbilligt die Universität so etwas nicht?«

»Die Uni hat nicht wirklich was dazu zu sagen, wen wir daten. Jess war nicht seine Studentin, und er war immer noch nur Doktoranwärter.«

»Den Teil hast du ausgelassen«, sagte er anklagend, aber in seinen Augen blitzte es jetzt ebenfalls vor unterdrücktem Gelächter.

Okay, vielleicht sorgte ich gerne dafür, dass ihm ein wenig

unbehaglich wurde. »Mir gefällt es, jemanden in Rage zu bringen.«

Zur Hölle, das hatte ich gerade laut gesagt. Was ich damit meinte und wonach es geklungen hatte, lag jeweils am entgegengesetzten Ende des Spektrums. Gavin räusperte sich und zog wieder an der Krawatte. Meine Gedanken wanderten zu der Krawatte und was er damit anstellen könnte – was ich ihn damit anstellen lassen würde.

»Ich denke, das ist anders in der Geschäftswelt«, begann ich und ignorierte die Alarmglocken, die in meinem Kopf schrillten. Ich sollte aufhören. Ich sollte den Gedanken nicht fortsetzen. Ich tat es trotzdem. »Leute von der Arbeit zu daten, meine ich. Es muss Regeln geben.«

»Vermutlich in manchen Läden.« Er ließ diese Information in der Luft hängen, ohne mir mehr zu liefern.

»Und bei NorthWest Investments?«

»Die Hälfte unserer Angestellten ist miteinander verheiratet. Mir ist es egal, wenn sie was miteinander anfangen, solange sie ihren Job machen. Ich meine, wir haben eine Richtlinie zu sexueller Belästigung am Arbeitsplatz«, fügte er rasch hinzu. »Deshalb würde ich dir nicht empfehlen, jemandem hinterherzupfeifen.«

Jetzt wand er sich wirklich. Ich hatte das Thema aufgebracht, hausinternes Daten, aber er war immer noch der Chef. So locker die Regeln auch sein mochten, sie mussten anders sein, wenn es um seine Beziehungen zu seinen Angestellten ging. »Gut zu wissen.«

»Denkst du darüber nach, dich mit jemandem von der Arbeit zu treffen?« Falls er auch nur einen Hauch Scham darüber verspürte, eine so direkte Frage zu stellen, so ließ er es sich nicht anmerken.

Jetzt war ich diejenige, der nicht wohl in ihrer Haut war. Ich versuchte, mir eine Antwort einfallen zu lassen, die nicht vollkommen offensichtlich machte, für wen ich mich interessierte. »Nicht wirklich«, war das Einzige, das mir einfiel.

»Es ist für viele von uns schwer«, sagte er. »Wir kommen nicht viel raus. Es ist normal, jemanden aus dem Büro zu daten.«

»Hast du so deine Freundin kennengelernt? Bei der Arbeit?« Jetzt hatte ich es wirklich getan. Ich hatte mir selbst versprochen, dieses Thema keinesfalls anzusprechen. Und stattdessen ließ ich ihn einen Date-Fragebogen ausfüllen.

»Meine Freundin?« Seine Verwirrung war offensichtlich.

»Die Frau, die neulich ins Büro kam. Hübsch. Dunkles Haar. Sieht aus wie ein Model.« Ich kannte ihren Namen. Ich hatte gefragt. Das würde ich nicht zugeben.

»Imogen?«

»Heißt sie so? Ihr saht vertraut aus.« Da. Ich hatte es preisgegeben. Es war dumm, weiter um den heißen Brei herumzureden.

Gavin beugte sich vor und stellte das Glas auf den Tisch, dann legte er den Kopf zurück und lachte. Ich war nicht sicher, was ich davon halten sollte.

»Tut mir leid. Bist du schwul?« Das ergab am meisten Sinn. Wenn diese Supermodelfrau nicht seine Freundin war, dann war ich vielleicht völlig auf dem falschen Dampfer. Er kleidete sich ja auch wirklich gut.

Meine Frage ließ ihn nur noch lauter lachen. »Nein, ich bin nicht schwul.« Er brauchte einen Augenblick, um sich zu beruhigen. »Imogen ist meine Schwester.«

Seine Schwester.

Schwester.

Schwester! Schwester! Schwester!

Ich gab mein Bestes, so auszusehen, als wäre das nicht besonders interessant, während ich innerlich einen Hulatanz aufführte. Es *gab* eine Erklärung. Ich hatte sie nur nicht in Erwägung gezogen. Vielleicht war ich zu sehr daran gewöhnt, wenig von Männern zu erwarten.

»Warte, wenn sie deine Schwester ist, dann …«

Imogen Sound war die Erbin von Sound Coffee. Ich wusste nicht viel über diese Kette, außer dass ich meine Augen schließen und mit dem Finger irgendwohin zeigen konnte, wo dann ein Laden wäre, der nur darauf wartete, mir einen Latte zu machen – *überall auf der Welt.* Die ganze Marke war aufgebaut worden von Richard Sound, wohl einer der berühmtesten Einwohner Seattles. Er war allgemein beliebt für seine soziale Ader und seine Leidenschaft für sein Produkt. Wenn Imogen seine Tochter war, dann war Gavin ihr Bruder. »Dein Dad ist …«

»Richard Sound«, bestätigte er mit einem Seufzen.

»Das ist unglaublich. Ich habe viele seiner Bücher gelesen.«

Gavins Mund verzog sich zu einem schmalen Lächeln. »Er ist inspirierend.«

»Ihr kommt nicht miteinander klar«, riet ich.

»Doch, das tun wir sogar. Wir haben eine fantastische Beziehung zueinander.«

Diese Antwort hatte ich nicht erwartet. Ich legte den Kopf schief, als würde das helfen, diese widersprüchliche Aussage zu begreifen. Etwas passte da nicht recht. Ein Puzzlestück, das sich nicht einfügte. »Aber dein Nachname.«

»Ich habe den Mädchennamen meiner Mutter benutzt«, erklärte er und ließ sich gegen die Rückenlehne sinken.

»Warum?«, rutschte es mir heraus. Ich konnte mir die Türen nur vorstellen, die der Name Sound öffnen würde. Große. Die sich drehten. Und dann wusste ich, warum. »Lass mich raten. Du denkst, dass der Name Sound jedes Geschäft sichern würde. Er würde garantiertes Risikokapital bedeuten.«

Gavin rieb sich mit dem Zeigefinger über die Schläfe. Ich hatte einen wunden Punkt getroffen. »Aber mein Dad hat Sound Coffee mit einer Vision und harter Arbeit aufgebaut. Das gehört *ihm*.«

»Und du möchtest selbst etwas erreichen«, schlussfolgerte ich.

Er öffnete ein Auge und sah mich an. »Genau.«

»Ich kann nicht die Erste sein, die versteht, warum du diese Wahl getroffen hast.«

»Du bist die Erste, die sich nicht benimmt, als wäre ich deshalb dumm«, gab er zu.

»Was ist daran dumm? Ich sehe die Pros und Contras. Ja, es wäre leichter, aber da auch ich hoffe, etwas im Leben zu erreichen, verstehe ich, warum du das selbst schaffen willst.«

Er starrte mich an, als würde er mich zum ersten Mal sehen. Sein Blick durchdrang mich, ließ sich in meiner

Brust nieder und setzte dort meine schwelende Sehnsucht in Brand.

»Na gut, deine Schwester ist sehr hübsch«, gelang es mir zu sagen, während ich versuchte, in sicheres Gewässer zu steuern, und hoffte, dass ich nicht spontan in Flammen aufgehen würde, so feurig, wie er mich plötzlich ansah.

»Und offensichtlich ist sie nicht meine Freundin«, fügte er bedeutungsvoll hinzu.

»Hast du eine Freundin?« Meine Stimme kiekste beim letzten Wort und verriet ganz genau, warum ich diese Frage stellte.

»Ich war in den letzten paar Jahren eher mit NorthWest Investments liiert. Ich habe ein paar Frauen gedatet. Nichts Ernstes. Ich schätze, ich hatte nicht das Glück, jemanden im Büro kennenzulernen, wie die Hälfte meiner Leute.«

Der Hulatanz endete. Er hatte nicht das Glück gehabt, jemanden kennenzulernen. Redete er da in der Vergangenheitsform? Meinte er aktuell? Zu was machte mich das? Unsichtbar? Oder einfach nur nicht begehrenswert?

»Verstehe ich voll und ganz. Ich habe mich ganz auf mein Studium konzentriert.«

»Triffst du dich mit jemandem?«

Okay, ich bildete mir also nicht ein, wie er sich etwas näher zu mir herüberbeugte, als ob er die Distanz zwischen uns verringern wollte.

»Nein, ich habe den Männern ziemlich abgeschworen.« Oh mein Gott. Warum musste ich ihm immer alles sagen, was mir durch den Kopf ging? Er war wie ein lebendes, gut eins achtzig großes Wahrheitsserum. Ein verdammt sexy Wahrheitsserum.

»Du hast dich verbrannt«, tippte er. Er zögerte, als wollte er noch etwas sagen. Ich sah, dass er etwas zurückhielt. Vermutlich wollte er fragen, ob es um Trevor ging. Es war ziemlich offensichtlich, dass zwischen uns etwas gewesen war. Wenn ich ihm das alles erzählte, konnte ich auch einfach ehrlich sein.

»Ich war mit Trevor zusammen – dem anderen Praktikanten. Er hat mich betrogen.« Es tat weh, als ich das Pflaster abriss und die Luft der Wahrheit die frisch verheilte Wunde traf, aber nicht so sehr, wie ich gedacht hatte. Trevor mochte ja da sein, aber er war definitiv nicht mehr in meinem Leben.

»Und dann habt ihr euch beide auf das gleiche Praktikum beworben?«

Ich sah, dass er versuchte, diese Info zu verarbeiten. Ich musste sichergehen, dass er genau verstand, wie das gelaufen war, nicht dass er dachte, ich hätte Trevor gestalkt. »Ich hatte mich für das Praktikum beworben, während wir zusammen waren. Er hat offensichtlich beschlossen, das Gleiche zu machen. Ich hatte keine Ahnung, dass er auch genommen wurde. Du erinnerst dich vielleicht daran, wie wir uns im Büro zum ersten Mal begegnet sind.« Ich schluckte die Hälfte meines Weins herunter und griff nach der Flasche. Dieser Wahrheitskram fühlte sich neu an. Für gewöhnlich versuchte ich zu diesem Zeitpunkt, zu flirten oder klüger zu klingen, als ich mich fühlte. Mit Gavin war es irgendwie leicht, offen zu sein, aber auch beängstigend.

»Ich erinnere mich«, sagte er mit einem Grinsen. Gavin fuhr sich mit der Hand durchs Haar, und ich fragte mich, wie es wäre, mit meinen Händen hindurchzustreichen – seinen Körper an meinem zu spüren … ihn zu küssen. »Cassie?«

Ich blinzelte, er hatte etwas gesagt, und ich war im La-La-Land meiner Fantasien versunken gewesen. »Bitte?«

»Ist es ein Problem, mit ihm zusammenzuarbeiten?« Gavin kniff besorgt die Augen zusammen.

»Nein! Ich meine, ich bin professionell. Natürlich werde ich Trevor in seine Schranken weisen, falls das nötig wird.« Es war vermutlich gut, wenn er das jetzt erfuhr. Ich würde absolut professionell sein, bis Trevor aus der Reihe tanzte.

»Das wette ich.« Gavin schien von dem Gedanken nicht beunruhigt, sondern eher erheitert. »Du hast Männern also abgeschworen?«

Hier war meine Chance, das zurückzunehmen. Oder meinen Zug zu machen. Aber ich nickte. Denn es war die Wahrheit, und ich stellte fest, dass es mir unmöglich war, Gavin anzulügen. Ich hatte Männern abgeschworen. »Ich muss mich eine Weile auf mich konzentrieren. Ich will etwas aus meinem Leben machen.«

»Das verstehe ich«, sagte er. »Ich habe da diese Liste im Kopf mit den Dingen, die ich erreichen will, bevor ich dreißig werde.«

»Du hast noch eine Weile bis dahin …« Ich fischte nach der Information. Es war offensichtlich, und ich hätte mich schämen sollen. Aber Informationen von der Quelle herauszufinden war weniger pathetisch, als ihn per Google zu stalken.

»Noch vier Jahre«, sagte er. »Und das meiste hab ich eh schon abgehakt. Das fühlt sich seltsam an. Ich schätze, ich muss herausfinden, was ich als Nächstes tun will.«

»Verstehe. Ich habe beschlossen, dass ich aus der Schule rausmuss, mit Auszeichnung abschließen, hervorragende Praktika absolvieren und dann einen megainteressanten Job kriegen. Aber jetzt, da ich voll auf diesem Weg bin, habe ich begonnen, darüber nachzudenken, was danach passieren soll.«

»Hast du Antworten?«

Ich schüttelte den Kopf. »Du?«

»Nein, aber die Möglichkeiten begeistern mich.« Seine Augen flammten auf, und ich fragte mich, ob er vielleicht das dachte, was ich dachte. Was würde es bedeuten, ein Teil von Gavins Leben zu sein? So, wie sein Blick mich versengte, fragte er sich das Gleiche. Bevor einer von uns das herausfinden konnte, stand er auf und nahm sein Jackett. »Ich sollte nach Hause fahren. Meine kleine Schwester wohnt das Wochenende über bei mir.«

»Ich würde sie gern einmal kennenlernen«, sagte ich und wurde rot. Ich hatte ihn auf Abstand gehalten und wollte jetzt plötzlich seine Familie kennenlernen. Was für einen Unterschied doch ein Nicht-Date machte.

Gavin schien das nichts auszumachen, so direkt meine Bitte auch gewesen sein mochte. »Sie wird im Büro sein. Sie steht dem Denkmalschutzkomitee vor.«

»Das uns aufhalten will?«, fragte ich verblüfft. »Das ist mal ein Fall von Geschwisterrivalität.«

»Das ist eine ihrer großen Freuden im Leben: Sie versucht, mir das Leben schwer zu machen. Tatsächlich stehen wir uns sehr nahe, obwohl sie alles tut, eine Nervensäge zu sein.« Sie mussten sich nahestehen, wenn sie bei ihm wohnte, während sie gegen ihn arbeitete.

Er ging zur Tür, und ich folgte ihm. Wir blieben einen Moment so stehen, ein paar Schritte auseinander, bevor er nach der Türklinke griff. »Arbeite nicht zu viel am Wochenende.«

»Bin ich so durchschaubar?«

»Wir haben eine Menge gemeinsam.«

»Dann könnten wir ja vielleicht gemeinsam unsere nächsten Schritte herausfinden.« Hatte ich das gerade ausgesprochen? Laut? Zu ihm? Ich würde mir in seiner Nähe die Zähne aneinanderkleben müssen.

Gavin sagte nichts, aber er lächelte, als er ging.

Kapitel 9

Ich stalke Gavin North nicht auf Facebook. Oder auf Wikipedia. Oder auf Google. Ich bin erwachsen. Egal, wie oft ich mir diese Worte vorbetete, meine Willenskraft wurde nicht stärker. Das war so ziemlich das Gegenteil von dem, wie ein Mantra funktionieren sollte. Allein heute hatte ich bereits dreimal ein Browserfenster geöffnet und begonnen, seinen Namen einzutippen. Ich hatte es sofort wieder geschlossen, bevor ich auf Enter drücken konnte, aber näher kam ich der Zurückhaltung nicht. Seinen Namen zu googeln würde bedeuten, zu viel in den Freitagabend hineinzuinterpretieren. Wir hatten ein paar Gläser Wein getrunken und geredet. Nichts war passiert. Nur machte mich die Tatsache, dass nichts passiert war, wahnsinnig.

Außerdem hatte ich viel über ihn in unserer Unterhaltung erfahren, einschließlich der Tatsache, dass er nur vier Jahre älter war als ich. Übersetzung: Es gab einen vernünftigen Altersunterschied.

Imogen Sound war seine kleine Schwester. Übersetzung:

Ich musste ihretwegen nicht eifersüchtig sein, und noch wichtiger war, dass Gavin Single war!

Nichts davon machte ihn weniger zu meinem Chef. Sicher, NorthWest Investments war cool, wenn es um bürointernes Daten ging, aber man musste kein Genie sein, um zu wissen, dass es missbilligend aufgenommen würde, wenn der Chef eine Praktikantin traf. Und es könnte meine Chance auf eine Festanstellung bei der Firma zerstören. Vielleicht könnten wir uns im Geheimen daten, in Filmen funktionierte das immer. Aber was war mit der unvermeidlichen Trennung? Ich hatte nicht gerade die beste Erfolgsbilanz, was meine Exfreunde betraf. Trotz der Fülle an neuen Informationen, die ich von Gavin erhalten hatte, sah es für mich trostlos aus. Solange ich gedacht hatte, dass er liiert war, hatte ich ihn mir aus dem Kopf schlagen können. Ich würde niemals jemanden betrügen so wie meine Exfreunde. Aber nun, wo es keinen ernsthaften Hinderungsgrund mehr gab, war ich erledigt.

Er war noch nicht da, deshalb verbrachte ich meine Zeit damit, mir Notizen über das Projekt zu machen und gleichzeitig jeden Augenblick, den wir miteinander verbracht hatten, zu analysieren. Es war mir unmöglich, nicht an ihn zu denken, aber ich lenkte meinen Fokus störrisch immer wieder auf das Projekt. Zum Glück hatte ich endlich eine Idee, wie man das Denkmalschutzkomitee ansprechen könnte. Irgendwie fiel mir das leichter, seit ich wusste, dass Imogen ihm vorstand. Ich hatte mir erlaubt, sie zu googeln. Das war Recherche – nötige Recherche – und nicht die Recherche einer Durchgeknallten. Und doch zuckte ich jedes Mal zusammen, wenn jemand an meinem Schreibtisch vorbeikam. Er war es zum Glück nie. Ich bekam nicht viele Informationen. Imogen war ein It-Girl, was bedeutete, dass ich mir die Informationen über ihr Leben wohl besser zusammensuchte, indem ich mir Instagram-Posts ansah.

Ich hatte das Wochenende damit verbracht, den Bachelor zu bingen, während ich versuchte, mir so viele Ideen wie möglich zum Majestic einfallen zu lassen. Um der Verlockung von Google zu entgehen, hatte ich hundert winzige Notizen auf Post-its geschrieben, statt meinen Computer hochzufahren. Bedachte man, dass ich zuallererst eine Suche nach Gavins Schwester durchgeführt hatte, als ich Zugang zu einem Browser bekam, war das wohl ein kluger Schachzug gewesen. Heute Morgen musste ich all diese Notizen durchgehen. Als ich damit fertig war, sie quer über meinen Schreibtisch und die Wände meines Arbeitsplatzes zu kleben, sah es aus, als wäre die Spurensicherung da gewesen. Es war wirklich erstaunlich, wie ein Wochenende ohne Zugang zu Computern oder Telefonen meine Kreativität förderte. Jetzt hatte ich nicht *eine* gute Idee, ich hatte mindestens zwanzig gute Ideen, und etwa achtzig vollkommen irre.

Als ich sie durchgesehen hatte, fühlte ich mich ziemlich gut. Gut genug, um zu Sound Coffee zu gehen und einen Latte zu holen und einen Americano für George. Danny war hinter der Theke, und er strahlte, als er mich sah und löste so meine üblichen Gewissensbisse aus. Gott sei Dank linderte das Koffein sie für gewöhnlich.

»Hi Cassie, wie war dein Wochenende?«, fragte er mit einem strahlenden Lächeln, während er meinen Espresso zog.

Ich wusste nicht, wie ich diese Frage beantworten sollte. Mein Wochenende hatte mit einem miesen Date begonnen, das geendet hatte mit einem … ich war nicht sicher, was zwischen Gavin und mir geschehen war. Allein daran zu denken hinterließ ein warmes und kribbeliges Gefühl in mir, aber das zu erzählen wäre wohl unangebracht gewesen. Ich wählte eine Ausflucht. »Ich hab die meiste Zeit rumgehangen und ferngeschaut. Und du?«

»Ich habe gearbeitet. Am Wochenende ist ziemlich viel los.« Er setzte einen Deckel auf meinen Becher und gab ihn mir. »Ich habe dir einen extra Shot reingetan.«

Das Problem mit Danny war, dass er zu nett war, um interessant zu sein. Ich hatte ihm auch nicht gerade skandalöse Ereignisse geliefert, aber Smalltalk über die Arbeit? Meine Güte! Er machte Georges Americano fertig und gab ihn mir. Ich nahm zwei Manschetten von dem Tablett neben der Espressomaschine. Ich musste das Logo von Sound Coffee einfach anstarren, während ich sie um die Becher schob.

Gavin, ob mir das nun gefiel oder nicht, war der Erbe eines gewaltigen Kaffeeunternehmens, und dennoch hatte er sich dafür entschieden, sich von der Pike auf hochzuarbeiten. Das war wirklich etwas Besonderes.

Er war wirklich jemand Besonderes.

Der hinter mir Stehende stieß gegen meinen Arm, und ich landete wieder in der Realität, wo ich einen Job und jede

Menge Kram zu erledigen hatte. Ich winkte Danny zum Abschied zu und ging zurück ins Büro, und ich freute mich darauf, an einer der hundert Ideen zu arbeiten, die mir in den letzten paar Tagen eingefallen waren. Am Empfang blieb ich stehen und hielt den Americano gerade so außerhalb von Georges Reichweite. Gierig streckte er sich danach aus.

»Du hast mir nicht gesagt, dass Imogen Sound Gavins Schwester ist?«, sagte ich anklagend.

Er wackelte mit den Augenbrauen und spitzte die Lippen. »Liebes, du hast nicht gefragt. Was tut es zur Sache, ob sie seine Freundin oder seine Schwester ist?«

»Gar nichts.« Ich zuckte auf vermutlich absolut nicht überzeugende Weise mit den Schultern und reichte ihm seinen Becher.

»Ah ja.« Er nahm mit einer gehobenen Augenbraue einen Schluck. Er kaufte mir das nicht ab, aber er fragte auch nicht nach.

»Lass dir den Kaffee schmecken!«, rief ich, bevor ihm einfiel, doch noch Fragen zu stellen, und ging weiter.

Ich setzte mich an den Computer, entschlossen, mich an die Arbeit zu machen. Als Trevor den Kopf in mein Abteil streckte, sah ich überrascht, dass bereits eine Stunde vergangen war. Bis jetzt hatte ich drei unterschiedliche Ansätze ausgearbeitet. Es waren Grundgerüste – eher Ideen –, aber jede davon würde funktionieren. Ich musste nur die auswählen, die NorthWest Investments am meisten beeindrucken würde. Ich tat mein Bestes, um meinen Bildschirm vor Trevors neugierigem Blick abzuschirmen, aber er reckte den Hals und versuchte dennoch, etwas zu erkennen.

»Arbeitest du an dem Vorschlag für das Majestic?«

Ich schnaubte. Selbst wenn er die Dutzenden Ideen, die auf Notizzetteln quer über die Trennwände verteilt waren, nicht entziffern konnte, sollte manches doch offensichtlich sein. »Nein, ich arbeite am Weltfrieden.«

»Du hast recht, Cassie. Ich habe das ganze Wochenende über deinen Vorschlag nachgedacht und finde auch, es macht keinen Sinn, dass wir getrennt arbeiten.« Er lehnte sich vor und schob lässig eine Hand in die Hosentasche und begann eine Melodie zu pfeifen.

Wie ich Trevor kannte, hatte er das Wochenende keineswegs mit Arbeit verbracht. Zweifellos war er in Bars unterwegs gewesen oder hatte eine Frau ausgeführt. Bei seiner Work-Life-Balance schlug die Waage für gewöhnlich sehr in Richtung Life aus.

»Ich bin sogar schon ziemlich weit.« Ich drückte auf den Sleep-Knopf, damit er aufhörte zu starren.

»Vielleicht könntest du mir zeigen, was du hast, und ich gebe dir ein paar Tipps.«

»Glaubst du wirklich, darauf falle ich rein?«, fragte ich.

»Ich zeige dir meins, wenn du mir deins zeigt.« Er zwinkerte auf eine Art, die ich mal charmant gefunden hatte, doch jetzt wurde mir davon übel.

»Nein danke. Ich habe *von deinem* schon genug gesehen.«

Trevor runzelte die Stirn, und seine Mundwinkel sanken herab, als er nun traurig den Kopf schüttelte. »Weißt du, wir waren mal verliebt, du und ich.«

Ich wusste nicht, was ich darauf erwidern sollte. Ich

konnte nicht glauben, dass er das *hier* aufbrachte. *Jetzt.* Wir waren nicht verliebt gewesen. Ich war verliebt gewesen.

»Wenn das stimmen würde«, zischte ich sehr leise, »hättest du mich nicht betrogen.«

»Wir alle machen Fehler. Du musst mich nicht immer weiter bestrafen.«

»Lass mich dir das ganz deutlich sagen.« Ich setzte mich aufrecht hin und kreuzte die Arme vor der Brust. »Ich nichtse dich. Ich bestrafe dich nicht. Ich helfe dir nicht. Ich nichtse dich.«

Trevor öffnete den Mund, und der eben noch so besorgte Blick löste sich in flammender Wut auf, aber bevor er etwas sagen konnte, gesellte sich Gavin zu uns. Er sah von Trevor zu mir und hob eine Augenbraue. Jetzt, da er über unsere Vergangenheit Bescheid wusste, konnte er sich vermutlich denken, was hier vor sich ging, besonders da ich im Selbstschutzmodus war und Trevor bei Phase zwei einer Kernschmelze.

»Alles cool?«, fragte er locker. Wenn ich es nicht besser gewusst hätte, ich hätte glatt geglaubt, dass er bloß nach seinen Praktikanten sah. Nur dass ich es besser wusste, was das Mal-nach-uns-Sehen zu etwas Persönlichem machte, als würde er sich um mich sorgen. Das gefiel mir.

»Ja, wir haben nur zusammen an dem Majestic-Projekt gearbeitet.« Trevor warf mir ein dreistes Grinsen zu, während Gavins Blick weiter auf mir ruhte. Ich spürte, dass Gavin die Wahrheit suchte. Ich hoffte, dass er sie fand.

»Ja, wir haben nur über unsere jeweils *eigenständigen* Projekte gesprochen«, sagte ich mit besonderer Betonung. Es war besser, es deutlich zu machen, als ihn auf falsche Gedanken kommen zu lassen. Ich hatte Gavin gesagt, dass ich mit Trevor arbeiten konnte, aber ich wollte nicht, dass er glaubte, ich würde das freiwillig machen.

»Es gibt in jedem Fall eine Zeit und einen Ort für Teamwork«, sagte Gavin und breitete die Hände aus, »aber ich verstehe, warum ihr beide an diesem Projekt einzeln arbeiten wollt. Wenn ihr Bedenken habt oder die Ideen mal durchsprechen wollt, kommt zu mir ins Büro.« Sein Blick ließ meinen nicht los, als er dieses Angebot aussprach. Ein kleines Feuer entfachte sich in meinem Bauch, und ich hoffte, dass die Hitze sich nicht auf meine Wangen ausbreitete. Technisch gesehen, galt das Angebot uns beiden, aber ich hatte den Eindruck, dass es mir allein galt. Jetzt färbten die Flammen meine Wangen.

»Danke«, warf Trevor ein. »Das mache ich.«

Gavin nickte ihm knapp zu, und dann verschwand er zu seinem Eckbüro.

Trevor sah ihm hinterher, dann richtete er sich auf und zog seine Anzugjacke zurecht. »Na, ich schätze, ich verstehe jetzt, warum du meine Hilfe nicht brauchst.«

Ich war zu sehr damit beschäftigt, mir vorzustellen, wie ich meine Ideen an Gavin in seinem Büro ausprobierte, um das sofort zu begreifen, aber dann zuckte ich zusammen und sah zu ihm auf. »Was soll das heißen?«

»Dass du diesen Wettbewerb genagelt hast.«

»Es gibt keinen Wettbewerb. Wir geben unser Bestes, um die Firma zu unterstützen.«

»Dann saßen wir wohl nicht im gleichen Meeting«, sagte

Trevor. »Ein Job wartet am Ende dieses Regenbogens, und der sollte mir gehören.«

»Erinnere mich doch mal daran, wie du dieses Praktikum noch gleich bekommen hast?«, fragte ich und war unwillkürlich verärgert. Glaubte er ernsthaft, dass er diesen Job verdiente? Er hatte sich hier reingedrängelt. Und jetzt wollte er mir auch noch den Preis klauen.

»Ich dachte nicht, dass du so tief sinken würdest.« Er schüttelte den Kopf. Diesmal wirkte seine enttäuschte Miene ein wenig zu einstudiert.

»Was genau wirfst du mir vor?« Ich wusste es. Ich hörte es in den Worten mitschwingen, aber ich wollte, dass er es aussprach.

Er hatte den Anstand, sich vorzubeugen und die Stimme zu senken. »Ich sage, dass ich enttäuscht von dir bin, wenn du denkst, den Boss zu vögeln, würde dir den Job einbringen. Ich schätze, da kann ich dir wirklich nicht bei deiner Arbeit helfen.«

Ich musste ihm nicht sagen, dass er verschwinden sollte, denn er ging nach diesem Vorwurf einfach weg. Ich saß an meinem Schreibtisch und starrte auf meinen leeren Computerscreen. Wie konnte er es wagen zu sagen, dass er enttäuscht von mir war. Gavin würde nicht der Einzige sein, der die Entscheidung traf, wie man das Komitee ansprach. Und es war nicht so, als wäre etwas zwischen Gavin und mir passiert. Tatsächlich hatte ich mich ziemlich reingehängt, damit nichts passierte. War ich schuldig, weil ich ein paar Tagträume hatte und ein Glas Wein mit ihm getrunken hatte? So viel zum Thema Unschuldsvermutung.

Ich wollte diesen Job. Ich hatte für dieses Praktikum gearbeitet. Ich würde meinen Ruf nicht von den rachegetriebenen Taktiken eines Exfreunds gefährden lassen. Es gab nur eins, was ich tun konnte. Ich brauchte beinahe eine halbe Stunde, um den Mut aufzubringen, aber dann stand ich auf und ging zu Gavins Büro. Ich hielt kurz inne, bevor ich an die Tür klopfte, dann ging ich hinein. Gavin sah auf, offensichtlich überrascht, denn er hatte einen Gast.

»Cassie«, er sagte meinen Namen mit einer Vertrautheit, die sich wie eine warme Decke um mich legte. »Kann ich etwas für dich tun?«

»Es tut mir leid«, stotterte ich und verlor die Nerven. »Ich komme später wieder.«

Oder nie. Wenn ich das nicht jetzt machte, würde ich mich das niemals mehr trauen. Ich würde mich einfach nur verkriechen. Vielleicht für immer. Vielleicht war es an der Zeit, mir einen Einkaufswagen und einen Platz unter einer Brücke zu suchen und mich dort für immer zu verstecken. Das fühlte sich plötzlich nach dem viel besseren Plan für mein Leben an.

»Ist schon gut. Ich habe dir gesagt, dass mein Büro immer offen steht«, sagte er. Die Worte hatten eine doppelte Bedeutung. Ich spürte es.

Imogen, die von nahem eine grazilere Ausgabe von Gavin war, mit den gleichen blauen Augen und dunklem Haar, biss sich auf die Lippe, als würde sie ein Lächeln zurückhalten. Vielleicht war ich nicht die Einzige, der die schwelende Anziehung zwischen ihm und mir bewusst war. Nein. Die Liste der Menschen, denen das aufgefallen war, wuchs.

Trevor. Imogen. George. Wenn ich nicht aufpasste, würde es am Ende des Tages jeder im Büro wissen.

Als ich nichts sagte, rettete Gavin mich. »Übrigens wollte ich dich meiner Schwester vorstellen. Imogen, das ist Cassie. Cassie, das ist Imogen.«

»Es ist schön, dich kennenzulernen«, stieß ich hervor, bevor ich weiterredete. Ich musste das hier loswerden. »Ich habe über das nachgedacht, was du gesagt hast – über die Präsentation –, ich brauche keine Hilfe. Ich muss das wirklich alleine machen.«

»Das ist wirklich kein Problem«, setzte er an.

Ich hielt die Hand hoch. »Nein. Ich muss das *allein* machen.«

Gavin setzte sich auf seinem Stuhl zurück, seine Schultern sanken nach unten, und er runzelte die Stirn. »Ich verstehe.«

Ich wartete nicht darauf, dass er mich fragte, was los war. Es gab keinen Grund, sich darüber auszutauschen. Wir waren beinahe zu weit gegangen, und ich hatte dem jetzt ein Ende gemacht. Er wusste, dass ich nicht auf dem Markt war. Ich hatte es ihm gesagt. Wir beide mussten daran erinnert werden.

»Es ist schön, dich kennenzulernen«, sagte Imogen leise. Ich lächelte sie kurz an, dann ging ich rückwärts aus dem Büro.

Ich fragte mich kurz, ob er über mich gesprochen hatte und was sie von mir halten musste, nach dieser dreisten Störung, aber es war egal. Denn ich würde Imogen nicht außerhalb dieses Büros kennenlernen. Ich hatte eine Wahl getroffen. Gavin North und Cassie Hart waren Kollegen und sonst nichts. Ich würde mich nur noch auf das Majestic-Projekt konzentrieren. Auf nichts anderes.

Kapitel 10

Ich vergrub mich in der Arbeit. Wenn ich nicht an meinem Schreibtisch war und den Vorschlag ausarbeitete, für den ich mich letztendlich entschieden hatte, war ich bei Sound Coffee. Einen der Manager zu kennen bedeutete, dass ich stundenlang dort abhängen konnte, ohne viel zu bestellen. Der Laden war zu meinem inoffiziellen Büro geworden, allerdings mit schnellem Zugang zu reichlich Koffein.

Die ganze Zeit, die ich in meinen Vorschlag steckte, zwei Wochen Mühe, zahlte sich endlich aus. Mir blieb weniger als ein Monat bis zu der Präsentation, die über mein Schicksal entscheiden könnte. Auch Gavin war beschäftigt, sodass ich nur in kurzen Mails von ihm hörte, wenn er mich auf den neuesten Stand bezüglich des Projekts brachte. Es waren meist unpersönliche Mails, die sich an das gesamte Büro richteten. Er hielt Abstand und ich ebenfalls. Und hoffentlich würde sich dieses Opfer in ein paar Wochen auszahlen.

Ich hatte keine Ahnung, an was Trevor dran war, aber

falls er abends lange aufblieb, um zu arbeiten, machte er das weder im Büro noch im Café. Ich sah ihn nie nach Arbeitsschluss bis spät in die Nacht hinein arbeiten. Umso besser, denn Sound Coffee fühlte sich langsam an wie mein zweites Zuhause. In dem Café – inmitten des geschäftigen Treibens auf den Straßen Seattles und gleichzeitig doch auch davor geschützt – fühlte ich mich wohl. Selbst der Industrie-Chic gefiel mir langsam.

»Du weißt, dass Freitagabend ist, oder?« Danny setzte sich auf den Stuhl mir gegenüber und blickte auf den Stapel Notizen auf meinem Tisch. Wenn das hier vorbei war, sollte er einen Job bei NorthWest Investments kriegen. Für mich fühlte es sich an, als hätte seine stetige Koffeinversorgung mich durch das Projekt gebracht und würde auch für die nächsten Jahre notwendig sein.

Ich schenkte ihm ein reumütiges Lächeln und tippte dabei weiter. »Keine Pausen für die Gottlosen.«

»Weiß keiner besser als ich«, sagte er und lehnte sich auf dem Stuhl zurück und streckte die Beine von sich. »Aber selbst ich mach gleich Schluss.«

Ich blickte bestürzt auf die Uhr und sah, dass es erst sieben war. »Ihr macht noch nicht zu?«

»Keine Sorge. Sie kümmern sich schon um dich.« Er nickte zu den Baristas, die immer noch hinter der Theke standen. Ich kannte mittlerweile jeden mit Namen, aber das war nicht der Grund für meine Bestürzung. Danny war eine beruhigende Konstante in meinem Leben geworden. Es gab keinen Druck. Keine Erwartungen. Aber Kaffee. Das war in gewisser Weise die gesündeste Beziehung, die ich seit langem geführt hatte. Es sei denn, man betrachtete es aus seiner Perspektive. Ich nahm für gewöhnlich. Platz. Kaffee. Kostenloses Nachfüllen. Er beschwerte sich jedoch nie. »Wie läuft es?«

Ich informierte ihn immer über meine unterschiedlichen Einfälle, und er hatte mir gelegentlich Vorschläge gemacht. Die meisten waren nicht besonders hilfreich gewesen, aber es war dennoch ziemlich lieb von ihm.

»Ich glaube, den Teil mit der Ausstellung habe ich«, sagte ich, »und wenn ich jetzt noch die Vorführungen hinbekomme, ist es perfekt.«

»Wenn jemand das kann, dann du.« Er schenkte mir ein glückseliges Lächeln, genau das, das zu einem so wichtigen Teil in meinem Tagesablauf geworden war.

Meine Gefühle für Danny waren nicht direkt anders. Er war immer noch der nette Typ von nebenan. Immer noch der Zuverlässige. Ich drehte nicht gerade durch bei seinem Anblick. Aber seine Anwesenheit war aufmunternd. Vielleicht hatte ich ihn unterschätzt. Vielleicht hätte ich der Sache eine Chance geben sollen, um zu sehen, ob mehr daraus hätte werden können. Und man musste ihm zugutehalten, dass er nie so tat, als wäre ich bei meinen spätabendlichen Arbeitseinsätzen mehr als eine Freundin, die in seinem Café herumsaß. Vielleicht schuldete ich ihm etwas. Das Problem war, dass ich nur an Gavin dachte, selbst wenn ich versuchte, mir Danny als eine Option vorzustellen. Obwohl wir seit Wochen auf Distanz waren, brachte mich der entfernteste Gedanke an Gavin ins Schleudern. Ich könnte Danny niemals reinen Herzens eine Chance geben.

Ich fragte mich allmählich, ob es überhaupt die beste Idee war, diese Präsentation mit Bravour hinzulegen. Wie würde ich in ein paar Monaten für Gavin fühlen? Würde mein anfängliches Interesse abgekühlt sein? Oder würde ich immer noch gegen meine Gefühle für ihn ankämpfen?

»Hoffst du, dort einen Job zu bekommen?«, fragte Danny und nickte zu dem Bürogebäude hinüber.

Ich zuckte mit den Schultern und fragte mich, wie es ihm gelungen war zu erraten, was mich beschäftigte. Danny war wirklich einfühlsam. »Ich weiß nicht. Auf jeden Fall will ich einen guten Job machen. Das könnte eine tolle Referenz sein.«

Genau. So musste ich darüber denken. Vielleicht war eine Zukunft bei NorthWest Investments nicht meine weiseste Wahl, aber wenn sie mir eine gute Empfehlung gaben, könnte das den Unterschied machen. Das war genau der Treibstoff, den ich brauchte, um am Wochenende weiterzumachen. Ich war so nah daran, den letzten Teil dieses PR-Puzzles hinzukriegen.

»Hey, ich habe eine Frage an dich.« Danny beugte sich über den Tisch und senkte die Stimme.

Mein Magen machte einen nervösen Salto. Wenn er mich bat, mit ihm auszugehen, würde ich dann Ja sagen? Ich dachte darüber nach. Versuchte, mich dazu zu überreden. Doch mit einem flauen Gefühl im Magen erkannte ich, dass das niemals geschehen würde, egal, wie sehr ich Danny wollen wollte. »Okay.«

Er griff unter den Tisch, und ich erstarrte. Dann zog er das Letzte hervor, was ich erwartet hatte. Eine Schmuckschachtel. Ich wusste nicht, was ich sagen sollte. Ich war mir ziemlich sicher, dass ich ihn nicht in diesem Maße in die Irre geleitet haben konnte.

»Ich möchte meine Freundin fragen, ob sie mich heiratet«, fing er an, und ich stieß erleichtert die Luft aus. Er hielt inne und sah kurz verwirrt aus, aber ich bedeutete ihm weiterzusprechen. »Ich kann mich nicht entscheiden, ob ich ihr den Antrag an der Spitze der Space Needle oder im Riesenrad machen soll.«

»Wie sicher bist du, dass sie Ja sagt?«, fragte ich ohne nachzudenken. Ich sammelte echt Punkte für meine spontane Idiotie. Das Letzte, worum Danny sich jetzt sorgen sollte, war, ob sie Ja sagen würde oder nicht.

Er kicherte nur. »Ziemlich sicher.«

»Gut«, sagte ich und lächelte erleichtert. »Ich würde nicht mit jemandem in einem Riesenrad festsitzen wollen, der Nein gesagt hat.«

»Daran hatte ich gar nicht gedacht«, räumte er ein. »Ich hatte nur gesehen, dass Prince das in London gemacht hat, und ich dachte, das wäre eine ziemlich gute Idee.«

»Ja, aber es sollte für dich bedeutungsvoller sein. Welcher der beiden Orte hat mehr Bedeutung für euch?«

Danny dachte kurz darüber nach, bevor er den Kopf schüttelte. »Keiner. Wir waren da noch nicht. Ich wollte nur eine große, romantische Geste.«

»Lass mich dir ein Geheimnis verraten«, flüsterte ich. »Die meisten Mädchen wollen keine große Geste. Die meisten Mädchen wollen, dass du dich an die kleinen Dinge erinnerst.«

»Die kleinen Dinge, mh?«

»Wie zum Beispiel, wo ihr euch kennengelernt habt. Oder gibt es einen Ort, der für dich besonders ist? Als du zum ersten Mal begriffen hast, dass du dich in sie verliebt hast?«, fragte ich und hoffte, dass ich eine kleinere, intimere romantische Geste inspirierte.

»Cassie, du bist ein Genie!« Er teilte mir seine Antwort nicht mehr mit, denn in diesem Moment sprang er auf und warf dabei beinahe den Stuhl um und winkte aufgeregt zur Tür hinüber. Es war jungenhaft und bezaubernd, und ein Teil von mir zerfloss.

Ich blickte über meine Schulter und sah eine zierliche Blondine, die sich im Café umsah. So wie sie grinste, als sie ihn sah, hatte er recht, was ihre Antwort betraf. Sie hüpfte beinahe zu ihm hinüber und küsste ihn.

»Bist du bereit?«

»Tracy, das ist Cassie.« Er erklärte nicht, dass ich seine Ex war, worüber ich froh war. Es schien nicht wirklich nötig.

Ich streckte die Hand aus und lächelte sie an.

»Ich bring rasch die Schürze weg, und dann komme ich.«

Danny ließ uns stehen, und zu meiner Überraschung setzte Tracy sich auf den Stuhl, den er gerade verlassen hatte.

»Woher kennst du Danny?«, fragte sie und blinzelte mich unschuldig an. Log ich? Oder sagte ich die Wahrheit? Mein Zögern musste ausgereicht haben, denn sie kicherte los. »Oh, warte! *Cassie*. Ihr beide wart mal zusammen.« Das klang wie eine Feststellung und nicht, als würde es sie stören. Ich nickte.

»So vor einer Million Jahren«, erwiderte ich.

»Er hat mir von dir erzählt. Er sagte, ihr beide wärt als Freunde einfach besser«, wiederholte sie, als hätte sie sich das wörtlich gemerkt.

»Ja, ich schätze, das stimmt«, sagte ich. Das waren wir wirklich, jetzt, da ich darüber nachdachte. Ich war so mit der Frage beschäftigt gewesen, ob er noch Interesse hatte, dass ich völlig verpasst hatte, dass wir in der Freundschaftszone gelandet waren. Wenigstens war das eine Sache weniger, über die ich mir Gedanken machen musste, und meine Koffeindröhnung stand nicht auf dem Spiel.

»Danny ist mein bester Freund«, sagte sie verträumt, als ob sie nicht mehr im gleichen Zimmer mit mir wäre.

»Ich dachte, ihr beiden seid zusammen?«, fragte ich verwirrt.

Tracy setzte sich auf. »Das sind wir. Ich meine, das ist Liebe. Mit deinem besten Freund zusammen sein. In seiner Gegenwart kann ich ich selbst sein.«

»Das klingt … wunderbar.« Das tat es wirklich. Keine meiner Liebesbeziehungen hatte jemals den Beste-Freunde-Status erreicht. Ich dachte an meine beiden besten Freundinnen und wie wenig sie nun noch mit ihren Problemen zu mir kamen. Sie waren immer noch da, wenn ich sie brauchte, aber die beiden hatten jetzt neue beste Freunde, begriff ich in diesem Moment.

»Es ist wunderbar«, seufzte sie. »Und er ist wirklich heiß.«

Darüber musste ich lachen. Tracy schien mir nicht die Eifersüchtige zu sein, deshalb fügte ich hinzu: »Er ist ziemlich süß.«

Dann tauchte er wieder auf, und Tracy stand auf. Sie hielten sich an den Händen, bevor ich auch nur blinzeln konnte. Die Liebe strahlte förmlich von ihnen ab. Ich hatte noch nie etwas so Offensichtliches in meinem Leben gesehen. Egal, wo er sie fragen würde – sogar, wenn er hier und jetzt auf die Knie sinken würde, vor seiner Exfreundin –, ich wusste, wie ihre Antwort lauten würde. Irgendwie schenkte das sogar mir den Glauben, dass echte Liebe möglich war.

»Habt einen schönen Abend!«, rief ich ihnen hinterher. Mein Blick war noch lange, nachdem sie längst weg waren, auf die Tür gerichtet.

Danny war nicht der Richtige für mich gewesen. Das hatte ich immer gewusst Aber was Tracy über Liebe und Freundschaft gesagt hatte, fand ich bemerkenswert. Vielleicht war das die eine Zutat, die mir immer gefehlt hatte. Ich war nie mit einem meiner Partner befreundet gewesen. Es ging um Dates und Sex und Arbeit, aber wir hingen nicht zusammen ab. Wie diese beiden zusammen waren, wie sie übereinander sprachen, war genau das, was ich auch wollte.

Ich wäre eine Idiotin, mich mit weniger zufriedenzugeben.

Kapitel 11

Nachdem das hinreißendste Paar der Welt das Café verlassen hatte, konnte ich mich nicht mehr konzentrieren. Vielleicht lag es an dem Glück, das zurückgeblieben war. Es war, als wäre man sehr hungrig und würde etwas Köstliches riechen, das man jedoch nicht haben konnte. Ich brauchte einen Tapetenwechsel, um den Kopf frei zu kriegen.

Der Konferenzraum von NorthWest Investments war am Freitagabend für gewöhnlich leer, also nutzte ich die Gelegenheit und breitete meine ganzen Notizen aus, steckte den Laptop ein und machte mich an die Arbeit. Der Sitzungsraum hatte zusätzlich den Vorteil eines großen Whiteboards, das ich nutzen konnte. Ich musste nur daran denken, alles wegzuwischen, wenn ich fertig war, sonst lief ich Gefahr, meine Überraschungspräsentation zu verderben. Ich nahm ein paar Whiteboard-Stifte in unterschiedlichen Farben und begann, mir Notizen zum ersten Element meines angehenden Siegervorschlags aufzumalen. Zuerst wollte ich die Geschichte des Majestic aufzeigen, dann brauchte ich eine starke Ansprache an die Gemeinschaft, damit die Bewohner sich als Teil des Prozesses fühlten. Es würde sorgfältiger Planung mit der Entwicklungs- und Bauabteilung bedürfen, um sicherzugehen, dass zeitmäßig alles ohne Probleme verlief. Bedachte man, dass dieses Projekt sich vermutlich bis ins Herbstsemester zog, war ich ein wenig nervös, weil ich vermutlich nicht da sein würde, um es zu Ende zu bringen. Aber als ich zurücktrat und mir meine Ideen als Teil des großen Ganzen ansah, war ich zufrieden. Sie so zu sehen machte einen gewaltigen Unterschied. Normalerweise hatte ich Dutzende verteilter Notizen und Arbeitsblätter auf dem Rechner, aber ich hatte sie nie als Ganzes betrachtet.

»Das wird funktionieren«, flüsterte ich mir selbst zu, und Aufregung erfasste mich.

»Das könnte es tatsächlich«, sagte Gavin hinter mir.

Ich zuckte zusammen, fuhr herum und sah mich dem Eindringling gegenüber. Gavin trug nicht länger sein Businessoutfit – den dunkelblauen Anzug, den er heute im Büro getragen hatte. Nicht, dass ich darauf geachtet hätte. Jetzt trug er eine dunkle Jeans, die ihm auf den Hüften saß, und ein schwarzes Shirt mit V-Ausschnitt, das an seinem Oberkörper anlag. Kein Wunder, dass er immer Anzüge im Büro trug. So lässig gekleidet, sah er nicht aus wie der CEO einer riesigen Immobilieninvestmentfirma, er sah mehr aus wie der Typ, den man in einer Bar traf und mit dem man Blickkontakt aufnahm – der Kerl, bei dem man hoffte, dass er einen auf einen Drink einlud. Der, dem man selbst einen Drink ausgab. Ich merkte, dass ich ihn angaffte, die Hand auf die Brust gelegt, und mein Herz raste immer noch, aber nicht mehr vor Überraschung. Sondern eher, weil ich aufgehört hatte zu atmen.

Er hatte meine Notizen gesehen. Der Gedanke bahnte sich einen Weg durch mein sauerstoffarmes Hirn, und ich drehte mich zur Seite, in dem Versuch, das Whiteboard abzuschirmen. »Du solltest das noch nicht sehen.«

»Was muss ein Mann tun, um einen kurzen Blick zu erhaschen?«, fragte er. Ich hatte definitiv den Eindruck, dass er nicht über meine Pläne für das Majestic sprach.

Es war Freitagabend, und ich war allein im Büro mit Gavin North, der nicht aussah wie mein Chef, der sich nicht benahm wie mein Chef und den ich nicht als meinen Chef wollte. Ich wollte ihm sehr viel mehr als meinen Vorschlag für das Projekt zeigen, aber ich wappnete mich. »Sobald die Genehmigungen da sind und ich offiziell präsentieren kann, wirst du es zu sehen bekommen – zusammen mit allen anderen.«

Er kam ein paar Schritte näher, aber er versuchte nicht, über meine Schulter auf das Board zu blicken. »Vielleicht könnte ich dir ein paar hilfreiche Hinweise geben.«

Ich hätte nichts dagegen, wenn du mir ein paar hilfreiche Orgasmen verschaffst, dachte ich. Es brauchte eine Menge Entschlossenheit, diesen Vorschlag von meiner Zunge zu verbannen. Der Mann war wie gesagt das personifizierte Wahrheitsserum. Und normalerweise war ich nicht unbedingt das Mädchen, das darauf wartete, dass der Kerl den ersten Schritt tat. Normalerweise verfolgte ich, was ich wollte. Und ich konnte nicht leugnen, dass ich ihn wollte.

Ihn allerdings verfolgte ich nicht nur nicht, ich mied ihn aktiv. Oder hatte das getan. Ihn zu meiden war allerdings weniger schwer, wenn er nicht mit mir im selben Raum war, wenn er keine zweideutigen Kommentare von sich gab.

»Ich bin sicher, du hast an einem Freitagabend Besseres vor«, sagte ich und hoffte, dass er die Andeutung begriff. *Oder jemand Besseren.* Ich hoffte, dass er nicht auf dem Weg zu einem Date war. Doch warum sonst sollte er dann noch in seinem Büro sein? Und warum so lässig gekleidet? Warum konnte ich nicht aufhören, mir seinetwegen Gedanken zu machen? Mein Herz rumorte in meiner Brust, und das bange Gefühl in meinem Bauch wuchs.

»Ich habe Pläne. Die bessere Frage ist aber: Warum hast du keine?«, fragte er.

»Das habe ich«, log ich wenig überzeugend. »Ich habe ein heißes Date mit einem Matrosen.«

Ich hatte absolut keine Ahnung, warum ich das gesagt hatte. Vielleicht, weil ich an dem Majestic-Projekt arbeitete und mein einziges gutes Foto aus seiner Hochphase *South Pacific* zeigte. Vielleicht war es auch die Nähe des Pudget Sound. Vielleicht hatte ich auch einfach meinen verdammten Verstand verloren.

Jetzt sah ich nicht bloß erbärmlich aus, weil ich so lange arbeitete, er musste mich obendrein für verrückt halten.

»Ein Matrose?« Gavin biss sich auf die Unterlippe und sagte nichts mehr dazu. Die Geste reichte aus.

»Warum ist das so komisch? Wir wohnen in der Nähe des Meeres. Es gibt jede Menge Matrosen hier.« Offensichtlich gab ich nicht nur eine Lüge von mir, ich untermauerte sie auch noch.

»Da bin ich sicher«, sagte Gavin, und in seinen Augen blitzte es neckisch. »Wie heißt er?«

»Wie er heißt? Sein Name ist … äh«, ich suchte nach einer Antwort. Irgendeinem Namen. Mein Hirn war leer. Ich hatte jeden Namen auf der verdammten Welt vergessen außer zweien. Ich wagte nicht, *Gavin* zu sagen, also sagte ich den anderen: »Das Majestic.«

Ich war erleichtert, die lächerliche Story fallenlassen zu können. Auch wenn ich mich nun ein wenig dumm fühlte.

»Das dachte ich mir. Komm schon. Nimm deine Tasche.« Gavin ging an mir vorbei und nahm den Schwamm, der auf dem Sims des Boards lag.

»Was machst du da?«, kreischte ich.

»Ich nehme an, dass du nicht möchtest, dass jeder deinen Vorschlag sieht.« Er begann, alles wegzuwischen, ohne auf eine Antwort zu warten.

»Einschließlich dir!« Ich schnappte nach dem Schwamm, aber er hielt ihn außerhalb meiner Reichweite.

»Beruhige dich. Ich habe es in dem Moment auswendig gelernt, in dem ich das Board sah.« Er tippte sich mit der freien Hand gegen die Stirn. »Fotografisches Gedächtnis.«

Das war nicht fair. Ich ließ ihn weitermachen, aber ich nahm meine Sachen nicht. Als er fertig war, drehte er sich um und wartete.

»Brauchst du Hilfe beim Einpacken?«, fragte er.

»Was, willst du das nicht für mich machen?«, fragte ich trocken.

Er schüttelte den Kopf. »Auf keinen Fall. Meine Mama hat mir beigebracht, nie an die Tasche einer Frau zu gehen.«

»Ich habe noch jede Menge zu tun«, sagte ich ausweichend. Ich sah auf meine Sachen. Es würde ein paar Minuten dauern, alles einzupacken, aber ich sollte es nicht tun.

»Nicht an einem Freitagabend.«

»Gavin, ich glaube einfach, dass es keine gute Idee …«

Er unterbrach mich. »Ich gehe mit meiner Schwester essen. Du kannst sie ausfragen, was ihr Denkmalschutzkomitee an unseren Plänen für das Kino auszusetzen hat.«

Das änderte alles. Eilig begann ich, meine Notizen zusammenzustapeln und schob sie in meine überbeanspruchte Kate-Spade-Tasche. Dann hielt ich inne. »Ist das nicht irgendwie Betrug?«

»Dein bester Freund Trevor latscht in jedes Meeting, das nicht hinter verschlossenen Türen stattfindet. Ohne Einladung. Ich denke, da ist es in Ordnung, wenn du dir auch einen Vorsprung verschaffst.«

Innerhalb von zwanzig Sekunden hatte ich zusammengepackt. Ich schob mir die Tasche auf die Schulter und wandte mich zu ihm um. »Wo gehen wir hin?«

Er antwortete nicht und grinste bloß.

Das hatte ich nicht erwartet. Als Gavin sagte, er würde mit seiner Schwester essen gehen, hatte ich mit einem förmlichen Dinner in einem schicken Hotel oder einem trendy, neuen Restaurant gerechnet. Stattdessen quetschten wir uns in eine Sitzecke im hinteren Teil des *Cheesy Pete's*. Das

Restaurant, das Erwachsene bediente, die sich ein paar Stunden lang wie Kinder benehmen wollten, war eine feste Größe an der Westküste. Als Kind war ich in der familienfreundlichen Version gewesen, die wirklich auf Kinder abzielte, aber das hier kannte ich nicht.

Wir führten eine heiße Diskussion darüber, welchen Belag wir auf der Pizza wollten.

»Ich esse kein Fleisch, Gavin«, sagte Imogen mit einem resignierten Seufzer der Art, die wohl auf der ganzen Welt für Bruder-Schwester-Gespräche typisch ist.

Gavin verdrehte die Augen. »Ist das deine Diät der Woche?«

»Benimm dich«, murmelte ich und stieß ihm den Ellbogen in die Seite. Körperkontakt war einer der Vorteile daran, neben ihm zu sitzen. Aber nicht der einzige. Selbst in dem vollen Restaurant konnte ich die würzige Duftnote seines Parfüms wahrnehmen, das rauchig nach Leder und Himmel roch. Ich musste mich wirklich bemühen, nicht meine Nase an seinem Hals zu vergraben und tief einzuatmen. »Unterstütz mich lieber, schließlich bin ich dein Boss.«

Imogen deutete mit einem manikürten Finger auf mich. »Ich mag die. Behalte sie.«

»Wir sind nur …«

»Es ist nicht …«

»Klar.« Imogen klappte die Speisekarte zu und lächelte mich spitzbübisch an. »Mein Bruder ist eine Nervensäge, aber er ist ein ziemlich heißer, heiratswürdiger Junggeselle. Sagt selbst das *Seattle Magazine*.«

Gavins Kopf sank gegen die Rückenlehne, und er seufzte zum Gotterbarmen. »Du musst mir kein Date klarmachen.«

»Offensichtlich doch.«

»Meine Schwester«, sagte Gavin und zeigte auf sie, »macht mir das Leben seit 1997 zur Hölle.«

»Ich kann nichts dafür, dass du es nicht draufhast. Ehrlich, bei den Mädchen, die er für gewöhnlich zu den Empfängen mitbringt, zu denen unsere Eltern uns zwingen, würde es mich nicht überraschen, wenn er sie bezahlen würde.«

Ich presste die Lippen aufeinander, um mein Kichern zu unterdrücken. Jetzt war ich doch froh, dass ich mitgekommen war.

»Ich habe nie für ein Date bezahlt. Ich habe bloß nicht den besten Frauengeschmack«, sagte er zu mir, als ob er Schadensbegrenzung betreiben müsste.

»Du musst dich tatsächlich ein wenig anstrengen«, sagte Imogen, »oder noch besser, einfach *sie* daten. Sie ist perfekt und dein Typ.«

»Ich date nicht«, mischte ich mich in die Unterhaltung ein, aber den letzten Satz hatte ich mitbekommen. Ich war sein Typ, ah ja? *Sehr interessant.*

»Gavin auch nicht«, sagte Imogen bedeutungsvoll. »Ich habe eine Idee! Ihr könntet euch nichtdaten, nichtheiraten und nichtwunderhübscheBabysbekommen!«

»Ich hab meine Eltern um einen Bruder angefleht«, grummelte Gavin neben mir.

Der Kellner erlöste uns von diesen Geschwisterzwistigkeiten. Zehn Minuten und zwei bestellte Pizzen später begriff ich, dass diese beiden sich überall zanken konnten. Sie waren dabei nicht fies. Ich hatte zugesehen, wie meine beste Freundin sich mit ihrer Mutter stritt, und es war unangenehm gewesen, dabei anwesend zu sein. Das hier erinnerte mich eher an meine Beziehung zu meinen Geschwistern. Die Liebe zwischen Gavin und Imogen war deutlich spürbar. Ich konnte sie fühlen. Ich konnte sie sehen. Sie zeigten sie einander mit gutmütigen Neckereien und gaben dabei ihr Bestes, den anderen in Verlegenheit zu bringen.

»Wie ich sagte, Gavin datet nicht.« Imogen beugte sich über den Tisch und bedeckte den Mund, als wollte sie mir ein Geheimnis verraten. »Er sucht nach *der Einen.*«

»Ich suche gar nichts, außer nach dem Grund, aus dem ich dich heute Abend eingeladen habe«, unterbrach er sie und zupfte an seinem Kragen. Es war warm in dem Lokal, aber ich vermutete, dass ihn eher plagte, dass seine Schwester mir brühwarm sein Geheimnis verraten hatte.

»Du hast mich angerufen«, warf sie ihm vor. »Ich hatte heute Abend was anderes vor, aber dann bist du am Telefon und sagst, dass ich mich anziehen und herkommen soll …«

»Möchtet ihr Skeeball spielen?«, unterbrach Gavin sie.

Meine Augenbrauen hoben sich bei dieser Entwicklung. »Sie war mitten in einem Satz!«

Aber er schnappte sich meine Hand und zog mich auf den Spielbereich zu. Ihre Unterhaltung pausierte dann wohl. Er zückte seine Kreditkarte und kaufte so schnell zwei Spielpässe, dass mir schwindlig wurde.

»Imogen kann für sich selbst sorgen.«

»Das kann ich auch«, sagte ich trotzig. Ich wünschte, ich hätte meine Tasche nicht am Tisch gelassen, dann hätte ich meinen eigenen Pass kaufen können. Bevor ich zurückgehen konnte, drückte Gavin mir die Karte in die Hand.

»Kannst du«, sagte er und klang aufrichtig. »Aber du solltest es nicht immer tun müssen. Lass mich das übernehmen. Nur heute Abend.«

Wenn ich nicht aufpasste – wenn ich ihn weiter solche Dinge sagen ließ –, würden sie mich vom Boden im *Cheesy Pete's* aufwischen müssen, weil ich dann nämlich zerschmolz.

»In Ordnung. Aber ich muss dich warnen, ich werde dir beim Skeeball den Hintern versohlen.« Ohne auf ihn zu warten, ging ich zu den Automaten und zog die Karte durch. Das vertraute Geräusch von neun Plastikbällen, die eine Rinne hinabrollten, begrüßte mich. Gavin wählte den Automaten neben mir und begann mit seinem Spiel.

»Ich glaube, du weißt nicht, wie gut ich bin«, warnte er mich, als seine Bälle rausrollten.

»Möchtest du wetten?«

Er richtete sich auf, einen blauen Plastikball in der Hand, und fragte: »An was dachtest du?«

Ich sah zu dem Bereich mit den Trophäen hinüber, wo eine Reihe lächerlicher nostalgischer Spielzeuge ausgestellt war. Sie reichten von vor meiner Kindheit bis ins neue Jahrtausend. Alles, von Pound Puppies bis Britney-Spears-Postern, war dort zu sehen. Alles Sachen, die diejenigen sentimental machen sollten, die heute viel zu alt waren, um sich so was noch zu kaufen. Und dann erblickte ich genau das, was ich wollte, auf einem oberen Regalbrett.

»Ich wette, ich kann dir etwas vom oberen Regalbrett gewinnen.« Das war eine Kampfansage. Jeder, der als Kind Zeit in einer Spielhalle verbracht hatte, wusste, wie viele Tickets es brauchte, um eine Trophäe vom oberen Brett zu kriegen. Er musterte die Auswahl, grinste und nickte.

»Bin dabei.« Er wartete nicht, dass ich anfing, sondern beugte sich vor und rollte den ersten Ball. Er traf sofort die Fünfzig.

Verdammt, er war gut. Zu blöd für ihn, dass ich besser war. Ich beugte mich vor, nahm die perfekte Position ein. Dann ließ ich meinen Ball los. Es brauchte Fingerspitzengefühl, um einen der begehrten Eckringe zu treffen. Die meisten glaubten, dass es gar nicht möglich war und dass, selbst wenn man einen Ball in ihre Nähe bekam, die Löcher zu klein waren und deshalb der Ball zurückkam. Doch ich wusste es besser. Mein Ball rollte aufwärts und rutschte in den Ring.

Gavin hielt inne, und ihm fiel die Kinnlade herab. Wenn er weitere Gedanken zum Thema hatte, teilte er sie mir nicht mit. Er griff einfach nach seinem nächsten Ball.

Ich wartete, um zu sehen, was er tun würde. Ein Anfänger würde versuchen mitzuhalten. Ein erfahrener Skeeball-Spieler, der nicht gut war bei den 100-Punkte-Ringen, würde sich auf seine Stärken konzentrieren. Gavin schaffte die nächsten fünfzig.

Also wusste er, was er tat. Das war irgendwie heiß. Mir gelang es, wieder die 100 zu treffen, sodass ich den doppelten Score hatte.

»Dein Glück wird nicht ewig andauern«, sagte er und schob einen weiteren Ball an.

»Das ist kein Glück«, gab ich zurück. Das Reden lenkte mich aber zu sehr ab, und der nächste Ball hüpfte über den Plastikring und fiel in den Auffangkorb, ohne mir Punkte einzubringen. Ich konnte mich nicht daran erinnern, wann ich das letzte Mal so übel verloren hatte.

Gavin sagte nichts, aber mir fiel das zufriedene Grinsen auf seinem Gesicht auf. Jetzt ging es um die Wurst.

Ich zählte die einzelnen Spiele nicht mit. Dafür spielten wir zu schnell. Stattdessen warf ich alle paar Minuten einen Blick auf die Tickets, die sein Automat ausspuckte. Ich glaubte, dass ich ihn schlagen konnte, aber es war eng. Ohne wirklich mitzuzählen, war ich nicht sicher, wie es stand. Gavin hatte unsere Spielkarten mit mehr Spielen aufgeladen, als wir vor dem Essen schaffen konnten. Als er mir endlich auf die Schulter tippte und zum Tisch hinübernickte, war ich so ins Spiel vertieft, dass ich seinen Spielstand seit zehn Minuten nicht mehr geprüft hatte.

»Das Essen ist da.«

»Gibst du auf?«, fragte ich und schnappte mir meine Tickets aus der Maschine, um sie zu einem dicken Stapel zusammenzufalten.

»Nie.« Er grinste. »Aber dir den Hintern zu versohlen macht mich hungrig. Pause?«

»Okay«, stimmte ich zögerlich zu. Wir gingen zurück zum Tisch, wo Imogen sich bereits ein großes Stück von der Veggie-Pizza nahm.

»Ihr beiden habt mich sitzenlassen.« Sie tat so, als würde sie schmollen, aber ich hatte keinen Zweifel daran, dass sie die letzte halbe Stunde am Telefon verbracht hatte.

»Ich war noch nie hier«, sagte ich, während ich mir ein Stück Veggie und ein Stück Peperoni nahm. Gavins Augen wurden groß, als ich mir das Essen auf den Teller lud, aber er sagte nichts.

»Du Glückliche. Gavin schleift mich jede Woche her, und er lässt mich nie gewinnen.« Imogen streckte ihrem Bruder die Zunge raus.

»Wir sind einmal im Monat hier«, korrigierte Gavin sie. Aber ich sah den Blick, den er ihr zuwarf. Eine Warnung.

»Also seid ihr jede Woche hier?«, fragte ich mit einem Lachen und klappte meine Pizza zusammen, sodass ich abbeißen konnte, ohne dass die Hälfte des Belags runterfiel.

»Ja, und wenn sie in der Stadt ist, muss sie mit«, gab Gavin zu. »Sie ist kein Skeeball-Junkie so wie ich.«

»Skeeball-Junkie?« Ich hob eine Augenbraue und tat beeindruckt, bevor ich traurig den Kopf schüttelte. »Und du triffst immer noch nicht die 100.«

»Du wirst mir zeigen müssen, wie das geht«, sagte er und streute Parmesan auf sein Stück Pizza.

»Erst nachdem ich gewonnen habe«, erwiderte ich.

Imogen grinste über den Tisch, das Pizzastück in der erhobenen Hand. »Ihr beide seid wirklich perfekt füreinander.«

Nach der Pizza setzten wir unseren Skeeball-Battle fort. Diesmal machte Imogen mit. Sie mochte ja so tun, als wäre sie zu cool für eine Spielhalle, aber sie war eine ernstzunehmende Gegnerin. Sie war vielleicht nicht jede Woche mit ihm her, aber sie begleitete ihn häufig. Ich sah zu, wie Gavin so tat, als würde er ihr die Tickets klauen, und spürte, wie Heimweh mein Herz packte. Meine gesamte Familie war zu weit entfernt, als dass ich viel Zeit mit ihnen verbringen konnte.

Ich brauchte viel zu lange, um zu begreifen, dass Gavin unsere Karten nicht mit einer irren Anzahl an Spielen aufgeladen, sondern einfach den unbegrenzten Pass gekauft hatte. Jedes Mal, wenn ich dachte, gleich wird die Karte ausgespuckt, weil keine Spiele übrig sind, schickte sie nur erneut die Bälle durch den Trichter nach unten. In meinem Eifer hatte ich gar nicht bemerkt, dass inzwischen Imogen neben mir spielte, und nicht Gavin. Ich richtete mich auf und streckte den Rücken durch. Wir hatten so lange gespielt, dass ich ganz steif war. Allerdings hatte ich so auch die passenden Tickets bekommen.

»Wo ist dein Bruder hin?«, rief ich über den Lärm des Restaurants hinweg.

Sie zuckte mit den Schultern, ließ die wartenden Bälle sein und machte ebenfalls ein paar Dehnübungen. »Vermutlich auf der Toilette.«

»Wie oft schleppt er dich wirklich mit her?«, fragte ich.

Sie erwiderte mein Grinsen. »Für gewöhnlich einmal die Woche. Außer, einer von uns reist.«

»Und du magst es nicht?« Sie sah aus, als würde sie es lieben, aber vor ihm würde sie das niemals zugeben. Geschwisterregel Nummer eins.

»Ich find es großartig. Muss Gavin ja nicht wissen.« Sie grinste.

»Verstehe. Wie bist du eigentlich an den Denkmalschutz geraten?«

»Ich habe eine Menge Einkaufsstraßen gesehen.« Sie tat so, als würde sie würgen. »Das ist eine der Gefahren, wenn dein Dad ein Café in jeder Stadt in Amerika besitzt.«

Oder fünf pro Stadt, aber wer zählte das schon?

»Kein Fan?«, fragte ich.

»Warst du mal in London oder in Paris? Wenn sie dort Gebäude abreißen würden, um Einkaufsmalls zu bauen, stell dir vor, wie das aussehen würde«, sagte sie leidenschaftlich.

»In Amerika ist nichts annähernd so alt wie diese Städte. Die Gebäude dort sind jahrhundertealt«, sagte ich.

»Ich möchte einfach nicht, dass Amerika in fünfhundert Jahren voller sorgfältig konservierter Einkaufszentren ist.«

»Das nenn ich mal einen Langzeitplan.« Offensichtlich war Gavins jüngere Schwester ebenfalls nicht damit zufrieden, sich zurückzulehnen und das Geld der Familie durchzubringen. Sie mochte ja nicht ihr eigenes Imperium aufbauen, aber sie schien den Familiennamen gut zu nutzen.

»Was ist das mit euch beiden?«, fragte sie und wechselte das Thema, leider weg von der relativ harmlosen Architektur. »Trefft ihr euch?«

Ich schüttelte den Kopf. Es war klar, dass jemand, der so jung war, nicht begriff, wieso das ein Problem sein könnte. »Er hat mich heute Abend nur dazu gebracht mitzukommen, weil er sagte, dass du hier sein würdest.«

»Autsch. Du *wolltest* einen Kleine-Schwester-Puffer? Er muss wirklich anfangen zu daten. Er verliert sein Mojo.«

Das brachte mich zum Lachen. Ich konnte mir keine Frau vorstellen, die mit Gavin und seiner kleinen Schwester ausgehen wollte, wenn sie Gavin für sich allein haben konnte. »Ich wollte mit dir reden. Ich arbeite an einer Präsentation für das Majestic.«

»Doppelt autsch. Du hast ihn benutzt, um an mich ranzukommen! Darauf werde ich später herumreiten«, frotzelte sie.

»Skeeball zu spielen war nur ein hübsches Extra«, fügte ich hinzu.

Sie kam näher, einen Ball in der Hand, und blickte dann über die Schulter, als würde sie nach ihm Ausschau halten. »Wirklich? Du bist gar nicht an ihm interessiert?«

»Gavin ist mein Chef«, erklärte ich ihr. Warum hatte ich das Gefühl, dass er sie auf mich angesetzt hatte? Ich fühlte mich, als würde man mir im Hausaufgabenraum einen Zettel zustecken. »Er hat nur Mitleid mit mir, weil er mich an einem Freitagabend noch im Büro ertappt hat.«

»Er hat so was von kein Mitleid mit dir. Er steht echt auf dich. Aber sag ihm nicht, dass ich dir das gesagt habe«, fügte sie verschwörerisch hinzu.

Also hatte er sie nicht auf mich angesetzt, und sie spielte bloß die Kupplerin – falls das stimmte. Und falls das stimmte, änderte das irgendetwas? Nein. Fühlte ich mich immer noch, als würde ich zerfließen? Ja.

»Und du stehst echt auf ihn«, riet sie.

»Wer steht echt auf wen?«, fragte Gavin da, der mit den Händen hinter dem Rücken zu uns kam.

»Ich!«, zwitscherte Imogen. »Ich stehe echt auf Denkmalschutz. Das habe ich gerade deiner brillanten Praktikantin erzählt. Sie fragte wegen des Kinos.«

Ich mochte Imogen. Ich konnte nicht anders. Ich vermutete, sie würde uns das Leben zur Hölle machen, wenn wir versuchten, mit diesem Projekt voranzukommen, aber es war schön zu wissen, dass sie nur bellte und nicht biss. Außerdem schloss die Geschwisterrivalität – so gutmütig die auch sein mochte – nicht mich ein. Sie hätte ihm die Wahrheit sagen können: dass ich total auf ihn stand. Ich wusste, dass sie meine lächerlichen Ausflüchte durchschaut hatte. Und doch hatte sie das nicht getan. Ich konnte mir vorstellen, dass wir Freundinnen werden würden. Vielleicht könnten wir zusammen abhängen, falls ich im nächsten Jahr einen Job in Seattle bekam.

»Ich hol mir ein Bier«, verkündete Imogen viel zu theatralisch, bevor sie in der Menge verschwand.

Vielleicht würden mich in einem Jahr ihre offensichtlichen Kuppelversuche nicht mehr so zusammenzucken lassen.

»Wo warst du?«, fragte ich und beäugte ihn argwöhnisch.

»Ich habe dir ja gesagt, dass ich gewinne«, erwiderte er mit einem selbstzufriedenen Grinsen. Er zeigte mir einen Preis, der auf dem obersten Regalbrett gestanden hatte, und zwar nicht irgendeinen, sondern genau den, den mein acht Jahre altes Ich genommen hätte: Ein *Mein Kleines Pony* mit Regenbogenhaaren und Zubehör.

Zu meinem Entsetzen quietschte ich auf.

»Also hab ich das Richtige ausgesucht?«, fragte er.

Ich riss ihm das Pony aus den Händen. »Woher wusstest du das?«

»Du sagtest, du bist aus Texas. Dass du auf einer Ranch

aufgewachsen bist. Ich nahm an, da ist das Pony ein sicherer Kandidat.«

Das hatte er richtig geraten. Vielmehr hatte er mir aufmerksam zugehört. Das versüßte mir das Pony nur umso mehr. »So eins hatte ich nicht mehr, seit ich ein Kind war.«

»Ich könnte vielleicht noch eins gewinnen.« Er rieb die Hände aneinander, als machte er sich für eine neue Runde bereit.

»Oh, bitte.« Ich nahm meine Tickets, dann lief ich zu der Theke hinüber. Er mochte ja der erste Sieger sein, aber keiner von uns würde mit leeren Händen hier rausgehen. Als sie die Tickets für mich zählten, versuchte ich, mein heftig pochendes Herz zu ignorieren. Er hatte zugehört. *Er hatte mir aufmerksam zugehört.* Darüber kam ich nicht hinweg. Ich sah mir die anderen Preise an und suchte nach dem, der perfekt wäre. Was wusste ich über Gavin? Außer dass er bescheiden war, obwohl er es nicht sein musste. Dass er seine Familie liebte, obwohl seine kleine Schwester eine Nervensäge war. Dass er hart arbeitete und sich lieber seinen eigenen Erfolg aufbaute. All das sagte mir, dass er ein guter Mann war, aber es sagte mir nichts darüber, wie er als Kind gewesen war. Ich wollte dieses aufgedrehte, optimistische Kind in seinem Inneren finden, das er im Büro verbarg. So wie er meines gefunden hatte.

Ich ging an einer Auswahl von Superheldenspielzeugen und Transformern vorbei, und dann fiel mein Blick auf das perfekte Spielzeug.

»Das da.« Ich zeigte auf das oberste Regalbrett, auf dem

die besten Preise lagen. Der Typ hinter der Theke musste eine Trittleiter nutzen, um ranzukommen.

»Du hast immer noch fünf übrig«, sagte er.

Ich nahm zwei Tüten Süßkram.

Als ich an unseren Tisch kam, tänzelte ich auf Gavin zu und hielt meinen Preis hinter dem Rücken versteckt. Imogen war nirgends zu sehen. »Wo ist deine Schwester?«

»Sie lässt sich entschuldigen. Es gibt wohl ein paar Bars und Clubs, in die sie dringend muss«, sagte er grinsend.

»Weiß sie denn nicht, dass das hier der heißeste Laden in der ganzen Stadt ist?«, neckte ich.

Er breitete die Hände auf dem Tisch aus. »Das habe ich versucht, ihr zu sagen.«

»Na ja, Reisende soll man nicht aufhalten. Ich habe dir einen Preis mitgebracht.« Ich zog hinter meinem Rücken die Schachtel mit Lego hervor und gab sie ihm. Die Seattle Space Needle zum Zusammenbauen.

»Das ist«, er zögerte. Dann fügte er hinzu: »Perfekt.« Seine Stimme klang rau. Gavin sah auf, die Augen verschleiert von kaum gezügelter Sehnsucht, aber bevor er sagen konnte, was er fühlte, legte ich die Süßigkeiten auf die Schachtel.

»Gibt das hier Bonuspunkte?«

Das unterbrach die Spannung zwischen uns. Gavin riss den Blick von mir los und grinste. »Du hast gewonnen.«

Irgendwie fühlte es sich an, als hätten wir heute Abend beide gewonnen.

Kapitel 12

Als wir gingen, hatten wir noch jede Menge Süßigkeiten. Wir aßen sie auf dem Weg nach Hause und verteilten dabei die Verpackungen auf dem Boden seines Tesla. Es war das seltsamste und irgendwie lustigste Date, auf dem ich je gewesen war. Nur dass es kein Date war. Das hier waren zwei Freunde – nein, Kollegen –, die miteinander abhingen. Mit der kleinen Schwester des Kollegen. Das Problem war, dass die Bezeichnung Kollegen nicht erfasste, was ich für ihn fühlte. Ich war nicht sicher, welches Wort das erfassen würde. Ich wollte Sex mit ihm haben. Da war ich sicher. Und deshalb bat ich ihn nicht herein, als wir vor meinem Haus ankamen. Ich war high von dem Skeeball-Sieg und dem Zucker, und vernünftige Entscheidungen oder gar Zurückhaltung durfte ich mir jetzt nicht zutrauen.

Bevor ich aussteigen konnte, sprang Gavin aus dem Auto und trat an meine Tür. Das war datemäßig. Das stand auf Seite eins des Dating-Handbuchs. Vielleicht sollte ich ihn doch auf einen Drink hineinbitten. Nur kam das Hereinbitten erst einige Kapitel später, selbst wenn das hier ein getarntes Date wäre. Also blieben wir noch eine Weile auf den Stufen stehen und plauderten.

»Ich hatte heute Abend echt Spaß.« Das meinte ich wirklich so. Warum konnten Gavin und ich eigentlich nicht einfach Freunde sein? Vermutlich, weil ich ihn wirklich dringend nackt sehen wollte.

»Ja? Ich war nicht sicher, wie du es finden würdest«, gab er zu und fuhr sich mit der Hand durch das dunkle Haar, als er sich gegen den Türrahmen lehnte. Er sah aus wie James Dean und nicht wie der CEO einer Immobilieninvestmentfirma. Kein Wunder bekriegten sich in meinem Körper Herz und Hirn.

»Ich fand's toll. So was hab ich seit Jahren nicht mehr gemacht.«

»Oh Mann. Du hast nicht geübt? Dann stecke ich in Schwierigkeiten. Ich spiele jede Woche. So lasse ich Dampf ab. Ich bin nicht sicher, ob mein Ego damit klarkommt, von jemandem geschlagen worden zu sein, der selten spielt.« Er griff sich an die Brust und setzte eine erschütterte Miene auf.

»Gib mir noch ein paar Wochen, dann gibt's keinen Wettbewerb mehr«, warnte ich ihn.

»Ich glaube sowieso nicht, dass es viel Wettbewerb gab«, räumte er ein.

Ich zögerte, mir lag eine Frage auf der Zunge. Ich war nicht sicher, ob ich die Antwort hören wollte. Wenn ich fragte, könnte das etwas ändern. Wenn ich nicht fragte, könnte sich nichts ändern. Ich war nicht sicher, welche

Variante mir mehr Angst machte. »Warum hast du mich dazu eingeladen?«

»Ehrlich?«

Ich nickte. Ich hatte den Mut gehabt zu fragen, jetzt wollte ich die Antwort hören.

»Du hast so hart gearbeitet. Du denkst, ich merke das nicht, aber das tue ich. Du isst dein Mittagessen am Schreibtisch, und am Abend gehst du, wenn alle anderen auch gehen, und arbeitest im Café weiter. Ich dachte, du brauchst mal eine Pause«, sagte er.

Die Antwort machte mich platt. Das war süß. Aufmerksam. So wie er eben war. Aber es war nicht das, was ich hatte hören wollen. Er hatte bloß seine Workaholic-Praktikantin vor sich selbst gerettet. Sonst nichts.

»Danke«, bekam ich heraus. Was hatte ich hören wollen? Dass er die ganze Woche versucht hatte, mich allein zu treffen? Dass er seit Wochen nur noch an mich dachte? Natürlich nicht. Ich war dumm. Ich suchte nach meinem Schlüssel und versuchte, ihn ins Schloss zu schieben. Es war Zeit, sich zu verabschieden, bevor ich losheulte. »Verdammt, ich kann mich nie dran erinnern, welcher es ist.« *Lass es so aussehen, als würdest du wegen der Schlüssel weinen. Das wird ihn täuschen.*

Gavin streckte die Hand aus und legte seine Finger auf meine. Er nahm mir die Schlüssel ab und schob dann einen ins Schloss. Er passte perfekt.

»Danke.« Ich drehte den Knauf, aber bevor ich hineingehen und ihm ein letztes Mal Tschüss sagen konnte, lag seine Hand auf meiner Taille.

Er zog meinen Körper an seinen – und einen Augenblick lang zögerte er, und sein Blick fragte: *Ist das in Ordnung?* Ich wusste nicht, was er in meinen Augen sah, aber er fand seine Antwort. Seine andere Hand legte er mir ans Kinn und hob mein Gesicht seinem entgegen. Er senkte seinen Mund langsam auf meinen, zögerte noch einmal in letzter Sekunde. Die Welt blieb stehen, alles verlangsamte sich, und ich wartete darauf, dass Gavin North mich küsste.

Unsere Lippen trafen weich aufeinander. Er verharrte, als genoss er meinen Geschmack, bevor der Kuss tiefer wurde und uns etwas verband, das niemals mit etwas anderem verwechselt werden konnte: Lust.

Ich wollte ihn auch. Ich wollte seinen Körper auf meinem. Ich wollte seine Lippen auf meinen, auf meiner Haut, auf meinem ganzen Körper. Ich wollte ihn schmecken und fühlen, wie er sich an mir bewegte. Ich wollte ihn mit hineinnehmen, und ich wollte, dass er mich ins Bett brachte.

Gavin löste sich von mir, sein Mund schwebte über meinem, bevor er flüsterte: »Süße Träume, Cassie.«

Er ließ mich auf den Stufen stehen, ich wollte ihn immer noch, und als ich hineinging, bemerkte ich erfreut, dass er im Auto wartete, bis ich das Licht über der Tür ausschaltete.

Meine Träume wurden von dem fortwährenden Klingeln eines eingehenden FaceTime-Anrufs unterbrochen, was zu schade war, da meine Träume vor allem von Gavin und dem, was nach dem Kuss kommen könnte, handelten. Ich sah auf die Uhr und erkannte, dass es erst Mitternacht war. Entweder wurde ich alt, oder der Rausch, der auf Gavins Kuss gefolgt war, hatte mich früh einschlafen lassen. Irgendwie mussten meine Freundinnen gespürt haben, dass etwas im Busch war, denn es war ein Gruppencall. Ich ging ran und verfluchte sie, weil ich mich ihnen so unfit stellen musste.

»Wer ist gestorben?«, fragte ich mit schroffer, vom Schlaf belegter Stimme.

»Du, wenn du nicht sofort mit den Einzelheiten rausrückst«, sagte Jillian. Sie war endlich einmal alleine. Liam, ihr ständiger Schatten, war nicht zu sehen. Das bedeutete, es war ernst.

»Ich weiß nicht, wovon ihr redet«, zierte ich mich. Aber mal ehrlich, woher wussten sie davon?

»Oh! Erzähl schon!«, kreischte Jessica. Sie war im Gegensatz zu Jillian nicht allein. Roman blickte im Hintergrund auf.

Ich winkte ihm zu. »Wie ist Mexiko?«

Wenn sie glaubten, mir fiele nichts ein, um das hier hinauszuzögern, lagen sie falsch.

»Du hast uns vor einer Stunde geschrieben. Was stand da?« Sie sah Jess an.

»Ein sehr kryptisches *Skeeball! Kuss! Liebe?* Was sollen wir damit anfangen?«

»Und dann hast du auf keine unserer Nachrichten geantwortet«, fiel Jillian ein.

»Ich hab geschlafen!«

»Hast du den Skeeball-Automaten geküsst? Denn wenn das der Fall ist, müssen wir uns ernsthaft unterhalten. Ich weiß, dass du Männern abgeschworen hast, aber …« Jillian sprach nicht weiter.

Sie beide saßen im Schneidersitz auf ihren Betten, es war, als säßen wir um ein Lagerfeuer und erzählten uns Geschichten.

»Ich habe Gavin geküsst.« Diese Verkündigung traf auf Schweigen.

»Deinen Chef?«, fragte Jess endlich.

»Ich dachte, du hältst dich von ihm fern?«, fügte Jillian hinzu.

Das war nicht die Reaktion, die ich erwartet hatte oder die, auf die ich gehofft hatte. »Sagt mir nicht, ihr habt moralische Einwände.«

»Das ist es nicht.« Jess verfiel in den diplomatischen Tonfall, den ich kannte und der mir verhasst war.

»Gut, denn du hast kürzlich deinen Prof geheiratet«, rief ich ihr ins Gedächtnis. Wo war die Unterstützung? Das begeisterte Mädchenquietschen?

»Wir sind nur überrascht«, sagte Jillian. »Um was ging es bei dem Skeeball-Kram?«

Ich berichtete in allen Einzelheiten von dem Abend. Am Ende meiner Geschichte war ihre Einstellung Gavin gegenüber ein wenig freundlicher, aber ich fühlte mich immer noch mies. Sie mussten ja nicht begeistert sein. Okay, das war eine Lüge. Ich wollte unbedingt, dass sie Begeisterung zeigten und sich für mich freuten. Aber ihre Einwände hatten sich in meinem Kopf festgesetzt und alles kaputt gemacht.

»Wirst du ihn dieses Wochenende wiedersehen?«, fragte Jess.

»Ich weiß es nicht«, gab ich zu. »Heute war nicht wirklich geplant.«

»Vielleicht ruft er ja an«, sagte Jillian besänftigend.

»Und wenn nicht, dann nur, weil er mit seiner Schwester beschäftigt ist«, fügte Jess hinzu.

Aber das war ein bisschen spät. Ich brauchte eine Weile, das Gespräch abzuwürgen. Sie schienen jedoch zu spüren, dass sie mir den Spaß verdorben hatten. Als ich sie endlich los war, dauerte es Stunden, bis ich wieder einschlief, und dann erwarteten mich nur Albträume.

Kapitel 13

Am Montag trug ich ein angespanntes Nervenkostüm zur Arbeit und ein süßes schwarzes Wickelkleid. Der aufmunternd gemeinte Anruf meiner besten Freundinnen am Freitag war so ernüchternd gewesen, dass ich das ganze Wochenende darüber nachgedacht hatte. Was machte ich hier bloß? Ich setzte alles aufs Spiel, und wofür? Was Beziehungen anbetraf, hatte ich keine gute Erfolgsbilanz, warum sollte ich mich also jetzt auf eine einlassen? Als ich die Lobby von NorthWest Investments betrat, wünschte ich mir, ich könnte umdrehen und wieder gehen, besonders da Trevor von den Aufzügen her auf mich zukam, die Hände in den Hosentaschen und ein selbstzufriedenes Grinsen im Gesicht. Er entdeckte mich, bevor ich abhauen konnte.

»Hast du schon gehört?«, rief er mir zu.

Ich hatte keine Ahnung, warum er an einem Montagmorgen so früh hier war. Technisch gesehen, war ich früh dran, aber er war sogar noch früher da gewesen. Panik stieg in mir auf. Trevor wäre nicht hier, wenn er keinen guten

Grund dafür hätte. Er hatte mir vermutlich in der Lobby aufgelauert, um mir den Grund dafür gleich unter die Nase reiben zu können.

»Ich komm gerade erst an. Was ist los?«, fragte ich und versuchte, so gleichgültig zu klingen wie möglich.

»Die Bewilligungen sind durch. Wir halten unsere Präsentationen nächsten Montag.« Er sah ein wenig zu erfreut aus darüber – als wäre er darauf vorbereitet, sich dem Bewerbungskomitee zu stellen. Wenn ich das doch nur genauso empfinden würde.

Mit einem Schulterzucken schob ich meine Tasche höher auf die Schulter und trat unbehaglich auf meinen Heels von einem Fuß auf den anderen. »Nächsten Montag?«

Tatsächlich war ich bereit. Das wusste ich. Es gab nicht mehr viel zu tun, um meinen Plan zu perfektionieren, wie man mit dem Planungskomitee umgehen und das Viertel für die Restauration an Bord holen sollte. Doch trotz alledem fühlte es sich an, als hätte ein Lehrer einen Überraschungstest angekündigt. Ich hatte noch nicht einmal begonnen, mir Gedanken über die tatsächliche Präsentation zu machen. Der Teil, in dem ich einen Haufen Leute beeindrucken musste, die nicht wussten, dass ich Cassie und nicht Kathy hieß. Ich war so was von am Arsch.

»Geht es dir gut?«, fragte Trevor, der kein bisschen besorgt aussah.

»Komm mir nicht so«, sagte ich höhnisch. »Sonst verwechseln die Leute dich noch mit einem Menschen.«

»Du weißt echt, wie man 'nem Kerl einen guten Start in die Woche beschert. Ich werd dich vermissen, wenn du in ein paar Monaten nicht hier bist, während ich den Job habe.« Mit dieser letzten Bemerkung ging er davon. Wenigstens zeigte er mir endlich sein wahres Gesicht.

»Für mich und dein Ego gäbe es im gleichen Büro sowieso keinen Platz«, rief ich ihm hinterher. Ich humpelte zur Empfangstheke hinüber, mit verletztem Stolz, und ließ meine Tasche mit einem schweren Seufzen fallen.

»Ich dachte, du hast dich am Wochenende entspannt«, sagte George, der mich besorgt musterte.

Ich konnte ihm nicht erzählen, dass ich mich entspannt hatte. Freitagabend war perfekt gewesen. Ich hatte Dampf abgelassen, genauso wie Gavin gesagt hatte. Dann hatte ich zwei Tage lang jede einzelne Sekunde des Abends zu Tode analysiert. »Ach, passt schon. Wie war dein Wochenende?«

»Ich habe Netflix geschaut und Pizza gegessen. War also wie so ziemlich jedes Wochenende bei mir«, sagte George.

»Vielleicht muss ich mit dir an den Wochenenden abhängen.« Das wäre zur Abwechslung mal vernünftig.

»Jederzeit, Mädchen. Sieh das als Einladung an.«

Ich ging hoch, nachdem ich ihm versprochen hatte, später Kaffee zu holen. Ich war vielleicht in der Theorie bereit für diese Präsentation, aber ich musste mich ranhalten, wenn nächsten Montag alles glattlaufen sollte. Doch egal, wie sehr ich es auch versuchte, mein Blick wanderte immer wieder zum Eckbüro in der Hoffnung, Gavin zu sehen. Seine Jalousien waren geschlossen, aber die Tür stand einen Spaltbreit offen. War er da drin? Ich rechnete ständig damit, dass er den Kopf rausstreckte. War er nicht das kleinste bisschen interessiert daran, ob ich heute gekommen war?

Hör auf damit, Cassie, rügte ich mich in Gedanken. Hätte ich auch nur halb so viel Mühe auf die Optimierung meiner Präsentation verwendet, wäre ich bereits fertig damit. Verdammt, vermutlich hätte ich damit mittlerweile sogar einen Nobelpreis gewonnen.

Jillian und Jess hatten derweil beschlossen, dass sie mehr teilhaben sollten an meiner verbotenen Büroromanze. Ab zehn Uhr trudelten unablässig Nachrichten ein, und obwohl ich sie nicht beachtete, schrieben sie weiter.

Jillian: Hast du ihn schon gesehen?
Jess: Ich wette, er wartet darauf, dass du reingehst.
Jillian: Sie kann nicht den ersten Schritt tun.
Jess: Hat sie nicht. Das hat er, als er sie geküsst hat. Der Ball liegt auf ihrer Seite.

Es schien, als müsste ich gar kein Teil dieser Unterhaltung sein, die sie da über mich führten. Ich wollte sie ausblenden, aber ich dachte über die gleichen Dinge nach, die sie diskutierten. Vielleicht hatte Jess recht, und er wartete darauf, dass ich etwas tat. Dieser Kuss. *Dieser Kuss.* Das war ein verdammt toller erster Schritt gewesen, da wäre es nur fair, wenn er auf meine Antwort wartete. Das Problem war, dass ich nach achtundvierzig Stunden Analyse immer noch nicht wusste, was ich tun sollte. Wir hatten die Grenze überschritten. So viel war klar. Wäre er nicht ein solcher Gentleman, hätten wir vermutlich mehr Grenzen überschritten. Aber das hatten wir nicht.

Noch nicht.

Vielleicht würde er auch so tun, als wäre nichts gewesen. In dem Fall würde ich das genauso halten. Vielleicht hatte er am Wochenende erkannt, was für einen riesigen Fehler er gemacht hatte. Was, wenn er gerade in diesem Moment in seinem Büro war und sich vor mir versteckte?

Ich stand auf, und mein Stuhl rollte so heftig rückwärts, dass er gegen die Trennwand stieß. Nun gut, ich würde nicht einfach hier sitzen, während er so tat, als existierte ich nicht. Bevor ich wirklich begriff, was ich da tat, marschierte ich auf sein Büro zu. Mein Mut sank, als ich dort ankam. Ich sah vorsichtig hinein und sackte vor Erleichterung beinahe zu Boden. Gavin war nirgends zu sehen. Agnes, die Rothaarige aus dem Meeting, trat hinter mich.

»Oh, er ist nicht da«, sagte sie. Sie trat beiseite, damit ich hineinkonnte, dann lief sie geschäftig hinein, nahm einen Stift und begann, eine Notiz zu verfassen. Als sie fertig war, richtete sie sich auf und lächelte mich freundlich an. »Du bist die neue Praktikantin, richtig? Wenn du etwas von ihm brauchst, kannst du eine Nachricht hinterlassen. Er wird sich heute irgendwann bei dir melden.«

»Danke, das mache ich.« Jetzt war ich dran. Ich nahm den Stift und Papier, die sie mir entgegenhielt, und wartete verlegen darauf, dass sie ging.

Sie blieb.

»Wie findest du dich zurecht? Ich weiß, dass du an dem Projekt mit dem Majestic arbeitest. Sag Bescheid, wenn du Hilfe brauchst.«

Ich erinnerte mich daran, wie lautstark sie sich bei dem

Einführungsmeeting geäußert hatte, und nahm mir vor, sie beim Wort zu nehmen. »Ich denke, es läuft gut, aber das weiß ich erst, wenn wir wirklich präsentieren.«

»Lass dir von niemandem Angst machen«, sagte sie mit gesenkter Stimme. »Die Hälfte von uns weiß die Hälfte der Zeit nicht, was sie tut. Das ist die Wahrheit über das Erwachsensein. Wir tasten uns alle bloß durch.«

»Also verschwindet dieses Gefühl, dass ich alles falsch mache, nicht bald mal?«, fragte ich.

»Nein«, sagte sie und schüttelte mit einem Lachen den Kopf. »Aber es gibt auch Vorteile.«

Ich war ganz Ohr. Bisher wusste ich nur von Steuern, Rechnungen und einer fortwährend wachsenden Liste mit Verantwortung. Ein paar positive Aspekte wären nicht schlecht zur Abwechslung. »Zum Beispiel?«

»Niemand sagt dir, wann du ins Bett musst«, sagte sie.

»Ich schätze, damit gebe ich mich zufrieden«, sagte ich, und wir beide lachten. Sie ging hinaus, und ich wandte mich Gavins Schreibtisch zu, endlich allein mit dem Notizblock. Ich hatte keine Ahnung, was ich schreiben sollte. Was ich von Gavin wollte, sollte ich wohl nicht aufschreiben. Nicht in einer Firma mit einer Personalabteilung. Außerdem war da noch die Tatsache, dass ich wirklich dringend vor mir selbst leugnen musste, was ich von Gavin wollte. Am Ende begnügte ich mich mit einem »Ich muss mit dir reden. Cassie.« Ich zögerte und schrieb beinahe ein XOXO darunter, doch ich entschied mich dagegen. Dieses Zögern ritt mich rein, denn bevor ich wieder gehen konnte, tauchte Gavin auf.

»Cassie.« Er klang froh, mich zu sehen. Also hatte er mich wohl doch nicht gemieden. »Ich war gerade an deinem Schreibtisch, aber du warst nicht da.«

Er hatte mich gesucht. Ich drehte nervös den Verschluss des Stifts hin und her, und die Bewegung spiegelte wider, wie es in mir drin aussah … ich wand mich. »Ich war hier drin und habe auf dich gewartet.«

Das klang mal pathetisch. Ich hätte sagen sollen, dass ich Agnes über den Weg gelaufen war, oder eine Entschuldigung formulieren, wo ich die letzten zehn Minuten gesteckt hatte. Stattdessen hielt ich den Notizblock hoch. »Ich wollte dir eine Nachricht hinterlassen. Agnes hat das auch gemacht.«

Er nahm den Block entgegen und trat hinter seinen Schreibtisch, dann überflog er ihre Nachricht. Ich machte einen Schritt rückwärts. Wenn ich langsam und leise ging, würde er vielleicht vergessen, dass ich hier war, bis ich das Zimmer wieder verlassen hätte. Gavin ließ den Block auf den Tisch fallen.

»Du wolltest mit mir reden«, sagte er. Es war erstaunlich, wie ich mich dank dieses einfachen Satzes unwillkürlich fühlte, als stünde ich mit dem Rücken zur Wand. Mein Blick huschte zur geöffneten Tür. Das war keine Unterhaltung, die man führte, während einem das halbe Büro zuhören konnte. Er bemerkte meinen Blick und ging zur Tür, um sie zu schließen. Ich war nicht ganz sicher, ob das weniger offensichtlich war – der Chef, der die Tür schloss, während die Praktikantin drinnen bei ihm war, fühlte sich wie der Anfang eines Pornos an –, aber es war der erste

Schritt zu dieser Unterhaltung, von der ich immer noch nicht recht wusste, ob ich sie führen wollte. Bevor mich der Mut verlassen konnte, drehte er sich um und knallte mir ein »Wegen Freitagabend« vor den Latz.

Seine Worte hingen schwer zwischen uns, so dräuend wie die grauen Wolken, die draußen die Sonne verdeckten.

Da hatte ich meine Antwort. Ich wollte diese Unterhaltung wirklich nicht führen, und jetzt versperrte er mir den einzigen Fluchtweg. Falls er mein Reh-im-Scheinwerferlicht-Entsetzen spürte, hielt ihn das nicht davon ab fortzufahren. »Dieser Kuss war vielleicht nicht die beste Idee.«

Das Gleiche dachte ich seit achtundvierzig Stunden, aber es von Gavin zu hören – von diesen Lippen, die mich geküsst hatten – traf mich hart. Ich straffte die Schultern und zwang mich zu einem Lächeln. »Das ist genau das, was ich auch dachte.«

»Ich denke, du missverstehst mich.« Gavin fuhr sich frustriert mit den Händen durchs Haar. Das hatte er am Freitag auch getan. Das Wissen, dass auch ich ihm unter die Haut ging, tröstete mich ein wenig. »Ich hätte dich nicht küssen sollen.«

»Ich denke, ich verstehe dich ganz richtig«, sagte ich. Ich wollte wirklich nicht, dass er sich wiederholte, denn damit hätte er mir erneut mein Herz durchbohrt.

»Du sagtest, du hast kein Interesse an einem Date. Ich habe trotzdem weitergemacht. Es tut mir leid«, sagte er und breitete die Hände aus. »Wenn du das wirklich willst, werde ich das respektieren. Aber am Freitag hatte ich den Eindruck, dass es nicht …«

Ich ließ ihn den Satz nicht beenden, sondern trat auf ihn zu und küsste ihn. Er wollte mich, und das war alles, was zählte. All diese Zweifel, die Analysen … Das hier war wirklich die Antwort auf die Frage, was ich wollte. Ich wollte nicht, dass Gavin sich von mir fernhielt. Ich wollte ihn bei mir, und scheiß auf die Konsequenzen.

Gavin löste sich von mir, atemlos, und sein Mund schwebte gefährlich dicht über meinem. »Ich muss nur wissen, ob es das ist, was du wirklich willst.«

»Ich will nicht, dass du aufhörst mich zu küssen«, knurrte ich. Er verstand den Hinweis. Seine Arme schlangen sich um mich, und ich reagierte instinktiv, als er meinen Körper anhob und mich gegen die Wand drückte. Meine Beine legten sich um seinen schlanken Oberkörper und drängten ihn näher an mich heran. Ich hatte keinen Zweifel, wohin das hier führen würde. Nicht gleich hier. Nicht gleich jetzt. Aber bald. Das hier war eine Sneak Preview. Eine Kostprobe. Ein geschnittener Trailer für einen nicht jugendfreien Abend. Wenn wir zur Hauptvorstellung kamen, wollte ich ihn ganz für mich allein haben.

Gavin strich mit den Lippen über meinen Kiefer und hauchte Küsse darauf, bis er an mein Ohr kam. »Ich konnte das Wochenende über nicht aufhören, an dich zu denken.«

»Ich auch nicht«, hauchte ich.

»Ich bin nicht sicher, wie ich heute irgendwas erledigt bekommen soll«, gestand er. »Krankmelden?« Er lachte, und ich stimmte ein. Es würde auf jeden Fall verdächtig wirken, wenn wir beide plötzlich krank würden. »Heute Abendessen? Bei mir oder … verdammt.«

»Wir können irgendwo hingehen.« Ich wollte nur mit ihm zusammen sein.

»Ich möchte dich für mich haben. Aber Imogen ist immer noch bei mir.«

Lillians »Keine Jungs«-Regel konnte man auch mal brechen. Sie würde sowieso lange im Büro sein, und jemand musste in dieser Wohnung ja mal flachgelegt werden. »Bei mir ist niemand. Wir könnten etwas zu essen bestellen.«

Er schüttelte den Kopf. »Ich koche.«

»Du kochst?«

»Sag das nicht so überrascht.« Er grinste über mein Erstaunen. Sein Grinsen war ein wenig schief, und ich verliebte mich praktisch an Ort und Stelle in ihn.

Ich holte tief Luft, als er mich wieder auf die Füße stellte. »Okay. Bei mir. Um sieben?«

»Ich werde die ganze Zeit auf die Uhr sehen.« Er hob meine Hand und küsste sanft die Handfläche.

Ich würde ebenfalls auf die Uhr sehen.

Kapitel 14

Ich erzählte niemandem, dass Gavin zum Abendessen vorbeikam. Von meinen besten Freundinnen angefeuert zu werden hätte mich nur wahnsinnig gemacht, und sonst war niemand da, dem ich es erzählen konnte. Soweit ich wusste, würden wir das nicht im Büro herumerzählen. Falls doch, hätte ich es vielleicht George erzählen können. Meine dauernd abwesende Mitbewohnerin brauchte es nicht zu erfahren, weil sie eh bis in die Nacht arbeiten würde. Da er kochen würde, hatte ich Zeit, mich wegen lauter Kleinigkeiten verrückt zu machen. Ich räumte auf, was nur fünf Minuten dauerte, bedachte man, wie wenig Zeit Lillian tatsächlich hier verbrachte und wie sehr ich mich sorgte, ja nur kein Chaos in ihrem spartanisch eingerichteten Wohnzimmer zu erzeugen. Mein Zimmer war eine ganz andere Sache. Allerdings befand ich, dass ich nur Ärger heraufbeschwor, wenn ich dort aufräumte. Es war besser, es langsam angehen zu lassen – ein Konzept, das ich zuvor noch nie wirklich ausprobiert hatte. Also schrubbte ich stattdessen die bereits saubere Küche – wir kochten nie. Dann deckte ich den Tisch im Esszimmer. Ich trat einen Schritt zurück, während Olive, die Katze, mir um die Beine strich.

»Wirkt das übertrieben?«, fragte ich Olive. Dazu war mein Leben verkommen: Ich suchte in Liebesdingen Rat bei der Katze meiner Mitbewohnerin. Sie maunzte, als hätte sie eine Meinung zum Thema. »Du hast vermutlich recht.«

Ich nahm alles wieder vom Tisch, was natürlich so gar nicht verrückt war oder so. Dann beschloss ich, das zu tun, worin ich wirklich gut war: mir etwas zum Anziehen heraussuchen.

Der gesamte Inhalt meines Schranks lag auf dem Bett, während ich nach dem perfekten Outfit suchte. Ich hatte mein Bürokleid ausgezogen, sobald ich nach Hause gekommen war, und lief jetzt in gestreifter Hose und Tanktop rum. Das Kleid war mir zu förmlich erschienen, als wollte ich ihn auf Abstand halten. Aber was genau sollte ein Mädchen tragen, wenn ein Typ vorbeikam, um Abendessen zu machen? Ich könnte mich für *lässig* entscheiden und so aussehen, als würde mir das ständig passieren. Mich aufzurüschen kam nicht infrage. Ich musste nicht aussehen, als wollte ich in die Oper. Ich probierte ein Dutzend unterschiedlicher Outfits, wobei ich beinahe einknickte und die Mädels anrief, um sie um einen Vorschlag zu bitten.

»Was ziehe ich an?«, fragte ich niemanden im Besonderen.

Olive hatte sich in dem Kleiderhaufen breitgemacht und räkelte sich nun auf einem einfachen Sommerkleid mit Blümchen.

»Perfekt«, sagte ich zu ihr.

Sie sah ausgesprochen empört aus, als ich sie aufhob und ihr das ausgewählte Stück wegnahm. »Tut mir leid, das hier brauche ich.«

Ich musste mir wirklich ein Leben zulegen, wenn ich inzwischen Unterhaltungen mit der Katze führte. Olive sprang vom Bett auf die Kommode, was ziemlich beeindruckend war, bedachte man, dass es fast zwei Meter waren. Sie schlug mit der Pfote nach der obersten Schublade. Ich hatte sie seit einer Weile nicht mehr mit meinem Vibrator erwischt, aber sie wusste sichtlich noch, wo ich Mr. Verlässlich aufbewahrte.

»Mit ein wenig Glück werde ich das Ding nicht mehr brauchen«, sagte ich zu ihr. Ich fragte mich, was Lillian davon halten würde, falls ich der Katze einen Vibrator schenkte, wenn ich auszog.

Das Kleid war luftig, und Seattle war heiß. Die Wolken waren nach meinem morgendlichen Meeting mit Gavin verschwunden, was ich als gutes Omen nahm. Aber ein sonniger Nachmittag hatte dafür gesorgt, dass die Wohnung stickig war. Da hier oben niemand eine Klimaanlage hatte, eine Tatsache, die die Texanerin in mir gar nicht begreifen konnte, war das Trägerkleid eine willkommene Erlösung von der Hitze. Ich öffnete alle Fenster und stellte einen Ventilator auf. Ich hatte keine Ahnung, was er kochen wollte, aber da die Küche nicht oft genutzt wurde, war ich nicht sicher, wie viel heißer es hier drin werden konnte.

Da Gavin daran beteiligt war, tippte ich jedoch auf *sehr viel heißer*. Ich schlang meine Haare zu einem Dutt auf, der lose auf meinem Kopf saß, und prüfte mein Make-up. Es war immer noch für die Arbeit gemacht, vielleicht ein wenig zu viel mit der lässigen Outfitwahl, also wischte ich den Lippenstift weg, statt ihn aufzufrischen, und begnügte mich mit etwas Lipgloss. Ich hatte mit Absicht meine Armbanduhr abgelegt, damit ich nicht wie eine Irre ständig darauf schaute. Also hatte ich die Zeit aus dem Blick verloren und war überrascht, als ich ihn an die Tür klopfen hörte.

Er war noch legerer gekleidet als Freitagabend. Diesmal hatte er sich für ein dünnes weißes Baumwollshirt entschieden und Jeans. So gern ich ihn im Anzug sah, war es so noch besser. Es fühlte sich irgendwie behaglich an. Ich hatte den Chef aus den Chef-Klamotten rausgekriegt. Unwillkürlich fragte ich mich, wer ihn sonst noch so zu sehen bekam. Er grinste und hielt eine Tasche mit Einkäufen hoch. »Zeig mir die Küche.«

Ich trat beiseite, um ihn hereinzulassen, und dann führte ich ihn in die Küche. Er blickte die blitzenden Geräte an. »Kocht hier überhaupt jemand?«

»Ich habe sauber gemacht«, erklärte ich.

»Diese Geräte sehen nagelneu aus.«

»Manchmal benutzen wir die Mikrowelle.« Um das Essen aufzuwärmen, das wir bestellten. »Zwei berufstätige Frauen haben nicht viel Zeit, um zu kochen.«

Gavin öffnete den Kühlschrank und stieß ein leises Kichern aus. »Ihr beiden kocht wirklich nicht?«

Ich sah ihm über die Schulter und erkannte, dass darin eine Flasche Milch stand, die vor drei Monaten abgelaufen war, ein Karton mit Eiern, deren Datum zweifelhaft war, und etwas, das vielleicht mal ein Gemüse gewesen sein mochte. Oder Käse. Das war schwer zu erkennen.

»Ich schätze, es ist Zeit zuzugeben, dass ich nicht kochen kann.« Ich vergrub mein Gesicht in den Händen. Meine Mutter würde sich für mich schämen, wenn sie mich hören könnte. Sie hatte sich bemüht, mir das Kochen beizubringen, aber ich hatte ihren Plan bei jeder Gelegenheit durchkreuzt.

»Du kannst gar nichts kochen?«

»Makkaroni mit Käse und manchmal Eier, aber die werden nicht immer gut.«

»Dann werde ich das Kochen in dieser Beziehung wohl übernehmen.« Er ging an mir vorbei und begann, die Einkäufe auszupacken.

In dieser Beziehung. Hatte er das gerade wirklich gesagt? Waren wir so schnell von »das hier ist möglicherweise ein Date« zu einer »Beziehung« gekommen? Mir schwirrte immer noch der Kopf, als er sich umdrehte und mir Gemüse in einem Plastiknetz gab.

»Was ist das?«, fragte ich argwöhnisch.

»Sag nicht, du isst keinen Rosenkohl«, erwiderte er.

Ich hielt das Netz hoch und musterte es. Ja, ich erkannte dieses Gemüse. Ich versuchte, mir meine Bestürzung nicht anmerken zu lassen. »Meine Mutter hat die gemacht, als wir noch Kinder waren. Ich erinnere mich nicht daran, dass sie so aussahen.«

»Die waren vermutlich tiefgekühlt. Tu mir einen Gefallen. Gib meinem Rosenkohl eine Chance.«

Ich legte den Beutel auf die Anrichte und nickte. Wenn

es um Gavin ging, war ich wild entschlossen, mich aufgeschlossen zu zeigen. Ich hatte die letzten Wochen zu sehr gegen seine Anziehungskraft angekämpft. Jetzt konnte ich wenigstens sein Gemüse probieren. Das erinnert mich an seine Gurke, und ich sah zu, dass ich gedanklich wegkam von dem Gemüsethema.

»Kannst du die waschen?«, fragte er mich.

»Klar.« Es dauerte beschämend lange, bis ich eine Schere fand, um das Netz aufzuschneiden. Dann nahm ich ein Stück heraus und begann, es zu waschen.

»Nicht so, das dauert ja ewig.« Er trat hinter mich, legte seine Arme von hinten um mich und nahm den Beutel, um ihn unter das Wasser zu halten. Ich war mir ziemlich sicher, dass er das auch ohne mich als Puffer hätte tun können, aber ich beschwerte mich nicht. Ich lehnte mich stattdessen gegen seine Brust und war mehr als bereit dazu, mir von ihm zeigen zu lassen, wie das hier ging. Als er von mir wegtrat, fehlte er mir sofort.

»Und jetzt?«, fragte ich. Wenn ich in der Küche sein musste, um ihm nahe zu sein, konnte ich genauso gut helfen, und mit ein bisschen Glück würde er mir wieder zeigen müssen, was ich tun sollte.

»Das Gemüse zu waschen war der leichte Teil«, warnte er mich.

»Ich bin eine moderne Frau«, sagte ich. »Ich lass nicht einfach meinen Mann für mich kochen. Bring es mir bei.«

Darüber lachte er und deutete auf eine Packung mit Steaks, die auf der Anrichte lagen. »Kannst du mir dafür eine Pfanne suchen?«

Ich verzog das Gesicht. »Eine Pfanne ist das Ding, in das man die Frühstücksflocken tut?«

Gavin sah erschrocken drein, und ich brach in Gelächter aus.

»Ganz so hilflos in der Küche bin ich dann doch nicht.«

»Okay, aber frech. Such mir eine Pfanne.«

»Wir essen Steak.« Vielleicht freute ich mich ein wenig zu sehr darüber. Seattle bot hervorragende Meeresfrüchte, doch obwohl ich Hummer hin und wieder mochte, wollte ich manchmal einfach nur Fleisch. Man konnte das Mädchen aus Texas rauskriegen, aber nicht Texas aus dem Mädchen.

»Ja. Wir werden es rückwärts grillen.«

Ich wartete darauf, dass er mir das erklärte. Endlich sah er zu mir herüber und seufzte. Es klang seltsam zufrieden, so als hätte er eigentlich Spaß daran, mir alles zu erklären.

»Wir werden es in den Ofen schieben, um es dann auf dem Herd zu Ende zu braten.«

»Wirklich?« Ich war nicht sicher, ob mir diese Methode gefiel. Vielleicht war das eine der seltsamen Traditionen im Pazifischen Nordwesten.

»Wer ist hier derjenige, der kochen kann?«

Da hatte er irgendwie recht. »Geht die hier?«

Ich zog eine Bratpfanne von einem Regalbrett oben und war überrascht, dass sie nicht von Staub und Spinnweben bedeckt war. Fast hatte ich mit hervorflatternden Fledermäusen gerechnet, als ich die Schranktür öffnete.

»Perfekt.« Er nahm sie und begann, mir zu zeigen, wie er das Fleisch vorbereitete. Er rieb eines der Steaks mit ein wenig Öl ein und streute dann etwas frisch gemahlenen Pfeffer darüber, bevor er zur Seite trat. »Jetzt du.«

»Ich?«

»Ich fange an, mich zu fragen, ob diese ganze Geschichte von wegen Tochter eines Ranchers aus Texas eine Lüge ist«, frotzelte er.

Ich schnappte mir das Öl und goss etwas in meine Hände, machte nach, was er gerade getan hatte. Das war nicht direkt kochen. Vielmehr kombinierte man ein paar Sachen, und dann machte man alles warm. Und doch verspürte ich eine seltsame Zufriedenheit, als Gavin die Steaks in den vorgeheizten Ofen schob.

»Was gibt's als Nachtisch?«, fragte ich schelmisch.

Gavin zuckte zusammen und ging zu der Tüte. Er zog eine Packung mit Chocolate Chip Eiscreme hervor. »Das muss ins Eisfach. Hätte ich fast vergessen.«

»Das ist in Ordnung. Wir haben vermutlich ein bisschen Zeit, bevor das Steak fertig ist, richtig?«

»Wir haben etwa fünfundvierzig Minuten«, sagte er.

Mein Magen knurrte, und ich hoffte, dass er es nicht hörte. »Oh! Was müssen wir noch machen?«

»Ich warte, bis die Steaks fast fertig sind, dann fange ich mit dem Gemüse an«, sagte er.

»Was machen wir bis dahin?« Ich sah zu der Weinflasche, deren Hals aus der Tüte herausragte, und er nickte. Ich griff in die Tüte, um sie herauszuholen, und sah, dass es der gleiche Montepulciano war, den ich dagehabt hatte. Gavin hakte den Zeigefinger unter den Träger meines Sommerkleides und zog mich an sich.

»Ich hätte da ein paar Ideen zur Vorspeise.«

»Kannst du es nicht abwarten?«, sagte ich und fragte mich, was er sonst noch in der Tasche hatte.

»Das könnte man so sagen.« Ich drehte den Kopf, um auf die Weinflasche zu deuten, im gleichen Moment, in dem er versuchte, mich zu küssen. Das Resultat war ein katastrophaler Zusammenstoß unserer Köpfe. Wir traten beide einen Schritt zurück, und ich rieb mir die Wange und er sich die Nase.

»Lass uns das nochmal versuchen«, sagte er.

Diesmal war ich bereit. *So bereit.* Sein Mund fand meinen, aber es war nicht ein zögerlicher erster Kuss oder der verzweifelte zweite, dieser hier vermittelte ein ganzes Spektrum an Gefühlen. Unsere Körper drängten sich aneinander. Gavin zog sich zurück und sagte: »Also, diese Vorspeise ...«

Seine Augen hatten die Farbe des Meeres an einem stürmischen Tag, und sie waren von Lust vernebelt, als er mich hochhob und auf die Anrichte setzte. Wir küssten uns, und ich bekam nichts mehr mit, nur ihn. Darauf hatte ich gewartet – hatte davon geträumt –, und jetzt geschah es endlich. Mein Atem stockte, als ich spürte, wie er mit den Händen über meine Schenkel fuhr, unter mein Kleid, und sie dann auf meinen nackten Hüften ruhen ließ. Eine weitere Pause, eine Chance für mich, das hier aufzuhalten. Doch ich griff in sein Shirt. Ich musste mich zurückhalten, um seine Hände nicht tiefer zu schieben.

»Ich habe den ganzen Tag darüber nachgedacht, was ich zum Abendessen will«, sagte er zu mir, und sein Daumen schob sich unter den Bund meines Slips. Unwillkürlich hob ich die Hüften an, und erlaubte ihm, den Slip herunterzuschieben und zu Boden fallen zu lassen. »Es gab nur eins, was ich wirklich wollte.«

»Steak?«, fragte ich leise.

»Etwas sehr viel Süßeres.« Langsam breitete sich ein Grinsen auf seinem Gesicht aus, bevor er aus meinem Blickfeld verschwand und ich seine weichen, warmen Lippen an meinem Innenschenkel spürte.

»Oh, das«, stöhnte ich, als er weiterzog ins gelobte Land. Bevor er dort ankam, packte er mich an den Hüften und zog mich mit einem Ruck nach vorn, bis ich auf dem Rand der Anrichte balancierte.

»Bitte schön«, sagte er schmeichelnd, als ich die Beine einladend spreizte. Sein heißer Atem strich über meine nackte Haut.

Mein Kopf sank zurück, und ich keuchte auf. »Oh Gott!«

»Alles in Ordnung, Miss Hart?«, fragte er. Seine Stimme klang ein wenig gedämpft dank seiner Position.

»Aber nicht dass du dann nachher keinen Appetit mehr auf die Hauptspeise hast«, rügte ich ihn.

Er lachte, was ein wenig kitzelte. Sanft schob Gavin meine Beine auseinander, und sein Bart kratzte vielversprechend über die weiche Haut. Ich wollte in sein Haar greifen und ihn drängen, als seine Lippen mich auch schon berührten. Die sanften Küsse wurden rasch heftiger, bis ich spürte, wie seine Zunge in mich eindrang. Ich verlor beinahe die Kontrolle über meinen Körper. Ich musste die Zehen gegen seine Schultern stemmen, um nicht herunterzufallen, aber er stützte mich. Ein leises Stöhnen fuhr durch seinen Körper, als sein Mund begann, zu lecken, zu saugen und mich zu necken. Er hatte es nicht eilig. Er genoss jeden Moment nach den urtümlichen, männlichen Lauten zu urteilen, die er ausstieß.

Ich war noch nie so erregt gewesen. Mir war es immer ein wenig unangenehm gewesen, wenn ein Typ da unten zugange war, aber Gavin machte sehr deutlich, dass er genau da war, wo er sein wollte. Ohne nachzudenken – weil das in diesem Moment ziemlich unmöglich war –, fanden meine Hände sein Haar und packten fest zu, drängten ihn, schneller und härter zu machen. Einen kurzen Augenblick fragte ich mich, ob er Luft bekam. Dieser Gedanke verließ meinen Kopf, als mein Körper um seine Zunge herum zersprang. Er ließ nicht nach, selbst als meine Beine auf seine Schultern sanken und mein Körper schlaff wurde. Erst als ich auf die Anrichte in mich zusammensank, vollkommen erledigt, drückte er einen sanften Kuss auf meine zitternden Schenkel und richtete sich auf. Eine Sekunde später spürte ich, wie mir der Slip wieder angezogen wurde.

»Du willst den Slip nicht als Trophäe behalten, Mr. North?«, fragte ich. »Denn ich denke, hierfür hast du eine Auszeichnung verdient.«

»Diese Geräusche, die du gemacht hast«, sagte er und half mir, mich aufzusetzen, »sind Belohnung genug. An die werde ich mich erinnern, bis ich dich wieder dazu bringe, sie auszustoßen.«

»Das klingt gefährlich«, sagte ich und versuchte, mich an seiner Schulter zu verstecken, aber er tippte mir gegen das Kinn, damit ich in sein Gesicht sah.

»Was ist los? Wolltest du nicht …?« Er sprach nicht weiter.

»Nein! Es war toll! Wirklich, wirklich toll.« Ich schüttelte den Kopf, mir war immer noch ein wenig schwindlig. »Mich hat noch keiner … so … weißt du.«

»Du musst mit ziemlichen Idioten zusammen gewesen sein. Ich bin mir ziemlich sicher, dass ich da gerade meinen Lieblingsplatz gefunden habe.«

Ich versuchte, mich abzuwenden, und meine Wangen brannten, aber er hielt mich fest. »Ernsthaft, Cassie, du bist so wunderschön. Weißt du das? Ich kann kaum an etwas anderes denken, wenn ich in deiner Nähe bin.«

»Ich klinge wie eine Ablenkung«, sagte ich leise.

»Auf die beste Art und Weise. Möchtest du wissen, was es noch heißer macht?«

Mir gelang ein Nicken.

»Dein Kopf ist genauso sexy«, murmelte er. »Du bist das Gesamtpaket.«

»Mmh … apropos Paket.« Meine Finger glitten zu dem Kopf seiner Jeans, und ich begann, ihn zu befreien.

»Das musst du nicht«, sagte er und nahm sanft mein Handgelenk. »Darum geht es nicht zwischen uns beiden.«

Doch ich wollte es. Zum ersten Mal in meinem Leben wollte ich für einen Mann auf die Knie gehen. Doch das Schicksal hatte andere Pläne. Bevor ich den Kraken befreit hatte, schwang die Tür auf und eine geplagt dreinblickende Lillian kam herein. Sie ließ ihre Taschen auf den Esstisch fallen, zusammen mit ihren Schlüsseln, ohne uns zu bemerken.

Ich sprang rasch von der Anrichte und tat mein Bestes, unschuldig auszusehen.

»Äh, hallo.«

Sie sah erschrocken auf. Es war offensichtlich, dass sie sich noch daran gewöhnen musste, dass ich hier wohnte. »Cassie.« Sie erblickte Gavin und sah nochmal hin. »Tut mir leid. Ich wusste nicht, dass du Besuch hast.«

»Ich hätte es dir sagen sollen«, erwiderte ich entschuldigend. »Ich dachte nur, du würdest noch im Büro sein.« Es klang wie die lahmste Entschuldigung überhaupt, besonders da ich ihre Keine-Jungs-Regel brach. Tatsächlich hatte ich gerade auf ihrer Anrichte so ziemlich jede ihrer Regeln gebrochen. Gewissensbisse packten mich, doch bevor ich Gavin rausbegleiten konnte, trat er vor.

»Wir machen Abendessen. Es gibt mehr als genug. Hast du gegessen?«

»Steak«, fügte ich hinzu.

»Das klingt hervorragend. Ich bin am Verhungern.«

Waren wir damit wirklich durchgekommen? Sah es wirklich so aus, als würden wir ganz unschuldig in der Küche kochen? Lillian entschuldigte sich, um sich in ihrem Zimmer umzuziehen, und ich sank gegen die Anrichte.

»Du siehst gerade sehr schuldig aus«, sagte Gavin.

»Ich darf keine Jungs einladen. Nächstes Wochenende könnte ich eine Party machen, und dann hätte ich alle ihre Regeln missachtet, um deren Einhaltung sie mich gebeten hat, während ich umsonst hier wohne.«

Gavin strich mit dem Zeigefinger an meinem Bauch hinab und sandte ein vorfreudiges Schaudern durch mich hindurch. »Nächstes Mal machen wir das bei mir. Ich schicke Imogen raus, wenn sie nicht sowieso am Strand ist oder so. Wir können sogar eine Socke an die Tür hängen, wenn es dir dann besser geht.«

»Eine was an die Tür hängen?«, fragte Lillian, als sie in einer Loungehose zurückkam. Der Abend wurde immer ungezwungener, schien es. Nichts erledigte ein Date so zuverlässig wie eine Mitbewohnerin, die im Schlafanzug zum Dinner mit deinem Freund kam.

»Nichts«, zwitscherte ich. Der Timer ging los und rettete uns alle vor dieser peinlichen Unterhaltung. Gavin zeigte mir, wie man beide Seiten des Steaks anbriet. Dann machten wir den Rosenkohl. Gut, er machte den Rosenkohl, und ich sah zu. Ich half jedoch, indem ich jedem ein Glas Wein einschenkte.

Nachdem wir beide beinahe von Lillian ertappt worden wären, war ich nervös, aber Gavin war ein Naturtalent in lockerer Unterhaltung, und das Gespräch floss dahin, während wir dasaßen und aßen. Ich fragte mich, ob ich Gavin bitten sollte, zum Nachtisch zu bleiben. Lillian schien mein Dilemma zu spüren, denn sie stand auf und nahm unsere Teller. »Ich bin erledigt, ich gehe ins Bett.«

Ich warf ihr einen fragenden Blick zu. Falls ihr nicht gefiel, dass er hier war, wollte ich es lieber jetzt wissen. Sie schenkte mir nur ein aufmunterndes Lächeln. Sie stapelte die Teller in der Spüle und ging dann zu ihrem Zimmer, gerade als Olive mit meinem großen lila Vibrator auftauchte.

Wie hatte die verdammte Katze rausgefunden, wie man ihn anstellte?

Sie ließ ihn auf den Boden fallen und begann, darauf herumzuhauen. Wir alle drei sahen uns an, bevor Lillian hinüberlief, Olive hochnahm und leise zu schimpfen begann. »Das ist nicht deins. Obwohl ich nicht denke, dass Cassie den noch braucht.« Sie blinzelte mir zu und nahm die Katze mit in ihr Zimmer.

»So ist es also, eine ältere Schwester zu haben«, sagte ich.

Gavin versuchte, überall hinzusehen, nur nicht zu dem vibrierenden Ding im Zimmer. Warum Lillian die Katze mitgenommen hatte, begriff ich nicht. Die beste Lösung für uns alle wäre gewesen: Lass die Katze da, und nimm den Vibrator mit. Ich stand auf und raffte meine Würde zusammen, ging zu dem Ding und stellte es ab. Er hielt mit einem traurigen, mechanischen Seufzen an. Ich drehte mich zu Gavin um, den Vibrator noch in der Hand und sagte: »Bestes Date ever?«

Er stand auf und kam zu mir, dann musterte er seine Konkurrenz kurz. Er sah nicht eingeschüchtert aus. »Absolut.«

»Hat es Sinn, dich zu bitten, so zu tun, als hättest du das nie gesehen?«, fragte ich mit leichter Verzweiflung in der Stimme.

»Versuch einfach herauszufinden, ob ich damit mithalten kann.«

»Du bist schrecklich.« Ich schlug ihm auf die Schulter.

»Hast du mich gerade mit deinem Vibrator gehauen?«

Ich keuchte, als ich begriff, was ich getan hatte, aber Gavin kicherte nur. »Ich meine, ich möchte mich nicht zwischen euch beide stellen.«

»Warum kann nicht ein Klavier auf mich fallen?«, fragte ich. Gavin packte mich um die Taille und küsste mich sanft und vielversprechend.

»Ich bin kein eifersüchtiger Typ. Obwohl ich denke, dass deine Mitbewohnerin recht damit hat, dass du den nicht mehr brauchst.«

Wacklige Knie? Check. Niagarafälle zwischen den Beinen? Check.

Warum hatte ich nicht meine eigene Wohnung?

Er trat zurück und musterte das Chaos, das wir in der Küche angerichtet hatten. »Wir sollten aufräumen, und dann sollte ich gehen.«

Dieser Abend würde nicht so laufen, wie einer von uns das geplant hatte. Und ich verstand, warum er loswollte. Lillian, ihre Katze und mein Vibrator waren nicht gerade das Begrüßungskomitee, das Kerle sich wünschten. »Ich mach schon. Ich seh dich morgen im Büro.«

Wir würden uns Zeit lassen. Daran war nichts falsch. Ich tat mein Bestes, die nagende Stimme in meinem Hinterkopf zu ignorieren, die sich sorgte, dass ich ihn verschreckt hatte. Dieses Miststück hielt auch niemals die Klappe.

Diesmal legte ich Mr. Verlässlich in eine Kiste oben auf meinem Schrank. Lillian hatte recht, ich würde ihn nicht mehr brauchen. Nicht jetzt, da ich Mr. Right gefunden hatte.

Kapitel 15

In einer schockierenden Wende der Ereignisse war ich am nächsten Morgen spät dran. Ich schlidderte in die Küche, den Lippenstift in der Hand, und betete, dass Lillian den Kaffee angestellt hatte. Sogar mieser Filterkaffee wäre besser als nichts zu diesem Zeitpunkt. Ich erwartete nicht, auch Lillian dort vorzufinden.

Sie lehnte an der Küchenanrichte, eine Tasse in Händen. Sie sah zur Uhr an der Mikrowelle. »Bist ein bisschen spät dran?«

Das war die Untertreibung des Jahrhunderts. Ich nickte in Richtung ihrer Kaffeetasse. »Sag mir, davon gibt's noch mehr.«

»Mach dir den Lippenstift.« Sie drehte sich um und holte eine Tasse aus dem Schrank, dann schenkte sie mir einen Becher flüssige Freude ein. »Lange Nacht?«

»Hab ne Menge im Kopf. Große Präsentation.« Ich log, aber nicht, was die lange Nacht anging. Ich hatte wachgelegen und über das fantasiert, was zwischen Gavin und mir geschehen war – und was vielleicht passiert wäre, wenn er dageblieben wäre. Ich war zu aufgedreht gewesen, um mir endlos den Kopf zu zerbrechen. Also hatte ich mich in dem orgasmischen Nachglühen unserer ersten ernsthaften Zeit zu zweit gesonnt.

»Du hast wahrscheinlich auch an deinen Freund gedacht.« Sie nagelte mich fest wie die Anwältin, die sie war – ein Gegenbeweis zu meiner Behauptung, und zwar ein belastender.

War das der Teil, in dem sie mich wegen des Regelverstoßes verwarnte? Ich hielt inne und musterte sie forschend, und erst jetzt merkte ich, dass sie nicht fürs Büro gekleidet war. Was machte sie um acht Uhr morgens hier? Soweit ich es sagen konnte, arbeitete sie von Sonnenauf- bis -untergang plus Überstunden. Ich steckte in echten Schwierigkeiten, wenn Lillian sich krankgemeldet hatte, nur um mir die Meinung zu sagen.

Sie hielt mir die Tasse mit dem Kaffee hin, also nahm ich ihn zaghaft entgegen und fragte mich dabei, ob das ein Trick war. War dies das Trojanische Pferd der Mitbewohnerinnengabe? Ich wusste nicht, was ich tun würde, falls sie mich rauswarf. Ich würde in keinem Fall so schnell eine andere Bleibe finden. Ich kannte niemanden in der Stadt gut genug. Wie lange käme ich wohl damit durch, im Büro zu schlafen, bevor es jemand merkte?

»Wo hast du ihn kennengelernt?«, fragte sie im Plauderton.

»Bei der Arbeit«, sagte ich langsam. Sie schien mir die Befangenheit nehmen zu wollen. Vielleicht hoffte sie, dass ich ihr mein Herz ausschüttete und ihr ganz genau berichtete, was geschehen war – auf der Küchenanrichte, an der sie jetzt lehnte. Mein Blick huschte zu der Stelle, und ich fragte mich, ob sie es spürte so wie andere Leute angeblich paranormale Aktivitäten. »Eigentlich ist er mein Chef.«

»Dein Chef?«, wiederholte sie neckisch. »Der, von dem du dachtest, er hasst dich?«

»Genau der.«

»Na, das erklärt einiges.« Sie sagte es nüchtern. Ich vermutete, dass ich sie verstehen sollte. Das Problem war, dass ich das nicht tat.

»Erklärt was?« Ich schaffte es, die Kaffeetasse an meine Lippen zu führen, allerdings war ich noch nicht mutig genug, einen Schluck zu nehmen. Als ich darauf herabschaute, merkte ich, dass meine Hände zitterten. Ich konnte mir nicht vorstellen, ihr im Gerichtssaal gegenüberzustehen.

»Das erklärt, warum du gedacht hast, dass er dich hasst. Jeder denkt, dass Jungs aus dem Alter rauskommen, in dem sie das Mädchen, das sie mögen, fies behandeln, aber das tun sie nicht wirklich.«

»Er ist ziemlich nett. Ich denke, ich hatte den falschen Eindruck von ihm.«

»Seit wann trefft ihr euch?« Anscheinend ging die Befragung weiter.

Ich blieb wachsam und stellte meinen Kaffee auf der Anrichte ab. Wenn ich mich dem hier stellte, wollte ich keine Verbrennungen dritten Grades riskieren, indem ich ihn wegen zittriger Hände über mein Shirt kippte. Ich holte tief Luft und sagte die Wahrheit. »Ich weiß, dass ich die Regeln gebrochen habe«, fing ich an. »Und ich hätte dir sagen sollen, dass er hier ist. Wir gehen ab jetzt zu ihm. Ich hoffe, dass du mir verzeihst.«

Ich fühlte mich so erwachsen, dass ich fast erwartete, dass sie mir einen Aufkleber mit goldenem Sternchen gab.

»Ich bin nicht wütend«, sagte Lillian rasch. »Ich weiß, dass ich gesagt habe, keine Jungs. Das hatte damit zu tun, dass Jessica mir mal von deinem Ding mit dem Jungs-Angeln erzählt hat.«

Ich zuckte bei der Erinnerung an unseren Mädels-Pakt zusammen. Keine von uns war je gut darin gewesen – außer vielleicht Jillian. Wenn ich so darüber nachdachte, war es sogar Jillians Idee gewesen. Das hatte cool und weltläufig für Achtzehnjährige gewirkt. Und jetzt? War es ein bisschen dumm. Im Grunde hatten wir uns darauf geeinigt, uns von ernsthaften Beziehungen fernzuhalten und Aufreißerinnen zu sein. Ich hatte es eine Woche geschafft, bevor ich Luka über den Weg lief. Und Jessica hatte ein weniger länger gebraucht, bevor sie ihren Ex traf. Jillian hatte sich am längsten an das Konzept geklammert, aber selbst sie war der wahren Liebe erlegen, und jetzt war sie weg vom Markt. Über das Jungs-Angeln lachten wir inzwischen. »Ich mache das nicht mehr. Ich date nicht mal – bis gestern Abend. Ich hatte nicht mal ihn daten wollen.«

»Wenn er sich unschicklich verhält …«, sagte Lillian und wechselte sofort vom Kreuzverhör in die Rolle der Verteidigerin.

Oh Mist. Jetzt hatte ich ihr den falschen Eindruck vermittelt. Rasch legte ich den Rückwärtsgang ein. »Nein. So ist es nicht. Er hat ganz klar gesagt, dass ich jedes Recht dazu habe, ihn in die Wüste zu schicken.«

»Willst du das? Er ist schon heiß.« Und schon war sie wieder im Große-Schwester-Modus.

»Ich dachte, es wäre klüger, wenn ich mich von ihm fernhalte. Ich wollte keine Probleme im Büro machen. Ich weiß, dass es eine Grauzone ist, jemanden zu daten, mit dem man arbeitet, besonders den Chef.«

»Er ist nicht Donald Trump«, sagte sie spöttisch. »Er kann nicht viel älter sein als du. Wenn du Interesse gezeigt hast und er deine Grenzen wahrt, erscheint mir das alles unbedenklich.«

»Er ist sechsundzwanzig«, sagte ich.

»Das scheint mir annehmbar. Ich schätze, er ist ein Workaholic. Der sechsundzwanzigjährige Boss einer Immobilieninvestitionsfirma nimmt sich vermutlich nicht viel Zeit für Dates.« Sie schwieg kurz, die Kaffeetasse an den Lippen. »Er muss dich für etwas Besonderes halten.«

Er war ein Workaholic, und die Rolle, die er für den Erfolg von NorthWest spielte, bewies das. Ich sagte ihr nicht, wer sein Vater war. Ich wollte Gavins Wunsch, dass Menschen ihn erst kennenlernen sollten, bevor sie erfuhren, wer seine Familie war, respektieren. »Wir gehen trotzdem zu ihm.«

»Häng einfach eine Socke an die Tür, falls nicht«, sagte sie und zwinkerte mir zu, bevor sie Richtung Wohnzimmer ging. »Dein Kaffee wird kalt.«

Er war glücklicherweise kühl genug, um ihn runterzukippen, und warm genug, um nicht eklig zu sein. Es stellte sich heraus, dass Lillian den Tag frei hatte. Das hatte ich nicht geglaubt, je zu erleben. Ich ging und ließ sie zu Hause auf der Couch zurück, zusammen mit Olive. Ich war ein wenig neidisch. Ein Teil von mir wollte im Pyjama hierbleiben. Ein größerer Teil von mir wollte aber zur Arbeit.

Ich wünschte mir, dass es mit meinem Job zu tun hätte – den ich liebte –, und nicht mit dem, was im Büro auf mich wartete. Aber ich konnte mich nicht selbst belügen. Ich wollte zur Arbeit, damit ich Gavin sah. Er tauchte auf, sobald ich an meinem Schreibtisch war. »Cassie! Du bist da. Ich muss etwas wegen der Majestic-Sache mit dir besprechen.« Er redete so ungezwungen, dass niemand je erraten hätte, was wirklich zwischen uns vor sich ging. Ich erkannte jedoch die unterschwellige Sehnsucht, die seine Worte aufheizte.

»Ich räume meine Sachen weg, dann komme ich in dein Büro.« Es war besser, so zu tun, als müsste ich ihm nicht hinterherrennen. Nicht nur, weil es ein wenig zu offensichtlich sein könnte, zusammen zu seinem Büro zu gehen, sondern auch, weil ich nicht wollte, dass er mich für übereifrig hielt. Ich genoss die Tatsache, dass er sich um mich bemühte. Ich ließ mir Zeit, bevor ich zu ihm ging. In der Tür blieb ich stehen und neigte den Kopf zur Seite. War das hier ein offizielles Arbeitsgespräch oder privat?

»Kannst du die Tür schließen? Ich denke, es ist am besten, wenn wir alleine reden«, sagte er so laut, dass jeder, der vorbeikam, es hören konnte. Die Tür hatte sich kaum geschlossen, als er bei mir war. Seine Hand griff hinter mich, und ich hörte das Schloss klicken.

Das hier war definitiv privat.

Er hatte sich rasiert, und ich vermisste, wie sein Bart sich auf meiner Haut anfühlte. Aber der Arbeits-Gavin war genauso sexy. Vielleicht lag es am Anzug. Oder an der Krawatte. Oder einfach an ihm. Meine Hände glitten an seinem schwarzen Jackett hinauf und fanden seine breiten Schultern. Wie sollten wir irgendwas für den Tag auf die Reihe kriegen? Gott sei Dank trug ich kussechten Lippenstift.

»Über was wolltest du reden?«, fragte ich atemlos zwischen seinen Küssen.

»Über dieses Kleid für den Anfang.« Er küsste meinen Nacken, und seine Lippen wanderten zu meinem Schlüsselbein hinab.

»Was stimmt nicht mit dem Kleid?«, fragte ich. Ich hielt das schwarze Etuikleid für ziemlich sexy, auf eine bürotaugliche Weise.

»Absolut nichts. Ich wollte es mir nur näher ansehen.« Seine Hände fuhren über meine Hüften, als ob er nicht nur einen Blick darauf wollte. Bevor er jedoch noch weiter gehen konnte, legte ich eine Hand auf seine Brust und schob ihn von mir. Gavin trat ohne Widerrede zurück.

Er war wirklich ein Gentleman. Ich konnte nicht abwarten zu erfahren, wie er war, wenn seine achtsame, verantwortungsbewusste Art seinen Urinstinkten wich. Ich hatte eine ziemlich gute Vorstellung davon, wie ich darauf eine Preview bekommen konnte. Ich ließ meine Handfläche auf seiner Brust und bewunderte seine festen Brustmuskeln, während ich ihn rückwärts auf seinen Schreibtisch zuschob.

»Wenn wir eine Affäre im Büro haben«, sagte ich, »dann möchte ich auch das ganze Klischee.«

»Klischee?«, fragte er.

»Hast du noch nie einen Liebesroman gelesen?«

»Kann ich nicht behaupten.« Sein Pech.

»Lass mich dir zeigen, was ich meine.« Ich küsste ihn fest auf die Lippen, und meine Zunge glitt an seinen Zähnen vorbei und leckte über seinen Gaumen. Jetzt, da ich ihn hatte, wo ich ihn wollte, packte ich seine Krawatte und nutzte sie, um mich daran auf die Knie hinabzulassen.

Gavin sah auf mich hinab, die Augen vor Lust vernebelt. »Ich glaube, mir würden Liebesromane gefallen.«

Ich schnurrte fast vor Begeisterung, als ich seinen Gürtel löste. Dann knöpfte ich langsam die Hose auf, während meine Hand an seinem Reißverschluss vorbeiglitt und seinen harten Schwanz packte, der auf mich wartete. Er trug schwarze, enge Boxershorts, die vor ein paar Minuten wohl noch nicht so eng gewesen waren. Jetzt kämpften sie gegen den wachsenden Inhalt an. Ich drückte ihm ein paar Küsse auf den Gummibund, dann schob ich sie herunter, und er kam frei.

Heilige Scheiße. Ich hockte mich auf die Fersen, damit ich den Anblick ganz genießen konnte. Ich war zu nah dran gewesen, um alles zu sehen. Ich musste rauszoomen. Prachtvoll traf es nicht einmal annähernd. Er ließ Mr. Verlässlich wie einen Witz aussehen. Als ich fast schon sabbernd vor ihm kniete, konnte ich kaum abwarten, meine Lippen um ihn zu legen. Ich wollte hören, wie er die Kontrolle verlor. So sehr. Ich ließ mir jedoch Zeit. Strich mit den

Fingern über den seidigweichen Schaft und bewunderte das Schauspiel. Gavin stöhnte, ein tiefer, kehliger Laut, der aus seiner Brust drang. Das Geräusch ließ mich nass werden. Als ich endlich meinen Mund über ihn senkte, fuhr ich mit der Zunge von der Spitze aus nach unten und genoss dabei die Macht, die ich über ihn hatte. Seine Hände packten den Schreibtisch hinter ihm.

»Himmel, Cassie. Du bringst mich noch um.«

»Ich hab noch nicht mal angefangen«, murmelte ich, während ich mit der Zunge wieder hinaufglitt und über seine Eichel spielte.

»Du bist so unfassbar heiß«, murmelte er leise. »Mit dem roten Lippenstift und deinem kleinen Schwarzen und meinem Schwanz in deinem Mund.«

Seine Worte steigerten das Interesse zwischen meinen Beinen noch. Ich konnte kaum geiler sein. Gott, ich wollte diesen Mann dazu bringen, dass er sich so gut fühlte, wie ich mich in jedem Moment fühlte, in dem wir zusammen waren. Meine Lippen schlossen sich um ihn, dann ließ ich ihn tief in meinen Rachen gleiten. Gavin knurrte als Antwort. Er knurrte wirklich. Ich fragte mich, wie viel lauter er werden würde, wenn er die Kontrolle vollends verlor. Ich hätte mir Sorgen machen sollen, dass uns jemand hörte, aber irgendwie wurde ich bei dem Gedanken nur noch heißer. Wir machten etwas Verbotenes, und uns trennten nur eine Tür und ein paar Wände von den Leuten draußen.

Ich strich über seinen Schaft, während ich weiter mit dem Mund auf und ab fuhr. Gavins Hand schoss vor, und er nahm meinen Pferdeschwanz, um mich tiefer zu führen. Es war nicht energisch, sondern eher bittend, und um ehrlich zu sein, gefiel es mir. Ich liebte, wie er mit solch nackter Lust auf mich herabsah. Ich liebte es, wie ich mich unter diesem Blick fühlte. Als er sich plötzlich anspannte, bereitete ich mich vor und zog mich zurück, seine Eichel immer noch zwischen meinen Lippen.

»Ich werde kommen.«

So ein Gentleman. Er würde noch herausfinden, dass ich keine Lady war. Ich behielt ihn im Mund, als er kam, und ließ dann einen Tropfen über meine Lippen gleiten. Ich wartete, bis sein Körper ruhig wurde, dann setzte ich mich zurück auf die Fersen und leckte mir mit der Zunge über die Unterlippe. Gavin sah mir wortlos zu, aber sein Kiefer spannte sich an.

So hatte ich mich letzte Nacht gefühlt, als er weitergemacht hatte, nachdem ich gekommen war. Ich wollte dieses Gefühl zurückgeben, dieses *Sich-gewollt-Fühlen*, sodass kein Zweifel daran blieb, dass er mich jederzeit und überall haben konnte.

»Lass uns am Wochenende wegfahren«, sagte er. Das hatte ich nicht erwartet. Es war keine Frage, sondern eine Forderung.

»Wohin?« Es gab eine Million Gründe, warum dieses Wochenende keine gute Zeit war, um wegzufahren. Gavin schien mein Zögern zu bemerken. Irgendwie machte das die Stimmung jedoch nicht kaputt.

»Du kannst nicht besser auf die Präsentation vorbereitet sein«, sagte er und streckte mir die Hand entgegen, um mir auf die Füße zu helfen. Er schob seinen Schwanz zurück in die Hose und knöpfte sie zu, seinen Gürtel ließ er auf seinem Schreibtisch liegen. Dann zog er mich an sich, seine Hände auf meinen Hüften. »Du wirst das Wochenende nur damit verbringen, dir Sorgen zu machen. Verbring es stattdessen mit mir.«

»Du denkst, du kannst mich davon ablenken, mir Sorgen zu machen?« Das war eine Herausforderung.

»Ich lasse mir ein Dutzend Arten einfallen, dich abzulenken.« Er drückte mir einen Kuss aufs Ohr, der meinen ganzen Körper zum Beben brachte. »Komm mit mir.«

Ich war machtlos.

Kapitel 16

Die Woche verging quälend langsam. Ich hatte zwei seltsame Begegnungen mit Trevor, der es darauf abgesehen zu haben schien, mich mit Gavin in flagranti zu erwischen. Gavin auf der anderen Seite versicherte mir andauernd, dass niemand im Büro ein Problem mit unserer Beziehung haben würde. Und doch wollte ich es für den Moment vertraulich behandeln. Wir hatten noch nicht einmal miteinander geschlafen. Das ging die Kollegen kaum etwas an. Als endlich Donnerstagabend war, fühlte ich mich wie am Weihnachtsabend. Ich konnte nicht schlafen. Stattdessen brachte ich Jess und Jillian beide auf einen Videochat zusammen, damit sie mir bei der Entscheidung halfen, was ich einpacken sollte. Da ich endlich von meinem Abendessen mit ihm erzählt hatte, hatten sie ihre Einstellung Gavin gegenüber geändert. Es fühlte sich gut an, mein Freundinnen-Team wieder beieinanderzuhaben.

»Brauche ich einen Badeanzug?«, fragte ich sie und studierte die magere Auswahl, mit der ich zurechtkommen musste. Ich hatte die meisten Badeanzüge in Texas, wo ich meine Sommer verbrachte. An der verregneten Nordwestküste brauchte ich nicht oft Schwimmsachen.

»Ja«, sagte Jillian so entschieden. »Es ist besser, ihn dazuhaben, als blankziehen zu müssen.«

»Ich weiß nicht«, sagte Jess. Sie lag wieder in der Hängematte, obwohl es draußen dunkel war. »Gavin findet blank vielleicht inspirierend.«

»Sieh sie dir an«, rief Jillian aus. »Sie könnte einen Jutesack tragen, und er wäre inspiriert.«

»Ich packe den hier ein«, verkündete ich. Gavin war weniger freigiebig mit Einzelheiten gewesen, als mir lieb war. Ich wusste nicht, ob wir die Zeit in einem Hotel, in einem Bed & Breakfast oder in einem Zelt verbringen würden. Ich hoffte wirklich sehr, dass wir nicht in einem Zelt schlafen würden. Das war ein Wochenende, an dem ich gern ein Bett zu meiner Verfügung hätte.

»Wie kommt ihr hin?«, fragte Jess. Der Wind blies ihr eine blonde Strähne über die sommersprossige Nase, und sie pustete sie weg. Sie war die perfekte Werbung für einen Urlaub in Mexiko.

»Fahren? Wo ist Friday Harbor?« Ich hatte nicht wirklich eine Ahnung, wo das war. Da ich unser Ziel erst vor ein paar Stunden herausgefunden hatte, hatte ich mich gleich aufs Packen gestürzt.

»Das ist auf einer Insel in den San Juans«, sagte Jillian trocken.

»Es gibt sicher jede Menge Brücken, die die Inseln verbinden«, sagte ich. Gavin hatte dieses Detail ausgelassen, aber er hatte vermutlich angenommen, dass ich so was nach drei Jahren College hier wusste.

»Das ist eine vierstündige Fahrt mit der Fähre«, informierte Jess mich. Sie hatte am längsten von uns im Pazifischen Nordwesten gelebt. Natürlich wusste sie genau, wo Friday Harbor war.

»Vier Stunden?« Ich war entsetzt. »Werden wir vier Stunden lang in einem Auto festsitzen? Oder auf einem Boot? Denkt er etwa, dass ich so lange darauf warte, dass …«

»Du kannst es durchaus auch auf einem Boot tun«, sagte Jess.

»Du kannst es in einem Auto tun«, sagte Jillian.

»Schreiben wir hier eine Dr.-Seuss-Geschichte, oder helfen wir mir?« Ich war frustriert. Sexuell frustriert. Und sonst auch. Aber vor allem sexuell. »Unser erstes Mal soll nicht in einem Auto oder auf einem Boot stattfinden.«

»Ihr habt's noch nicht getan?«, fragte Jillian mit einem entsetzten Blick, der Jess' Blick spiegelte. Ich hatte kaum Einzelheiten von unserem ersten Date erzählt. Vor allem, weil ich nicht wollte, dass sie mich wegen Sexkram aufregten.

Ich zuckte mit den Schultern, als wäre das keine große Sache. »Wir haben rumgemacht. Wir lassen uns Zeit.«

»Wer bist du, und was hast du mit unserer besten Freundin gemacht?«, fragte Jess.

Ich hörte auf, eine weitere Shorts in meine vollgestopfte Reisetasche packen zu wollen, und sah auf den Telefonscreen. »Ich geh immer zu früh mit einem Kerl ins Bett. Das wisst ihr.«

»Das wissen wir. Wir wussten nicht, dass du das weißt.« Jillian sah ein wenig beeindruckt aus, so als ob ich ihr gesagt hätte, dass ich ein Schweigegelübde abgelegt oder den Ärmelkanal durchschwommen hätte. Angesichts der Tatsache, dass sie mit Liam geschlafen hatte, bevor sie seinen Namen wusste, konnte ich verstehen, warum das so war.

»Gavin ist … anders.« Ich wollte es nicht einmal aussprechen. Ich wollte es nicht zerstören, indem ich darüber redete. Ich hatte mit dem Begriff »Der Eine« um mich geworfen. Ich hatte mit Trevor langfristige Pläne geschmiedet. Ich hatte sogar eine wirklich miese Entscheidung für ein gewisses Tattoo getroffen. Gott sei Dank war es nicht sein Name. Ich hatte so dringend das Original gewollt, dass ich mich mit einer billigen Kopie zufriedengegeben hatte. Und jetzt konnte ich nicht glauben, dass ich die echte Ware hatte.

»Oh, oh«, sagte Jess und setzte sich in der Hängematte auf, wobei sie fast herausfiel und ihre Beine seltsam verknotete, während sie versuchte, aufzustehen und gleichzeitig das Telefon festzuhalten. »Ist das mehr als eine Affäre?«

»Auf gar keinen Fall!« Ich hielt einen Finger hoch. Ja, ich hatte vage angedeutet, dass Gavin Mr. Right war, aber sie würden mich nicht dazu bringen, es auszusprechen. Das zu sagen würde meine Chance, es mit ihm hinzubekommen, wirklich verderben.

»Oh mein Gott!«, quietschte Jillian, dann schlug sie eine Hand vor den Mund und sah über ihre Schulter. Ich nahm an, dass Liam zu dieser Uhrzeit schlief. »Sie verliebt sich in ihn!«

»Ich weiß nicht, warum ihr euch darüber freut. Ich habe einen schrecklichen Männergeschmack.«

Beide vermieden es, in die Kamera ihrer Telefone zu schauen, zur gleichen Zeit. Das war mehr als nur ein wenig verdächtig.

»Raus damit«, forderte ich. Sie heckten etwas aus. Etwas, das hinter meinem Rücken lief. Sie waren ein wenig zu cool, was Gavin betraf, besonders wenn man bedachte, wie besorgt sie gewesen waren, nachdem ich ihnen von unserem Kuss erzählt hatte.

»Ich habe meine Schwester angerufen«, stieß Jess hervor. Sie seufzte tief, als wäre sie erleichtert, weil sie ein so ernstes Geheimnis so lange für sich behalten hatte.

»Sie hat mit ihm zu Abend gegessen. Das macht sie nicht zur Expertin«, sagte ich.

»Sie ist Anwältin«, erklärte Jillian.

»Sie weiß, wie man Menschen liest«, sagte Jess. »Ich glaube, ihre genauen Worte waren: *Cassie hat sich endlich einen echten Mann geschnappt.*«

Jetzt hatte sie es wirklich verhext. Nicht nur fiel es mir schwer, Gavin nicht als *den Einen* anzusehen, meine Freundinnen hatten bereits beschlossen, dass er *der Eine* war. Es würde schwer genug werden für unsere aufkeimende Beziehung, meinen Erwartungen gerecht zu werden. Jetzt hatte ich auch noch ihre an der Backe.

»Und wir haben ihn gegoogelt«, gestand Jillian. Meine Freundinnen hatten ihn mehr gestalkt als ich.

»Habt ihr einen Faktencheck gemacht? Die Akte vom FBI besorgt?« Ich setzte mich aufs Bett und zerknitterte unter mir einen Haufen Klamotten, aber das Chaos, das ich anrichtete, war mir egal. Meine Freundinnen machten mich fix und fertig.

»Wir mögen ihn jetzt sogar noch mehr«, sagte Jess.

»Ihr seid wirklich darauf aus, das Ganze zu verhexen.«

Jillian schüttelte heftig den Kopf. »Mach dir keine Gedanken. Vertrau mir. Manchmal überrascht das Leben dich.«

»Was soll das heißen?« Ich zwickte mir in den Nasenrücken, als meine Schläfen zu pochen begannen. Na toll, jetzt hatte ich Kopfweh von dem ganzen Stress.

»Gute Männer gibt es noch«, sagte sie zu mir. Diesmal lächelte sie, als sie über ihre Schulter zu ihrem eigenen Mr. Right sah. »Du wirst uns in dieser Sache vertrauen müssen.«

»Jillian hat recht«, fügte Jess hinzu, »und glaub uns, wenn wir dir sagen, dass du nichts dagegen tun kannst, wenn der Richtige daherkommt.«

»Ich meine, selbst meine Mutter hat Liam nicht vergrault.« Für Jillian gab es keinen größeren Beweis, dass sie den Richtigen gefunden hatte.

Das alles ergab jede Menge Sinn. Sie hatten ihre wahre Liebe gefunden. Sie hatten dafür gekämpft. Nach meinem letzten Beziehungsdesaster hatten ihre Geschichten mir Hoffnung gegeben. Es war nur so, dass ich endlich akzeptiert hatte, dass der richtige Kerl wohl niemals daherkam. Jetzt musste ich mich der Möglichkeit stellen, dass er das doch getan hatte. »Woher weiß ich es?«

»Du wirst es einfach wissen«, versprach Jess.

Kapitel 17

Ich würde sterben.

Und zwar keinen unerwarteten Tod. Nein, ich rechnete ziemlich fest damit. Ich hatte keine Fragen gestellt, als Gavin mich in seinem Tesla abgeholt hatte. Nach meiner Unterhaltung mit Jess und Jillian am vergangenen Abend hatte ich die Zeiten für die Fähre auf die San Juans nachgesehen. Ich hatte geglaubt, vorbereitet zu sein, deshalb hatte ich mir nichts dabei gedacht, als Gavin losfuhr. Um ehrlich zu sein, kannte ich diese Seite des Pudget Sound nicht so gut. Wenn, dann hätte ich vielleicht bemerkt, dass er nicht in Richtung der Fähre fuhr. Das, und die Tatsache, dass er dem ganzen Büro einen Tag frei gegeben hatte, weil wir uns alle vor der großen Präsentation des Majestic-Projekts ausruhen sollten, hatte dazu geführt, dass ich dachte, dass wir den ganzen Tag fahren würden.

Ich starrte auf das kleine Vierpersonenflugzeug, in das ich steigen sollte. Gavin hatte mein Zögern noch nicht bemerkt. Er hatte unser Gepäck in den Frachtraum geladen und sprach mit jemandem, der auf dem Privatflugplatz arbeitete.

Ich hatte mich nicht bewegt. Ich saß immer noch auf dem Beifahrersitz. Der Motor war aus, und es wurde langsam heiß, aber trotz des drohenden Treibhauseffekts fühlte ich mich hier drin sehr viel sicherer.

An guten Tagen war ich keine begeisterte Fliegerin. Ich musste mir normalerweise ins Gedächtnis rufen, dass man statistisch gesehen eher bei einem Autounfall starb als bei einem Flugzeugabsturz. Ich wusste nicht, wie sehr sich diese Statistik bei einer Cessna änderte, aber ich schätzte, dass die Zahlen sich ein wenig verschoben, wenn das Flugzeug die Größe eines Golfcaddies hatte. Ich dachte darüber nach, ob ich meine Eltern anrufen und ihnen sagen sollte, dass ich sie liebte, als Gavin die Beifahrertür öffnete und sich zu mir herabbeugte.

»Kommst du?«, fragte er.

»Das wollte ich gerade entscheiden«, gab ich zu. Meine Hände lagen noch auf dem Anschnallgurt. Mit dem Entscheidungsprozess war ich noch nicht wirklich weit gekommen.

»Hilft es, wenn du weißt, dass ich seit zwölf Jahren fliege?«

Ich rechnete kurz nach. »Man kann mit vierzehn fliegen? Deine Eltern haben dich das machen lassen? Lieben deine Eltern dich eigentlich gar nicht?«

»Ich habe das mit meinem Dad gelernt. Als er sein erstes Flugzeug kaufte«, fügte er hinzu.

»Also gehört das Flugzeug dir?«

»Meiner Familie.«

Ich starrte es an. Gavin besaß ein verdammtes Flugzeug. Je länger diese Information in meinem Hirn schmorte, desto blöder fühlte ich mich. Natürlich besaß seine Familie ein Flugzeug. Sie waren Fantastilliardäre, was hieß, sie hätten sich wohl auch ein etwas größeres Flugzeug leisten können. Oder wenigstens groß genug, um einen netten Flugbegleiter zu haben, der Wodka servierte.

»Oh, ich schätze, ich hätte erwartet …« Ich schloss den Mund, bevor ich etwas wirklich Dummes sagte.

»Dass wir einen Privatjet haben? Haben wir. Ich nehme ihn nur nicht gern. Dad besteht darauf, dass der von einem Piloten gesteuert wird. Ich ziehe es vor, selbst im Cockpit zu sein.«

Ich wünschte mir wirklich, er hätte diese Vorliebe nicht. In diesem Moment wollte ich einen Piloten und ein Flugzeug, das weniger wie ein Kinderspielzeug aussah.

Gavin streckte mir seine Hand entgegen. »Vertraust du mir?«

Das war eine bedeutungsschwere Frage. Vor einer Stunde hätte ich eindeutig Ja gesagt. Er half mir aus dem Auto und ließ mir Zeit. Als ich draußen war, verflocht er seine Finger mit meinen, und diese einfache Geste – das erste Mal, dass wir Händchen hielten – beruhigte mich. Er führte mich zu der Cessna und erzählte mir dabei von verschiedenen Beinahezusammenstößen und wie er damit umgegangen war.

»Bitte, erzähl mir nicht, dass du fast abgestürzt bist«, sagte ich und nahm seine Hand ein wenig fester.

»Das Wetter heute ist perfekt«, erwiderte er mit sanfter

Stimme. »Es wird ein perfekter Flug, und er wird nicht mal eine Stunde dauern.«

Eine Stunde. Ich wiederholte das wieder und wieder. Eine Stunde lang wurde ich mit allem fertig – außer mit dem Sterben. Gavin half mir, auf den Sitz des Co-Piloten zu klettern, was sich in meinem Sommerkleid als ein wenig schwierig erwies. Als der Wind meinen Rock hochwirbeln wollte, hielt er ihn fest, damit ich bedeckt blieb.

»Das ist nur für meine Augen bestimmt.«

Normalerweise wäre ich bei diesen Worten dahingeschmachtet, hätte die besitzergreifende Bemerkung genossen. Aber jetzt? War ich froh, dass ich mit meiner unangetasteten Würde zusammen sterben würde.

Als ich drinnen war, gab er mir ein paar klobige Kopfhörer, an denen ein Mikro befestigt war. »Du brauchst die hier, wenn wir in der Luft sind. Es wird ansonsten zu laut sein, als dass wir einander verstehen könnten.«

»Da ich den Flug vermutlich schreiend verbringe, könntest du die hier bereuen.« Ich nahm sie entgegen, und mein Magen begann zu rotieren.

»Hier ist eine Rettungsweste.« Er deutete auf eine Tasche an meinem Gurt, als er mir half, ihn anzulegen. »Aber du wirst sie nicht brauchen.«

»Ich habe nie verstanden, warum man die ganze Scheiße gesagt kriegt«, sagte ich nervös. »Bevor du abhebst … dass man dir sagt, was du mit der Maske und der Rettungsweste machen sollst und wie man zu dem verfickten Ausgang kommt. Wir würden doch sowieso alle bloß beten und jaulen, wenn die Scheißkiste runterkracht.«

Gavin machte mit offenem Mund einen Schritt zurück, und ich begriff, was ich getan hatte. Dabei hatte ich geglaubt, ich hätte meinen Seemannsmund im Griff.

»Tut mir leid«, sagte ich verlegen. »Ich hab das wieder gemacht mit dem Fluchen, oder? Was habe ich gesagt?«

»Ich denke nicht, dass ich das wiederholen könnte, ohne rot zu werden«, sagte er mit einem Kichern. Er strich mir eine Haarsträhne hinters Ohr und küsste mich auf die Stirn. »Alles wird gut. Vertrau mir.«

Eine Sekunde lang beruhigte mich das. Dann fiel mir wieder ein, dass mein Problem nicht mit Gavins zwölfjähriger Flugerfahrung zusammenhing. Es ging um die Cessna. Das Flugzeug machte sich nichts aus mir. Dem Flugzeug konnte ich nicht vertrauen. Ich behielt diese Gedanken für mich, damit ich keinen weiteren unflätigen Verbaldurchfall von mir geben konnte.

Ich schloss die Augen und konzentrierte mich auf alles, was Gavin darüber gesagt hatte, dass es sicher wäre. Nichts half. Ich versuchte, mir mich an meinem Lieblingsort vorzustellen – ein weißer Strand mit Palmen. Aber ich sah nur ein brennendes Wrack im Sand. Als der Motor ansprang, sprang ich beinahe von meinem Sitz, war aber leider fest angeschnallt. Die Propeller erwachten sirrend zum Leben, und Gavins Stimme drang mir an die Ohren. »Sound One erbittet Flugbahn.«

Sound One? Später, wenn ich nicht mehr kurz davor war, mich zu übergeben, musste ich ihn fragen, ob es eine Sound Two gab. Obwohl, ich wollte ihn nicht auf die Idee bringen, dass ich darin mal fliegen wollte. Ich wollte niemals mehr in diesem Ding sitzen. Wo immer die San Juan Inseln waren, ich hoffte, dass sie toll wären, denn ich würde dort für immer wohnen. Er hatte mich einmal hierzu überredet. Beim nächsten Mal müsste man mich unter Drogen setzen.

»Sound One, bereit zum Start.«

Wir rollten los und gewannen nach und nach an Geschwindigkeit. Ich spürte es tief in meinem Magen, aber ich hielt die Augen fest geschlossen. Bisher war es so ziemlich wie jeder andere Flug, nur dass ich hier spürte, dass die Luft um mich herumströmte. Es gab nicht viel, das mich vom Draußen trennte, und als die Räder vom Boden abhoben, begriff ich die Ausmaße dieser Kamikaze-Aktion.

»Wie geht es dir?« Gavins Stimme erfüllte die Kopfhörer.

»Was passiert, wenn ich das Cockpit vollkotze?« Die Frage hätte mir vielleicht vor dem Abheben einfallen sollen.

»Auf dem Boden sollten Tüten sein.«

Ich riskierte nicht, mich vornüberzubeugen und sie zu suchen. Der Gurt lag eng an, und ich wollte keinen Druck auf meinen ohnehin flauen Magen ausüben. Ich begann stattdessen zu zählen. »Wenn du raussiehst, erkennst du die Inseln.«

Ich öffnete ein Auge, gefolgt vom andern, und wagte es, aus dem Fenster zu blicken. Da war nichts außer blauem Wasser, das von Linien schraffiert war. Wellen, begriff ich. In der Ferne konnte ich Land erkennen. Ich stellte mir vor, dass ich immer noch den Rest von Washington sehen könnte, wenn ich mich umdrehte. Aber obwohl es wunderschön war, vollführte mein Magen einen Sturzflug, als ich aufs offene Meer hinabsah. Einer der Vorteile bei den Flügen zwischen Washington und Texas war der, dass normalerweise Land unter einem war. Nicht dass ich über dem abstürzen wollte ...

Gavin warnte mich, als wir über dem Flughafen von Friday Harbor zu kreisen begannen. »Das hier wird ein wenig rau. Ist es immer.«

Gott sei Dank war er nicht Krankenpfleger oder Arzt geworden. Er war nämlich nicht wirklich ein geschickter Tröster. Und doch wusste ich die Warnung zu schätzen. Ich war auf jeden Fall ziemlich begeistert, festen Boden zu sehen.

Das Flugzeug sank rasch, sehr viel schneller, als ich es gewöhnt war. Als das Fahrwerk ausklappte, schloss ich wieder die Augen und wappnete mich. Wir kamen ziemlich hart auf dem Rollfeld auf und bremsten dann mit einem Zischen. Als wir endlich zum Stehen kamen, brachte ich es nicht über mich, die Augen aufzumachen. Endlich öffnete sich meine Tür, und Gavin löste meinen Gurt. Ich fiel ihm praktisch in die Arme. Dann schob ich ihn zur Seite, stolperte ein paar Schritte von ihm weg und kotzte auf den Asphalt. Ich versuchte, ihn mit einer Geste wegzuscheuchen, aber Gavin war sofort an meiner Seite und hielt mir das Haar aus dem Gesicht. Er rieb mir in kleinen Kreisen über den Rücken, während ich noch ein paarmal trocken würgte.

»Es tut mir leid«, sagte er. »Ich dachte, du wärst nur nervös. Ich verspreche dir, wir suchen uns einen anderen Weg nach Hause.«

Ich richtete mich auf und zwang mich zu einem kleinen Lächeln. Ich war dankbar, als er mir ein Taschentuch reichte, damit ich mir den Mund abwischen konnte.

»Wir können entweder mein Motorrad zum Haus hoch nehmen«, sagte er und ruderte rasch zurück, als er sah, wie ich bei diesem Vorschlag blass wurde. »Oder wir können in die Stadt laufen. Kann ich was tun, damit es dir wieder besser geht?«

»Außer mich einfach sterben lassen?« Das war nur halb ein Scherz. »Vielleicht ein Milchshake und keine weiteren motorisierten Fahrzeuge zu Land oder auf dem Wasser.«

»Ein Milchshake?«, wiederholte er, als ob er erwartete, dass ich nun gleich irgendeinen Internet-Bullshit von mir geben würde, wieso Milch den Magen beruhigte.

»Ich schätze, dass es immer noch eine Fünfzig-Prozent-Chance gibt, dass ich mich übergebe, da kann ich genauso gut mein absolutes Lieblingsgetränk haben«, erklärte ich.

Er ließ sich auf diese Logik ein. »Abgemacht.«

Gavin ließ mich nichts tragen außer meiner Handtasche. Ich war froh, dass ich für das Wochenende wenig eingepackt hatte, da ich darauf gehofft hatte, es zum größten Teil nackt zu verbringen. Er sah ein wenig wie ein Packesel aus mit seiner und meiner Tasche, die er sich über die Schulter geworfen hatte, aber er beschwerte sich nicht. Das Zentrum von Friday Harbor war nur eine Meile entfernt. Wir gingen langsam, damit mein Magen Frieden schließen konnte damit, dass ich endlich wieder auf meinen eigenen Füßen stand.

»Ich habe nicht erwartet, dass du so schlecht mit dem

Fliegen zurechtkommst«, sagte er und fühlte sich sichtlich schuldig.

»Wahrscheinlich brauche ich nur eine Pille dafür oder so was.« Ich sagte nicht, dass ich nicht glaubte, das Fliegen jemals gut zu verkraften. Mir gefiel es gar nicht, dass ich mein Frühstück von mir gab bei etwas, das er liebte.

»Es gibt andere Möglichkeiten herzukommen. Das war nur die schnellste.«

»Schnell ist nicht immer besser«, sagte ich und ließ es absichtlich ein wenig zweideutig klingen. Nachdem die Gefahr gebannt war, dass ich ihn vollkotzte, fing ich an, mir Gedanken über meine Pläne für dieses Wochenende zu machen. Gavin war der einzige Punkt auf meiner To-do-Liste.

Friday Harbor war eine bezaubernde Ansammlung von einheimischen Restaurants und Läden, die alle Gemeindemitgliedern gehörten. Soweit ich das sah, gab es keine Ketten oder großen Läden. Es gab nicht einmal Sound Coffee. Die verschiedenen Etablissements waren bunt gestrichen und leuchteten vor dem blauen Hintergrund, den der Hafen lieferte. Der Tempowechsel zu Seattle war erfrischend.

Ich hatte fragen wollen, ob er schon hier gewesen war, aber während des Flugs war mir zu übel gewesen. Als ich durch die Stadt lief, begriff ich, dass er hier bekannt war wie ein bunter Hund. An jeder Ecke und in jeder Straße winkte ihm jemand zu oder blieb stehen, um mit ihm zu reden. Sie kannten seinen Namen. Sie fühlten sich wohl in seiner Gegenwart. Es war offensichtlich, dass er oft herkam. Als er mich zum dritten Mal einem Fremden vorstellte, dämmerte mir, dass er mich nicht einfach zu einem Wochenende eingeladen hatte, sondern dass er mich an einen Ort eingeladen hatte, der für ihn große Bedeutung hatte. Diese Erkenntnis merkte ich mir, um später eingehend darüber nachzudenken.

Seine Ortskenntnis war zu meinem Vorteil, denn er wusste ganz genau, wo der Eissalon war. Die Friday Harbor Ice Cream Company war ein ortsansässiger Laden, wie alles hier, und da es Hochsommer war, gab es eine Schlange. Das war in Ordnung, denn es gab zweiundsiebzig Sorten, zwischen denen man wählen konnte. Am Ende entschied ich mich für einen Klassiker: Schokolade und Erdbeere. Gavin sah nervös zu, wie ich den ersten Schluck nahm, vermutlich machte er sich Gedanken, dass es mir gleich wieder hochkam. Aber ich stöhnte vor Wonne. Es war ein verrückter Sommer, und ich hatte mir zu wenig Zeit für Milchshakes genommen.

»Du machst mich noch eifersüchtig«, sagte er.

Ich streckte ihm das Glas entgegen. »Du kannst probieren, wenn du möchtest.«

»Ich bin nicht eifersüchtig, dass du einen Milchshake hast. Ich bin eifersüchtig, dass er dich zum Stöhnen bringt.«

»Manche Mädchen wissen, was ihnen gefällt.« Ich biss auf den Strohhalm und versuchte mich davon abzuhalten, ihn an Ort und Stelle anzuspringen.

Gavin schluckte schwer, so als ginge es ihm genauso. Sein Blick verharrte auf meinem Mund, und er räusperte sich. »Möchtest du das Haus der Familie sehen?«

»Führ mich hin.« Ich hatte nicht gewusst, wo wir schlafen würden. Wie man ihm hier begegnete, war ich nicht überrascht zu hören, dass er in dem Ort ein Haus hatte.

Wir schafften es kaum ein paar Meter, als die Tür eines Restaurants aufflog und ein Mann mit Schürze auf uns zugerannt kam. »Gavin!«

»Thomas, schön dich zu sehen.« Die Männer schüttelten einander die Hände, bevor Thomas ihn umarmte. Der andere Mann war wenigstens zwanzig Jahre älter als Gavin. Ich hatte das leichte Humpeln bemerkt, als er zu uns herausgekommen war. Gavin trat zur Seite und lächelte mich breit an. »Lass mich dir meine Freundin vorstellen, das ist Cassie.«

Ich war vorübergehend sprachlos. Ich suchte nach Worten und ergriff Thomas' ausgestreckte Hand. Ich schaffte ein »Hi«.

Den beiden schien nicht aufzufallen, dass ich nicht sprechen konnte, denn sie begannen zu plaudern.

Also war ich mit Gavin in den Ferien. Wir hatten ein paarmal herumgemacht. Meine Wochenendpläne drehten sich darum, so oft wie möglich Sex mit ihm zu haben. Bis zu diesem Augenblick war ich jedoch nicht sicher, ob ich seine Freundin war. Doch mir gefiel der Klang des Wortes.

»Er ist ein guter Mann«, sagte Thomas zu mir und nahm meine Hand in seine beiden, als wollte er mir das regelrecht einprägen. »Ihr beide müsst heute Abend zum Essen kommen. Geht auf mich. Das ist das Mindeste, was ich tun kann.«

Wir versicherten ihm, dass wir kommen würden. Ich überflog die handgemalte Tageskarte des Restaurants, über dessen Tür in altmodischen Buchstaben The Weekend Café stand. Mit ein wenig Glück würde ich am Abend wirklich hungrig sein.

»Er mag dich«, sagte ich zu Gavin, als wir den Hügel hinauf und weg von der Innenstadt gingen. Es war bezaubernd, und endlich hatte ich ihn für mich. »Ich kenne ihn schon mein ganzes Leben. Wir sind in sein Restaurant gegangen, seit meine Eltern hier das Haus gekauft haben.«

»Warum schuldet er dir etwas?« Ich konnte mir die Frage nicht verkneifen. Es war deutlich, dass die beiden alte Freunde waren, trotz des Altersunterschieds. Thomas schien Gavin dankbar zu sein, und ich wollte wissen, warum.

»Ein schlimmer Sturm im letzten Jahr. Das Restaurant war beschädigt, und ich habe ihm ausgeholfen.« Gavin sagte das, als wäre es keine große Sache. Das ließ mich vermuten, dass mehr an der Geschichte dran war, aber ich drängte ihn nicht. Er hatte gesagt, er wollte sich einen Namen machen, und es war ziemlich offensichtlich, dass er außerdem die Welt zu einem besseren Ort machen wollte.

Friday Harbor war hügeliger, als ich erwartet hatte, und ich bedauerte fast, dass wir nicht das Motorrad genommen hatten, als Gavin endlich stehen blieb und sagte: »Home sweet home.«

Das Haus war absolut nicht so, wie ich es erwartet hatte. Die Familie Sound steckte voller Überraschungen. So wie wir die Cessna statt eines Privatjets genommen hatten. Das hier sah wie ein Familienhaus aus, nicht wie das Ferienhaus eines der erfolgreichsten Geschäftsmänner der Welt. Ja, es stand auf der Seite des Hügels, von der aus man das wundervolle Meer von Friday Harbor überblickte. Ich konnte seinen Wert nur erahnen. Als wir näher kamen, erkannte ich, dass es kein einfaches Haus war.

»Ist das *ein* Haus?«, fragte ich, als ich ihm den gepflasterten Pfad hinauf folgte.

»Es war ein Haus«, erklärte er und blieb stehen, um einen Schlüssel unter einem Stein hervorzuholen. Das hier war wirklich eine ganz andere Welt, wenn sie ihre Hausschlüssel einfach unter einem Stein liegen ließen. Falls aber der Rest von Gavins Familie bei den Bewohnern der Stadt genauso beliebt war wie er, war das Haus vermutlich sicher, während sie nicht hier waren. »Meine Eltern haben diesen Teil vor zwanzig Jahren gekauft, als Sound Coffee wirklich abgehoben hat. Über die Jahre hinweg haben sie angebaut. Ich glaube, der eine Flügel kam dazu, als wir Kinder waren, und der andere, als wir noch Teenager waren. Zuerst brauchten sie mal eine Pause von uns. Dann mussten sie uns auseinanderhalten. Imogen und ich haben immer gestritten.«

»Was du nicht sagst«, bemerkte ich trocken. Ich war Zeugin ihrer gutmütigen Geschwisterzwistigkeiten geworden. Ich fand das reizend, aber ich konnte mir vorstellen, warum seine Eltern eine Pause wollten, wenn sie im Urlaub waren.

Er schloss mit einem Grinsen die Tür auf, und sie schwang knarzend auf. Das war kein nobles Ferienhaus. Es war das Herz und die Seele der Familie, die hart arbeitete und einen ruhigen Ort für sich gefunden hatte. Wir betraten ein großes Wohnzimmer, das in eine große Küche im Landhausstil überging. Eine Kochinsel, von Barstühlen umgeben, war das Herzstück. Ich konnte förmlich sehen, wie Gavin und Imogen dort saßen, während ihre Mutter kochte. Der Boden war aus warmen Eichendielen, die zu der Holzverkleidung und dem Gebälk über uns passten, und die Wände waren in dunklem Grün gestrichen. Es gab keine schicken Gemälde an den Wänden. Stattdessen hingen Dutzende Familienfotos dort.

Ein Kloß bildete sich in meinem Hals. Er hatte mich hergebracht. Er hatte beschlossen, das hier mit mir zu teilen.

»Es ist perfekt«, sagte ich sehr leise.

Gavin sah erfreut aus, aber er ging nicht von der Tür weg. Er trug immer noch unsere beiden Taschen, und jetzt wirkte er unentschieden.

»Ich bin normalerweise da drüben.« Er nickte zu einem der angrenzenden Gebäude. »Aber ich kann dir Imogens Teil zeigen. Oder das Gästezimmer dort.«

»Zeig mir dein Zimmer«, sagte ich und setzte der Gentleman-Charade ein Ende.

Wir traten durch Glastüren auf eine Brücke, die Gavins Teil des Anwesens mit dem Haupthaus verband. Sie war von beiden Seiten von grünen Douglasien umgeben. Es war ein wenig, als würde man durch einen Wald laufen. Es musste schwierig gewesen sein, das hier dem Grundstück hinzuzufügen, da es an der Hügelflanke stand, aber der Effekt war beinahe schon magisch. Es war, als würde man ein Waldschloss oder ein fantastisches Baumhaus betreten.

Gavin zeigte mir sein Quartier und stellte unsere Taschen drinnen ab. Er stand da und schob die Hände in die Taschen. »Das ist es. Kann ich dir etwas anbieten?«

»Danke, mir geht's gut«, sagte ich scheu, so kannte ich mich gar nicht.

Ich sah mich im Zimmer um. Es gab einen kleinen Balkon, von dem aus man über das Wasser sehen konnte. Nicht die Hafenseite, sondern die ruhige, freie Meeresoberfläche. Die Aussicht war atemberaubend. Das Zimmer war spartanisch eingerichtet, bis auf ein paar Bücherstapel und einige Bücherregale. Es gab keinen Fernseher.

Und mitten im Raum stand mein Lieblingsmöbel: Das größte Bett, das ich je gesehen hatte.

»Das Bad ist dort, falls du dich frisch machen möchtest«, sagte er.

Das war vermutlich eine gute Idee, nachdem ich mich aufs Rollfeld übergeben hatte. Ich nahm meine Tasche und ging mit einem verlegenen Grinsen hinein. Dort durchwühlte ich meine Tasche nach meiner Zahnbürste und putzte mir die Zähne drei Mal, nur um ganz sicherzugehen. Dabei wanderte ich durchs Bad. Es war vermutlich so groß wie sein Schlafzimmer. Es schien, als hätte er beschlossen, sich hier auszubreiten. In der Stadt war Platz heiß begehrt. Hier konnte er sich den Freiraum nehmen. Hinter dem Doppelwaschbecken war eine große begehbare Dusche mit vier Regenwasserduschköpfen. Was mir aber wirklich ins Auge fiel, war die große Badewanne mit Whirlpool in der Ecke. Sie war umgeben von übergroßen Fenstern, die über die Baumwipfel blickten. Jillians Wohnung hatte keine Badewanne. Vielleicht musste ich noch etwas auf die Liste fürs Wochenende setzen.

Als ich mit dem letzten Zähneputzen durch war, trat ich zurück und musterte mich im Spiegel. Mein dunkles Haar fiel über meine Schultern, immer noch sauber dank Gavins Eingreifen auf dem Flugplatz. Da ich mich für den natürlichen Look entschieden hatte, brauchte ich mein Make-up nicht aufzufrischen. Ich sah gar nicht so übel aus. Ich dachte darüber nach, meine Tasche nach dem einzigen Nachthemd, einem Hauch von Nichts, zu durchwühlen, das ich mitgebracht hatte. Ich war nicht sicher gewesen, ob wir schon beim Dessous-Status angelangt waren, also hatte ich beschlossen, es einfach zu halten, und hatte das Nachthemd eingepackt. Wäre es vermessen, in so etwas wieder zu ihm zu gehen? Aber wir waren hier, in großer Nähe zu einem sehr leeren Bett, und ich war so bereit, wie eine Frau nur sein konnte. Ich fand das Nachthemd und zog es an. Nach einem kurzen Blick in den Spiegel beschloss ich, dass es nicht taugte. Es sah aus, als wäre ich bereit, ins Bett zu gehen. Und nicht auf die Art, auf die ich hoffte. Nope, ich brauchte etwas, das schrie: Nimm mich jetzt. Vielleicht sollte ich einfach selbst schreien. Ich zog es über den Kopf und ließ es auf meine Tasche fallen. Als ich mein Spiegelbild sah, begriff ich, dass ich absolut nichts brauchen würde, wenn ich eine deutliche Botschaft senden wollte. Sogar trotz des Sommers mit zu wenig Fitnesstraining sah ich nicht übel aus. Und man würde nicht missverstehen können, was ich wollte, wenn ich nackt durch diese Tür trat. Ich liebte es, wie Gavin sich darum bemühte, dass wir auf der gleichen Wellenlänge waren, aber ich war bereit, ihm die Kontrolle zu überlassen – über meinen Körper und mein Herz.

»Jetzt oder nie, Cassie«, sagte ich mit fester Stimme. Ich straffte die Schultern und marschierte auf die Tür zu, ging hindurch und machte eine kleine Verbeugung – vor einem leeren Zimmer. Das war mal ein ziemlicher Schlag ins Wasser. Gavin war nirgends zu sehen. Zweifellos war er unterwegs, um in einem anderen Teil des Hauses nach dem Rechten zu sehen. Oder er wollte etwas holen. Es war nicht direkt ein Schlag für mein Ego, aber es war der Bruchteil einer Sekunde, den es brauchte, damit ich völlig verlegen wurde angesichts meiner *völligen Nacktheit.*

Ich war nackt und allein und bereute meine Entscheidung wirklich. Ich wollte gerade zurück ins Badezimmer gehen und meine Kleider anziehen, als Gavin mit zwei Flaschen Wasser ins Schlafzimmer kam. Er erstarrte, als er mich erblickte.

»Wo ist ein Feigenblatt, wenn man mal eins braucht?«, sagte ich kaum hörbar. Instinktiv versuchte ich, meinen Arm um meinen Oberkörper zu schlingen, aber ich konnte mich nicht entscheiden, welchen Teil von mir ich dringender bedecken wollte. Meine Doppel-Ds wehrten sich und quollen über meinen Arm, und ich konnte meine Muschi fast verbergen, indem ich die Beine ein wenig überkreuzte. »Es tut mir so leid.«

Das war alles, was mir einfiel. Das war vermutlich das erste Mal in der Menschheitsgeschichte, dass eine Frau sich bei einem Mann dafür entschuldigte, nackt zu sein.

»Entschuldige dich nicht … und geh nicht«, fügte er rasch hinzu, als ich rückwärts ins Bad gehen wollte.

»Ich sollte mir was anziehen.«

»Tu das nicht.« Er stellte die Wasserflaschen auf den Nachttisch und kam auf mich zu. Ich hatte den Versuch aufgegeben, meinen Körper bedecken zu wollen, und verbarg stattdessen mein Gesicht, als könnte er mich nicht sehen, wenn ich ihn nicht sah. Gavin nahm meine Handgelenke und zog meine Hände von meinem Gesicht weg. »Gott, du bist wunderschön. Du solltest dich schämen.«

»Ich fühl mich ein bisschen bloßgestellt«, flüsterte ich. Das ganze Selbstbewusstsein, das ich beim Herausgehen gehabt hatte, war verpufft.

Er ließ die Hände sinken und trat einen Schritt zurück. Mit einer fließenden Bewegung zog er sich das Shirt über den Kopf. »Dann erlaube mir gleichzuziehen.«

Ich hatte bereits ein paar ziemlich beeindruckende Körperteile von Gavin gesehen, aber mit dem Waschbrettbauch vor mir vergaß ich beinahe, dass ich nackt war.

»Besser?«

»Sehr viel besser.« Ich konnte meinen Blick nicht von ihm lösen. Würde meine Zunge vibrieren, wenn ich über dieses Sixpack leckte?

Er streckte die Hände aus und begann, seine Jeans aufzuknöpfen. »Die auch noch?«

Ich brachte nur ein Nicken zustande. Allem Anschein nach reichte das, denn sie rutschte zu Boden. Ich hatte bereits gesehen, was in seinen Boxershorts steckte, aber als seine Beine jetzt so zur Schau gestellt waren, begriff ich, dass er viel Zeit im Fitnessstudio verbrachte. Ich hätte wissen müssen, dass sie so stark waren wie der Rest von ihm, immerhin hatte er mich an die Wand gedrückt. Er schnalzte mit der Zunge und lenkte so meine Aufmerksamkeit auf sein Gesicht. »Dein Blick scheint auf Wanderschaft zu gehen.«

»Hey, du kannst einem Mädchen nicht vorwerfen, dass es hinsieht.« Ich wollte schreien: *Zeig mir deinen Penis*, als auch schon seine Boxershorts zu Boden gingen und das gesamte Gavinpaket enthüllten.

Er war wirklich *der Eine*.

»Mir gefällt dieser Nudistenlifestyle irgendwie.« Er schritt durch den Raum und präsentierte dabei seinen muskulösen, schlanken Körper. »Werden wir das das ganze Wochenende über machen? Ich bin nicht sicher, wie das im Restaurant ankommt. Ich wünschte, ich hätte gewusst, dass du auf so was stehst, dann hätte ich im Ort Bescheid gesagt.«

Ich begann zu lachen, irgendwie schaffte er es, dass sich das Ganze witzig anfühlte. So was würde nur ein Freund für einen tun. Und natürlich war er der Freund, den ich vögeln wollte. Beim Klang meines Lachens hellte sich seine Miene auf, und bevor ich wusste, wie mir geschah, nahm er mich in die Arme und riss mich von den Füßen. Gavin trug mich zum Bett und legte mich darauf. Er ließ sich neben mich fallen und strich mit dem Finger langsam von meinem Schlüsselbein bis zu meinem Bauchnabel hinab. Seine Berührung knisterte förmlich auf meiner Haut.

»Ich kann mich nicht entscheiden, wo ich mit dir anfangen will. Lange und langsam? Schnell und hart?« Seine Hand kreiste zurück und wanderte zu meiner Brust, wo sein Daumen begann, meinen Nippel zu streicheln. Er wurde hart unter seiner Berührung, und ich biss mir auf die Lippen, als neue Gefühle meinen Körper überfluteten.

»Ein Teil von mir kann keine Sekunde länger warten, in dir zu sein«, sagte er. »Der Rest von mir möchte sehen, auf wie viele Arten ich dich davor zum Kommen bringen kann.«

Ich kam praktisch schon bei diesen Worten.

»Möglichkeit drei«, keuchte ich. Er zog sich zurück, und seine Augenbraue hob sich fragend. »Alles davon.«

Langsam breitete sich ein selbstzufriedenes Grinsen auf seinem schönen Gesicht aus, bevor sein Mund die Tätigkeit seines Daumens ablöste. Ich spürte die nasse Hitze seiner Zunge, als er mit ihr über meinen Nippel strich, dann drum herumkreiste, bevor er ihn in den Mund nahm und daran saugte. Mein Kopf sank in die Kissen zurück, und ich krallte mich darin fest, weil ich Halt brauchte. Gavin nahm das als Einladung fortzufahren. Sein Mund bewegte sich zu meiner anderen Brust und wiederholte das Küssen und Kreisen, bis beide Brüste empfindlich und prall waren. Dann setzte er eine Reihe Küsse bis zu meinem Bauchnabel hinab.

Ich beschloss, dass ich doch kein Essen brauchen würde. Ich könnte von dem hier allein leben – mich daran laben, wie er mich berührte.

Eine Hand schob sich zwischen meine Beine und drängte sie auseinander, und ich spürte, wie sein Finger über mein

Geschlecht strich. Ich zog mir das Kissen über den Kopf aus Angst, dass ich schreien würde, als er in mich eindrang und sich sanft in mir bewegte. Aber Gavin hatte eine Hand frei und zog mir damit das Kissen weg.

»Wir sind hier alleine. Ich möchte dich hören«, sagte er mit belegter Stimme, die wenig Zweifel an der Ehrlichkeit seiner Worte ließ. Er fuhr mit seinem sanften Ansturm fort, bis ich schwer atmete und fast so weit war. Er schien zu spüren, dass ich kurz davor war, und er senkte seine Lippen zu meinem Ohr und flüsterte: »In der Schublade ist ein Kondom.«

»Bringst du viele Mädchen her?«, fragte ich durch zusammengebissene Zähne und wand meine Hüften an seiner Hand. Eine Welle der Eifersucht schwappte über mich hinweg, die mich dazu brachte, ihn nur noch mehr zu wollen.

Er stieß ein barsches Lachen aus, bei dem sich mir der Magen zusammenzog. »Wir werden Glück haben, wenn sie nicht abgelaufen sind.«

Ich zog die Schublade auf und kramte darin herum, wobei ich meinen Körper kaum unter Kontrolle hatte. Gavin half nicht gerade, da er mich weiter auf den Höhepunkt zusteuerte. Als meine Finger sich um die Verpackung schlossen, nahm ich sie und sah auf das Datum. Ich fand ein Kondom, das nicht abgelaufen war, genau in dem Moment, in dem sein Daumen meine Klitoris fand. Ich zuckte bei der Berührung zusammen und kam mit einem kehligen Schrei.

Gavin nahm mich mit der anderen Hand um die Taille und hielt mich aufrecht. Es dauerte eine Sekunde, bis ich zu zittern aufhörte, dann griff ich nach dem Kondom, das ich fallen gelassen hatte. Das war mehr als genug Vorspiel. Ich riss es auf. Dann schob ich es mit einem Lächeln zwischen meine Lippen, achtete darauf, es nicht mit den Zähnen zu erwischen, und dann senkte ich meinen Kopf über seinen Schoß.

Das war ein Collegetrick, aber es war dennoch ein Publikumshit.

»Heilige Scheiße«, zischte er zwischen zusammengebissenen Zähnen. Er warf mich auf den Rücken und hielt sich über mir. Er schien es sich anders zu überlegen, setzte sich auf und lehnte sich gegen das Kopfteil. »Komm her, Baby.«

Darum musste er mich nicht zweimal bitten. Doch da ich ihn ganz gesehen hatte, wusste ich, dass ich mich an ihn würde gewöhnen müssen. Er blieb sitzen, legte einen Arm um meine Taille, als ich meine Beine um ihn schlang, und dann führte er mich auf seinen Schwanz. Unsere Blicke begegneten einander, als wir diesen Moment miteinander teilten. Es war unfassbar heiß und zweifellos intim. Als er endlich bis zur Wurzel in mir steckte, stöhnte ich vor aufgestautem Verlangen, das ich seit dem Augenblick zurückhielt, in dem wir uns begegnet waren.

Er begann sich zu bewegen, ohne alle Dringlichkeit, wir fanden unseren Rhythmus zusammen – ein langsames, stetiges Wiegen. Mein Kopf sank zurück, und ich schloss die Augen, als ich ihn ganz auskostete. Bald jedoch nahm die Natur ihren Lauf, und ich spürte, wie sich die Erwartung in meinem Körper aufbaute. Sie zerrte an meiner Haut, die sich zu eng anfühlte, um all das zu umschließen, was ich fühlte. Ich stieß gegen ihn, wollte mehr Berührung, wollte mehr von ihm, und er kam meinen Stößen entgegen. Als ich die Wellen meines Orgasmus spürte, packte er mein Kinn und senkte es herab, während er raunte: »Öffne die Augen, Baby. Ich will dich sehen.«

Ich öffnete die Augen und fühlte mich verletzlich und sicher zugleich, und ich begegnete seinem sengenden Blick. Dann kam der nächste Stoß, und ich fiel über den Rand, sicher in seinen Armen. Ich ritt meinen Orgasmus zu Ende, als sein Körper sich anspannte. Er stöhnte und senkte seinen Mund auf meinen, als wir gemeinsam kamen.

Wir sprachen nicht, als wir aufeinandersanken, verschwitzt und bebend. Gavin rollte mich auf die Seite und hielt mich an seinem Körper fest, hielt mich fest, als wir uns in dem sanften Nachglühen des Orgasmus sonnten.

Ich zählte seine Atemzüge mit den Schlägen meines Herzens.

Kapitel 18

Ich erinnerte mich nicht daran, eingeschlafen zu sein. Ich erwachte von Gavins sanftem Schnarchen hinter mir. Draußen war es dämmrig, viel zu früh, um wirklich zu schlafen. Also verharrte ich noch einen Moment in seiner Umarmung, bevor ich merkte, dass ich wirklich dringend ins Bad musste. Ich wand mich unter seinem Arm hervor, der echt schwer war.

Das Mädchen im Spiegel glühte und hatte rosige Wangen. Mein dunkles Haar war wirr und zerzaust, ein Stil, den ich mit keinem Stylingmittel der Welt nachahmen konnte. Das war ein Look, den nur Sex hinbekam.

»Wie nett, dich hier zu treffen«, sagte ich zu mir selbst. Es war lange her, seit dieses Gesicht mich angesehen hatte. Zu lange und irgendwie auch genau lange genug.

Auf Zehenspitzen schlich ich aus dem Bad und fand Gavins T-Shirt auf dem Boden. Es reichte gerade über meinen Hintern, und da ich nicht wirklich wusste, wie nah die Nachbarhäuser waren, war es wohl besser, mich zu bedecken, bevor ich mich umsah. Ich brauchte ein Glas Wasser und einen Augenblick für mich allein, um jedes Detail dessen, was gerade geschehen war, in mein Gedächtnis einzubrennen. Ich griff mir eine der Wasserflaschen vom Nachttisch und stahl mich aus dem Schlafzimmer. In der Küche fand ich ein Glas und füllte es mit Eis, bevor ich das nun lauwarme Wasser eingoss, dann wanderte ich im Haus herum.

Vor dem Wohnzimmer lag eine große Veranda, und ein weiterer gepflasterter Weg führte in die Richtung von Gavins Zimmer. Ich schlenderte darüber, und die rosigen Farben des Abendlichts über San Juan Island – einer der schönsten Orte, an dem ich je einen Sonnenuntergang gesehen hatte – bannten mich. Der Pfad führte in einen kleinen Garten, der direkt unter dem Balkon von Gavins Schlafzimmer lag. Um das Blattwerk hatte sich seit einer Weile niemand gekümmert, und es sah schön aus, so wild und nicht gestutzt. Wildblumen wuchsen unbekümmert, ob sie nun gewollt waren oder nicht, und es gab eine kleine Sitzecke mit zwei Adirondack Stühlen, ich setzte mich und sah zu, wie die Sonne über dem Wasser abstieg.

Das hier war der schönste Ort auf der Welt. Ruhig und üppig und wunderbar bunt. Meine Schwärmerei mochte etwas mit meiner Begleitung zu tun haben. Mich hatte es wirklich schlimm erwischt, wenn ich poetisch wurde. Ich erinnerte mich daran, wie seine Lippen sich auf meinem Körper anfühlten, wie seine Hand sich zwischen meinen Beinen bewegte, wie wir gemeinsam die Glückseligkeit gefunden hatten. Die Verbindung war nicht zu leugnen, und ich hatte es auch in seinen Augen sehen können.

Warum hatte ich jemals geglaubt, verliebt zu sein? Der Gedanke schoss durch mich hindurch. Denn wenn ich damals noch nicht verliebt gewesen war, konnte ich dann jetzt verliebt sein? Das schien nicht möglich. Es schien nicht rational. Aber es vor mir selbst zuzugeben fühlte sich richtig an. Ein tiefer Frieden senkte sich auf mich, und ich wusste es einfach.

Ich liebte Gavin North. Ich liebte ihn jenseits aller Vernunft und ohne Erwartungen. Ich hätte Angst haben sollen – ihn zu verlieren, zu schnell zu machen –, aber ich hatte keine Angst.

Es war genau richtig.

Türen schwangen über mir auf, und Gavin trat auf den Balkon. »Da bist du«, rief er zu mir herunter. »Ich dachte, du hättest endlich von mir bekommen, was du wolltest, und wärst abgehauen.«

»Du denkst, das ist alles, weswegen ich hier bin?« Falls ja, würde er sich noch wundern. Wie viele Stellungen hatte das Kamasutra? Wir mussten vermutlich auf Schlaf verzichten, wenn wir mich befriedigen wollten.

»Hast du Hunger?«

Ich erinnerte mich, dass wir versprochen hatten, ins Restaurant seines Freundes Thomas zu gehen. Das war gut, da ich völlig ausgehungert war. Ich nickte und sprang auf die Füße. »Ich komme hoch und zieh mich an.«

»Das sind die traurigsten Worte, die je gesprochen wurden«, sagte er und schüttelte den Kopf, als er zurück ins Schlafzimmer ging.

Es stellte sich heraus, dass es sehr viel schwerer war, sich in Gavins Gegenwart anzuziehen. Vor allem, weil keiner von uns beiden angezogen sein wollte, während wir in der Nähe des anderen waren. Aber als mein Magen so laut knurrte, dass er es über meinem Stöhnen hörte, gab er nach und ließ mich endlich mein Sommerkleid über den Kopf streifen.

Der Spaziergang den Berg hinab würde sehr viel einfacher sein, doch ich hielt mich trotzdem an ein paar flache Riemchensandalen mit extra Polsterung. Wir liefen Hand in Hand auf die blinkenden Lichter der Stadt zu. Die Sonne war noch nicht ganz verblasst, aber das dämmrige Rosa wurde allmählich zu dunklem Violett, als der Mond langsam in Erscheinung trat. Der Sommer war meine Lieblingsjahreszeit, weil der Tag und die Nacht miteinander zu tanzen schienen. Doch ich hatte niemals eine schönere Sommernacht erlebt als diese hier. Es war wunderbar zu denken, dass ein Ort wie dieser auf der Welt existierte – still und magisch.

Die Stadt war jedoch voller Leben, und das Weekend Café war gut besucht. Wir wurden in eine ruhige Ecke des Restaurants geführt, sobald wir ankamen. Ein paar Touristen warfen uns böse Blicke zu, und ich lächelte sie verlegen an, als man uns an unseren Tisch führte. Ich fühlte mich ein wenig mies deshalb, aber ich brauchte Nahrung nach unserem nachmittäglichen Liebesspiel. Das Restaurant war reizend einfach gehalten, mit rustikalen Bodendielen und einem großen Feuerplatz an der gegenüberliegenden Wand. Sein bestechendstes Merkmal war jedoch die Lage am Wasser. Gavin bestellte eine Flasche Wein, und der Kellner verschwand, um sie zu holen.

»Sie bringen uns keine Speisekarte«, sagte ich und sah mich um, als würde so eine auf dem Tisch auftauchen. »Das würde Thomas niemals zulassen«, erklärte Gavin. »Er serviert uns was Köstliches. Vermutlich zu viele Köstlichkeiten.«

»Dann haben wir etwas zum Abtrainieren«, sagte ich frech und legte die Serviette über meinen Schoß.

Gavin nahm meine Hand und legte sie an seine Lippen. »Das vorhin war wundervoll.«

Ich biss mir auf die Lippe, unsicher, was ich sagen sollte. Wundervoll war nicht ganz das richtige Wort.

Spektakulär.

Lebensverändernd.

Erderschütternd.

All das schien zu passen. Thomas tauchte auf und bewahrte mich so davor, der Übertreibung zum Opfer zu fallen.

Thomas war dünner, als ich es von jemandem erwartet hätte, der Essen liebte – groß und schlank, mit ergrauendem Haar und einem perfekt gerunzelten Gesicht. Gerade wirkte er müde, aber glücklich, genau wie man es von einem Küchenchef erwartete, der den Abendandrang hinter sich hatte. Er wischte die Hände an seiner Schürze ab, schnappte sich einen Stuhl, drehte ihn herum und setzte sich. »Irgendwelche Allergien, von denen ich wissen sollte?«

»Du wirst doch nicht tolerant auf deine alten Tage«, sagte Gavin und musterte überrascht seinen Freund.

»Du hast noch nie eine Frau hergebracht«, gab Thomas zurück. »Ich möchte sie nicht umbringen, weil sie eine Allergie gegen Schalentiere hat und ich ihr welche serviere.«

»Mich hast du nie gefragt, ob ich eine Schalentierallergie habe«, sagte Gavin gespielt anklagend.

»Ich würde dich umbringen, wenn du die hättest«, sagte Thomas. »Dich von deinem Elend erlösen.«

»Das ist wirklich lieb. Aber es gibt keinen Grund zur Sorge«, versicherte ich ihm. »Ich bin leicht zufriedenzustellen.«

Es dauerte einen Moment, bis ich begriff, was ich gesagt hatte, und dann schloss ich beschämt die Augen.

Thomas lachte laut los, als dieses Thema abgehakt war. »Das ist die beste Neuigkeit, die ich den ganzen Abend über gehört habe.«

»Dass sie keine Schalentierallergie hat, ist die beste Neuigkeit?«, fragte Gavin, als wollte er das klarstellen.

»Sicher«, sagte sein Freund, und seine Augen blitzten, als er ihm auf die Schulter schlug. »Ist vermutlich auch für dich die beste Neuigkeit.«

»Ich sollte dir vielleicht sagen, dass ich zielsicher die Fettnäpfchen erwische«, sagte ich zu Gavin, als Thomas in der Küche war. »Ich sage immer das Falsche, ohne es zu wollen.«

»Ich weiß. Warum finde ich dich wohl sonst so faszinierend?«

»Ich hatte angenommen, es ginge dir um meinen Hintern«, sagte ich trocken.

»Glaub mir, der hat meinen Blick angezogen. Meine Aufmerksamkeit wurde jedoch davon gefangen genommen, dass du mehr Flüche ausgestoßen hast, als ich jemals aus einem menschlichen Mund habe kommen hören, an diesem Tag im Aufzug – und ich habe *The Wolf of Wall Street* gesehen.«

»Daran muss ich arbeiten.« Ich war besser geworden, oder zumindest sagten das meine besten Freundinnen. Vielleicht waren sie auch einfach abgehärtet.

Gavin zuckte mit den Schultern und nahm einen Schluck von seinem Wasser. »Warum? Das sind nur Worte.«

»Das sage ich auch!« Es war klar, dass er mich verstand.

»Ich frage mich aber: Redest du bei deinen Eltern auch so?«, fragte er voller Interesse.

Er erwähnte meine Eltern. Kein Kerl hatte jemals meine Eltern erwähnt. Auf der einen Seite schien es fair, bedachte man, dass ich seine Schwester kennengelernt hatte und wir im Haus seiner Familie nächtigen würden. Geplättet war ich trotzdem. »Mein Filter funktioniert zu hundert Prozent, wenn ich in der Nähe meiner Eltern bin. Ich denke, meine Mom könnte einen Herzinfarkt bekommen, wenn sie mich fluchen hören würde oder so einen Scheiß daherreden.«

»Ich kann nicht abwarten, dich bei ihnen zu sehen.« Gavin strich mit dem Daumen über meinen Handrücken, dann nahm er meine Hand in seine beiden.

»Oh. Ja«, sagte ich unverbindlich, als ob der Gedanke, dass Gavin gerade vorgeschlagen hatte, meine Eltern kennenzulernen, keine große Sache wäre. In mir twerkte die eine Hälfte vor Freude, und die andere war erschüttert. Kein Junge seit der Highschool hatte meine Eltern kennengelernt. Dieser Typ – mit dem ich zum Abschlussball gegangen war – traf meinen Vater an der Tür, wo der mit einer Schrotflinte stand. Ich konnte mir nicht vorstellen, wie es wäre, einen ernsthaften, erwachsenen Freund mit nach Hause zu bringen. Diesmal könnte die Waffe vielleicht geladen sein.

»Ja«, sagte er. »Das ist etwas, worüber ich mit dir reden muss.«

Das klang ernst, da war es gut, dass der Kellner mit unserer Flasche Wein auftauchte. Ich nahm sie entgegen, übersprang das unnötige Probierritual und goss mir ein großes Glas ein. Als ich den Alkohol sicher in Händen hielt, fing ich mit dem Thema erneut an. »Worüber reden?«

»Imogen hat meinen Eltern erzählt, dass wir zusammen sind. Ich weiß …« Er hielt eine Hand hoch, bevor ich protestieren konnte, dass wir technisch gesehen zu diesem Zeitpunkt nicht zusammen waren. »Wir waren zwar da noch nicht zusammen, aber sie ist eine Art Prophetin, wenn es um solche Dinge geht. Egal, sie haben auf jeden Fall schamlos angerufen, gemailt und getextet – und ich wusste nicht mal, dass meine Mutter weiß, wie das geht – und sie fragen, wann sie dich kennenlernen.« Er fuhr sich mit der Hand durch die Haare … dieser süße nervöse Tick, den er hatte. »Es reicht wohl zu sagen, dass ich mich seit langem auf niemanden mehr eingelassen habe. Daran kauen sie herum.«

Gavin machte sich Sorgen, dass ich *seine* Eltern traf, aber es schien so, als würde er das wollen. Es war schrecklich früh für so was. Und doch fühlte es sich total richtig an. Vom Kopf her wusste ich, dass wir noch nicht lange zusammen waren. Wir hatten etwas Zeit miteinander verbracht, und wir hatten versucht, die Anziehungskraft zu ignorieren, die zwischen uns bestand. Wir kannten einander ein paar Wochen. Ich hätte vermutlich länger gewartet, bevor ich die Eltern kennenlernte. Bedachte man, dass ich noch nie die Eltern eines meiner Freunde getroffen hatte, hatte ich keinen typischen Zeitplan für solche Dinge. Die Erfahrungen meiner besten Freundinnen waren nicht hilfreich. Jillians Mutter neigte dazu, wie ein Hurrikan aufzutauchen, unangekündigt und auf Zerstörung aus. So hatte sie Liam kennengelernt. Jess' Mutter hatte Roman erst kennengelernt, als sie verheiratet waren. Da war das, worum Gavin bat, so ziemlich in der Mitte. Aber noch während ich darüber nachdachte, ließ sich mein Herz auf den Gedanken ein.

»Das ist cool. Wenn sie so sind wie du, werde ich sie sicher lieben.« Das L-Wort war mir so leicht von den Lippen gekommen. Der Fettnäpfchen-Modus war aktiv. Hatte ich das laut gesagt? Weil ziemlich klar war, was ich damit meinte. Wenn sie sind wie du, dann liebe ich sie? Ich hatte mich vorhin sehr verliebt gefühlt. Aber das zu sagen, war etwas ganz anderes. Etwas, von dem ich nicht sicher war, wie er damit klarkommen würde. Es war, als hätte ich den Beziehungszerstörungsknopf gedrückt.

Aber Gavin lächelte nur und beugte sich zu mir herüber, um mich zu küssen. »Ich weiß, dass sie dich auch lieben werden.«

Na, das half nicht unbedingt. Es beruhigte meine Nerven ein wenig, was meinen Fauxpas betraf, aber ich wusste nicht, wie ich das, was er sagte, verstehen sollte. Meinte er, wenn ich sie liebte, würden sie mich lieben? Oder meinte er, dass sie mich lieben würden, wie er mich liebte? Ich nahm einen großen Schluck Wein und hoffte, dass ich am Boden des Glases die Antwort finden würde.

Die Dinge entwickelten sich ziemlich schnell. Meiner Erfahrung nach war ich sonst hinter dem Steuer und drückte aufs Gas. Ich hatte mir geschworen, das sein zu lassen. Aber es fühlte sich nicht an, als wäre ich diesmal diejenige auf dem Fahrersitz. Doch es war auch nicht nur Gavin, der voranpreschte. War es möglich, dass wir uns beide im gleichen Tempo bewegten?

»Du siehst ein wenig nachdenklich aus«, sagte er. »Ich wusste, ich hätte meine Eltern nicht erwähnen sollen. Vergiss es.«

»Nein, ich möchte sie kennenlernen«, sagte ich rasch.

»Es fühlt sich an, als wären wir zu schnell, oder?« Er hatte meine Gedanken gelesen. »Ich weiß nicht, was ich sagen soll, Cassie. Ich kann langsamer machen. Doch es fühlt sich einfach richtig an für mich. Normal.«

»Ehrlich? Für mich auch«, flüsterte ich. »Es ist nur so, dass ich vorher in Beziehungen schnell war und es nicht immer gut gelaufen ist. Ich war immer mehr involviert als die Männer. Ich wollte so unbedingt den Richtigen finden. Schließlich habe ich meinen Eltern mein ganzes Leben dabei zugesehen, wie sie einander lieben. Sie haben sich mit sechzehn kennengelernt, und sie haben alles miteinander geteilt.«

Ich schwieg, als ich merkte, dass ich eine ganze Menge emotionalen Ballast auf ihm ablud. Aber Gavin kam so gut damit klar, wie er damit klargekommen war, unsere Taschen den Berg hochzutragen.

»Ich weiß tatsächlich genau, was du meinst. Meine Eltern sind genauso. Ich kann nicht sagen, dass ich aktiv nach der Liebe gesucht habe. Ich habe einfach darauf gewartet, dass die Richtige daherkommt. Mein Dad hat mir mal was gesagt, was hängen geblieben ist.« Er schüttelte den Kopf und nahm einen Schluck Wein. »… aber lass mal. Ich werde dich damit nicht verschrecken.«

Meine Neugier war geweckt, und ich beugte mich vor. »Wenn du mich bis jetzt nicht vergrault hast, oder ich dich!, dann kannst du dir ziemlich sicher sein, dass ich nirgendwohin gehe.«

»Du bist wundervoll«, sagte er mit einem sanften Lächeln. »Ich habe meinem Dad gesagt, dass ich nicht wüsste, wann ich je die Zeit haben würde, die Richtige zu finden. Das war vor ein paar Jahren, als ich gerade NorthWest Investments gegründet hatte. Am College hatte ich ein paar Mädchen gedatet, aber nichts hat gehalten. Ich habe ihm anvertraut, dass ich nicht glaubte, jemals das haben zu können, was er und meine Mom hätten. Er sagte zu mir, dass es im Leben nicht darum ginge, die Richtige zu finden, es ginge darum, sich ihr würdig zu erweisen, sie zu erreichen. Das werde ich nie vergessen.«

Ich setzte mich zurück und verdaute die Worte. Die Richtige nicht zu finden – sie zu erreichen? Irgendwie machte das vollkommen Sinn. Ich dachte an meinen ersten Tag des Praktikums zurück und wie ich Luka über den Weg gelaufen war und dann Danny und dann Trevor – eine

Reihe von Freunden, die mich daran erinnerten, wo ich stand –, und dann hatte ich Gavin getroffen.

Ich hatte Gavin nicht gefunden. Ich hatte ihn erreicht.

»Bist du sicher, dass ich dich nicht vergrault habe?«, fragte er nach ein paar Augenblicken des Schweigens.

»Nein«, sagte ich leise. »Ich glaube, du sitzt mit mir fest.«

»Das ist die beste Neuigkeit, die ich den ganzen Tag über gehört habe«, sagte er und küsste meine Hand, als wollte er ein Versprechen besiegeln.

»Du hast hier also nie eine andere Frau hergebracht?« Ich versuchte *hier* so zu betonen, als meinte ich das Restaurant, aber eigentlich ging es mir um was anderes. Thomas hatte viel Aufhebens um meine Anwesenheit gemacht, und nun hatte ich ein paar Fragen.

»Nein, das habe ich nicht. Ich habe nie jemanden mit nach Friday Harbor mitbringen wollen«, gab er zu.

Diese Enthüllung machte mich ein bisschen stolz. Zwischen den Zeilen las ich, dass unsere Beziehung anders war. Was auch bedeutete …

»Warum hast du dann eine Schublade voller Kondome?«, platzte ich heraus und schloss dann den Mund rasch wieder, als unsere Vorspeise eintraf: ein Stapel Austern auf einem Bett aus Eis.

»Du sagst wirklich, was dir in den Kopf kommt, oder?«, sagte Gavin nachdenklich, nahm eine Auster und schlürfte sie aus. »Die habe ich da reingetan, als du im Bad warst. Ich … also ich … habe angenommen …«

»Oh.« Das ergab jede Menge Sinn. Es war ritterlich, und solange er verantwortungsbewusst war, sollte ich das auch sein. Wir schliefen immerhin miteinander. »Ich nehme die Pille. Na ja, die Spritze. Weniger zum Drandenken.«

»Gut zu wissen«, er klang erleichtert.

»Keine kleinen Cassies oder Gavins.« *Für jetzt.* Hatte ich das gerade wirklich gedacht? Hatte mir der Gedanke, mit diesem Mann Babys zu bekommen, gerade wirklich gefallen? Was tat er da mit mir? Ich bemühte mich eilig um einen Themenwechsel, bevor ich ihm noch mitteilte, wo ich uns in zwanzig Jahren sah. »Ich verstehe Austern nicht.«

Genau, Cassie. Innerlich verdrehte ich die Augen. Beleidige das Essen seines Freundes. Das wird dir Punkte einbringen.

»Man isst in Texas nicht oft Austern?«, zog er mich auf.

»Ich weiß nie, was ich tun soll – und warum sollen sie ein Aphrodisiakum sein? Sie sind nur zäh«, gestand ich. »Auf einer Ranch gibt es keine Lektion im Austernessen.«

»Lass es mich dir zeigen.« Er nahm eine mit seiner winzigen Gabel auf und bewegte sie dann vorsichtig in der Schale. »Du nimmst sie so und schlürfst sie dann in den Mund, aber du schluckst sie nicht gleich. Beiß ein- oder zweimal darauf. Du musst sie nicht ganz kauen. Du willst nur den Geschmack haben. Ihn wirklich genießen.«

Er demonstrierte es mir, und ein Ausdruck der Offenbarung trat auf sein Gesicht, als er sie auskostete. Ich wurde ein wenig rot, als ich begriff, dass er so ausgesehen hatte, nachdem er mich oral befriedigt hatte. Ich schluckte etwas Wein und gab mein Bestes, mich nicht in Gedanken daran zu verlieren.

»Hier.« Er gab mir eine.

Verzagt nahm ich sie. Ja, es sah einfach aus. Aber ich hatte eine herausragende Fähigkeit, mich selbst zum Deppen zu machen. Ich tat genau das, was er getan hatte, nur dass ich die Augen schloss, um mich auf die Erfahrung zu konzentrieren, und ich hoffte, ich würde begreifen, warum er sie so sehr mochte.

Ich sog sie in meinen Mund und kaute dann einmal. Zweimal. Salzige Süße floss über meine Zunge. Ich ließ sie einen Moment dort, bevor ich sie schluckte.

»Es schmeckt, als wäre der ganze Ozean in deinem Mund«, sagte Gavin leise. »Es ist mysteriös und unerwartet, jedes Mal, als würde man Liebe machen.«

Austern verscheuchten nicht unbedingt die Gier nach Sex mit ihm aus meinem Kopf. Zum Glück war der Rest des Mahls weniger zweideutig. Allerdings trotzdem noch lauter Nahrungsmittel, die als Aphrodisiaka bekannt waren: Lachs in einer Buttersauce mit einem Hauch Chili, lange Spargelstangen und als Dessert ein Tellerchen mit reifen roten Erdbeeren, hier angebaut, mit einem Töpfchen geschmolzener Schokolade und frisch geschlagener Sahne. Thomas war ein verdammt guter Flügelmann.

Als wir uns verabschiedeten, fühlte ich mich angenehm satt, aber nicht vollgestopft. Auf dem Weg zurück zum Haus, war ich bereit für mehr Nachspeise. Gavin bot mir seinen Arm, ich hakte mich ein und staunte über die Elektrizität, die ich spürte, wann immer ich ihn berührte.

»Sieh mal«, sagte er und deutete in den Himmel, der klar und voller Sterne war. »Eine Sternschnuppe. Wünsch dir was.«

Ich hoffte, dass es immer so sein würde. Einfach und magisch. Unkompliziert und besonders. Vertraut und doch jedes Mal aufregend neu. Ja. Das wünschte ich mir.

Kapitel 19

Am nächsten Morgen war ich wund. Ich ließ Gavin schlafend im Bett zurück und beschloss, rasch zu duschen. Der Jacuzzi sah verlockend aus, aber wenn ich es richtig anstellte, könnte ich mich runterschleichen und uns Frühstück machen, bevor er aufwachte. Es würde Eier geben – das Einzige, was ich kochen konnte –, aber es war besser als nichts, und er würde es brauchen, um nach der letzten Nacht wieder zu Kräften zu kommen.

Es dauerte beschämend lange herauszufinden, wie man jeden der vier einzelnen Duschköpfe andrehte. Aber es schien mir ungehörig, nicht die Gesamterfahrung zu genießen. Ich trat unter das Wasser und ließ die Hitze über meine müden Muskeln hinwegspülen. Ich fühlte mich, als wäre ich gestern stundenlang im Fitnessstudio gewesen. Das war ein Cardioplan, den ich durchhalten könnte. Gavin war unermüdlich, was vermutlich erklärte, warum er noch schlief.

Ich hatte gerade angefangen, mir die Haare zu waschen,

als ein Paar starker Hände meine Hüften umfingen. Ich zuckte zusammen und bekam Seife in die Augen, doch ich trat rückwärts in seine Umarmung. Gott, sein Körper fühlte sich so wunderbar an.

»Das ist das zweite Mal, dass ich allein aufgewacht bin«, sagte er. »Das gefällt mir nicht.«

Mein Herz schlug einen kleinen Purzelbaum. Nicht dass ich mich an das hier gewöhnen sollte. Morgen würden wir nach Seattle zu unseren getrennten Leben zurückkehren, was bedeutete, dass wir herausfinden mussten, wie das hier funktionieren könnte. Für den Moment würde ich aber jedes Fitzelchen Romantik in mich aufnehmen, das ich kriegen konnte.

Ich drehte mich um und spritzte mir Wasser in die Augen, damit sie nicht mehr brannten.

»Du hast mich erschreckt«, warf ich ihm vor und rieb mir die Augen, bis das Brennen langsam aufhörte.

»Sieht aus, als hättest du Schwierigkeiten. Lass mich dir helfen.« Er streckte die Hand aus und massierte das verbleibende Shampoo in mein Haar, und seine Finger entfalteten ihre magische Kraft auf meiner Kopfhaut, als er mir half, es auszuspülen. Dieser Mann kannte wirklich jede Möglichkeit, mich zum Stöhnen zu bringen. Er machte mit der Spülung weiter, und seine Hand glitt in meinen Nacken, den er ein paar Sekunden knetete.

»Das fühlt sich gut an«, murmelte ich und gestattete mir, mich enger an ihn zu drücken, zwischen uns nur ein Strom aus Wasser.

»Ich möchte, dass du dich gut fühlst, Baby.« Gavin nahm

ein Seifenstück, schäumte es zwischen den Händen auf und begann mich zu massieren, rieb den Schaum über meine Schultern und an meinen Brüsten hinab. Er verweilte dort, rieb und umkreiste sie, bis sie interessiert prickelten.

»Ich weiß nicht, ob sie so schmutzig sind, wie du denkst«, sagte ich ironisch.

»Würde ich mir Gedanken darüber machen, dass du schmutzig bist, dann würde ich dir den Mund auswaschen«, erwiderte er.

Da hatte er nicht ganz unrecht. Gavin setzte seine Aufmerksamkeiten weiter unten fort, kniete schließlich auf den Fliesen und glitt mit den seifigen Händen meine Schenkel hinab zu meinen Knöcheln, dann wieder hinauf zu dem Platz zwischen meinen Beinen, den er gemeinerweise ausließ. Ich hatte absolut keinen Zweifel daran, dass das Absicht war. Er richtete sich wieder auf und drehte mich um, sodass mein Rücken ihm zugekehrt war, bevor er seine Hände in die Zone schob, die für jeden anderen verboten war, außer für ihn.

»Ich werde das hier waschen müssen«, er biss mir ins Ohr, »damit ich es später schmutzig machen kann.«

Er fuhr fort, mich zu streicheln, bis die Seife fortgespült war, und sein Daumen erforschte mich, bis er sich auf meine Klitoris legte. Meine Handflächen fanden die Fliesen, und ich stemmte mich dagegen. Ich hatte kein Problem mit seiner Gründlichkeit. Tatsächlich genoss ich sie sogar. Und doch fühlte es sich ein wenig einseitig an.

»Ich dachte, wir duschen«, sagte ich.

»Du duschst sonst nicht so?«, fragte er. »Ich bin enttäuscht. Ich mag den Gedanken daran, dass du nass bist und dich selbst berührst.«

»Ist das so?« Seine Zähne waren wieder an meinem Ohr, und er begann daran zu knabbern. Ich musste meine gesamte Beherrschung aufbieten, um mich aus seinem Griff zu winden. Ich trat beiseite und strich mit der Hand über die nasse Fläche meines Bauchs und fand dann die Stelle, die er so gekonnt noch vor einem Moment berührt hatte. Gavin sah zu, wie ich mich berührte, und sein Blick verdunkelte sich vor hemmungslosem Verlangen. Es war nicht schwer, mich zu so etwas zu inspirieren. Nicht, so wie er da unter der Dusche stand und Wasser über seine schlanke Gestalt floss. Kleine Tropfen hatten sich in den wie gemeißelten Linien seines Bauchs gesammelt. Sie flossen zu seiner Leistengegend hinab und sammelten sich an seinem höchst beeindruckenden Penis.

Gavin wollte immer sicherstellen, dass ich mich gut fühlte. Er sollte wissen, dass sein Wohlergehen und seine Lust für mich ebenso wichtig waren. Sehr vorsichtig, um nicht auf den nassen Fliesen auszurutschen, ging ich auf ein Knie und dann aufs andere, bis ich auf allen vieren war. Dann krabbelte ich unter das Wasser bis zu seinen Füßen. Ich setzte mich auf meine Fersen zurück und griff mit einer Hand wieder zwischen meine Beine, und mit der anderen nahm ich seinen Schaft. Ich verschluckte mich ein wenig an dem Wasser, als ich begann, ihm einen zu blasen. Seine Hand krallte sich in mein nasses Haar, und er drängte mich, schneller zu machen. Ich stöhnte mit ihm um die Wette, und meine Finger massierten mich heftig, bis er mich losließ und mich dann unter den Armen packte. Gavin hob mich hoch und drückte mich gegen die Wand, dann drang er mit einem mächtigen Stoß in mich ein.

Ich verlor die Kontrolle. Filter waren aus. »Heilige Scheiße, verdammt, ja!«

Das war definitiv neues Gebiet. Haut an Haut. Nichts zwischen uns. Wir hatten darüber gesprochen, dass ich verhütete, und wir waren noch zu keinem Fazit gekommen, aber in diesem Moment war mir das völlig egal. Ich schob meine Hände in sein Haar und zog seinen Mund an meinen. Da war so viel Wasser, dass ich dachte, ich würde ertrinken.

Aber nicht in dem Wasser, sondern in ihm. Ich war bereits verloren, prallte gegen ihn und schob mich vor, während seine Hüften gegen meine stießen. Er hatte meine Schenkel fest im Griff, und er nutzte das, um immer und immer wieder in mich einzudringen, bis ich seinen Namen rief und eine Menge anderer Sachen, die einen Pornostar zum Erröten gebracht hätten. Ich löste mich auf, schmolz dahin als die Lust jede Nervenbahn in meinem Körper entzündete. Ich schlang die Arme um seine Schultern und hielt mich an ihm fest, als er seiner eigenen Erlösung näher kam. Als er gekommen war, küsste er mich und stellte mich vorsichtig auf die Füße.

»Ich denke, ich werde dich vielleicht nochmal waschen müssen.« Er grinste schief, als wäre er stolz.

Ich scheuchte ihn raus, meine Beine waren immer noch zittrig, und ich hielt mich an der Wand fest. »Ich werde nie fertig mit Duschen, wenn du mir weiterhin hilfst.«

»Die ist für zwei gebaut«, hielt er dagegen.

»Auf keinen Fall«, sagte ich. »Du kannst sie in einer Minute haben.«

Ich war in Rekordzeit fertig. Zum Teil, weil ich befürchtete, er könnte zurückkommen und wiederholen, was gerade geschehen war, aber auch, weil ich runtergehen und ihm Frühstück machen wollte, bevor er fertig war. Als ich draußen war, schob ich mich an ihm vorbei und musste davonflitzen, bevor er mich wieder in die Finger bekam. Ich schlang die Haare zu einem nassen, wirren Knoten auf, fand in seinem Schrank ein Hemd und zog es über. Ich knöpfte es so weit zu, dass es beinahe schicklich war, dann hüpfte ich durch den magischen Wald hinüber in die Küche. Ich summte vor mich hin, völlig in Gedanken versunken, die Lippen geschwollen und mein Gesicht immer noch glühend von dem Orgasmus, als ich in die Küche trat und seinen Eltern gegenüberstand.

Richard Sound stand an der Kücheninsel und wendete Pfannkuchen, während Gavins Mutter, deren Namen ich noch nicht einmal kannte, Kaffee trank. Sie sahen beide zu mir auf, als ich hineinstolperte und dann erstarrte. Ich nahm zumindest an, dass es seine Eltern waren. Entweder das, oder zwei Menschen, die verrückterweise wie er aussahen, waren eingebrochen und hatten dann beschlossen, Frühstück zu machen.

Ich wusste nicht, was ich sagen sollte. Gab es etwas, das man in einer solchen Situation sinnvollerweise sagen konnte? Ich konnte mir nicht einmal vorstellen, was sie dachten. Ein fremdes Mädchen in ihrem Haus, das nichts anhatte außer dem Hemd ihres Sohnes. Ich beeilte mich, ein paar mehr Knöpfe zu schließen.

»Du musst Cassie sein.« Richard sah auf und lächelte warmherzig, dann wandte er seine Aufmerksamkeit wieder der Pfanne zu, in der es brutzelte.

»Hast du Hunger?«, fragte Gavins Mutter.

Ich hatte eine Folge der *Twilight Zone* betreten. Letzte Nacht hatte Gavin mir gesagt, dass sie mich kennenlernen wollten. Ich versuchte mich zu erinnern, wann er sie wohl hatte angerufen haben können, um sie hierher einzuladen, aber ich hatte ihn ziemlich auf Trab gehalten. Waren wir einfach alle zufällig hier gelandet?

»Ich wollte Eier machen«, sagte ich lahm. Meine Finger fanden eine Haarsträhne und spielten abwesend damit. War es möglich, dass ich mich kurz entschuldigte und zurückging, um mich anzuziehen? Gavin zu warnen, dass seine Eltern hier waren, bevor er nackt auftauchte? Oder sollte ich mich setzen, selbst halb nackt, und Konversation betreiben? Es schien nicht, als gäbe es eine Möglichkeit, diese Situation zu meistern.

»Entschuldige die Störung.« Richard holte einen Pfannkuchen aus der Pfanne und legte ihn auf einen Teller, dann wandte er sich zu mir um. »Wir konnten einfach nicht anders. Als ich sah, dass Gavin einen Flug für das Wochenende eingetragen hatte … haben wir beschlossen, ihn zu überraschen.«

»Ich hab dir gesagt, dass wir vorher hätten anrufen sollen«, sagte seine Frau schelmisch. »Das Mädchen sieht aus wie ein Reh im Scheinwerferlicht. Wir haben sie erschreckt.

Das geht so nicht. Wir haben Imogen versprochen, dass wir Gavin das hier nicht verderben.«

Das war kein Zufall. Seine Familie hatte uns aufgelauert. Nachdem ich Imogen kennengelernt hatte, konnte ich nicht gerade sagen, dass mich das überraschte. Nur dass ich trotzdem überrascht war – wie die Tatsache zeigte, dass ich halb nackt in ihrer Küche stand.

»Ich gehe und sage Gavin Bescheid, dass Sie hier sind.« Das schien mir ein sicherer Weg aus der Nummer. Außerdem würde mir das die Gelegenheit verschaffen, Unterwäsche anzuziehen.

»Sag ihm, dass ich Pfannkuchen mit Schokostreuseln mache«, rief Richard mir hinterher.

Ich hörte, wie Gavins Mutter ihn rügte, als sich die Tür schloss. »Oh Richard!«

Sie schienen nicht schockiert zu sein, weil sie die Freundin ihres Sohnes auf diese Art kennenlernten. Abgeschreckt wirkten sie auch nicht. Tatsächlich fühlte es sich an, als würden sie sich mächtig ins Zeug legen, um mich zu beeindrucken. Ich lief rasch zurück zu dem Verbindungssteg und murmelte dabei die ganze Zeit vor mich hin. Zum ersten Mal hatte ich die Familie eines Freundes getroffen, und ich hatte kein Höschen getragen. Was würden die Mädels dazu sagen?

Gavin war im Gegensatz zu mir angezogen, als ich das Schlafzimmer betrat. Er trocknete sein Haar gerade mit einem Handtuch, und er ließ es aufs Bett fallen, als er mich sah.

»Hey, ich wollte gerade zu dir kommen und …« Er

sprach nicht weiter, als er mein Gesicht sah. »Alles in Ordnung?«

Ich stemmte die Hände in die Hüften, holte tief Luft und sagte: »Ja. Dein Dad möchte, dass ich dir sage, dass er unten Pfannkuchen mit Schokostreuseln macht.«

Ich war mir ziemlich sicher, dass der betroffene Blick auf Gavins Gesicht meinen eigenen widerspiegelte. Er hatte nicht gewusst, dass sie kommen wollten. »Das haben sie nicht gemacht.«

»Oh doch.« Ich schnaufte, als ich sein Hemd auszog. Ich konnte meine Kleider gar nicht schnell genug finden. »Ich bin mir ziemlich sicher, dass das Frühstück kalt wird, also beeilen wir uns besser.«

Gavin rührte sich nicht. Er sah mir nur zu, wie ich im Zimmer herumrannte und versuchte, mich so weit fertigzumachen, dass ich nicht wie eine Irre aussah.

»Es tut mir leid«, sagte er.

»Entschuldige dich nicht«, sagte ich und blickte über die Schulter und sah, dass er immer noch unbeweglich dastand. »Und steh da nicht nur herum. Hilf mir, meinen BH zu suchen.«

Warum hatte ich keinen weiteren eingepackt? Der von letzter Nacht war im Eifer des Gefechts verloren gegangen. Ich wäre verdammt, würde ich jetzt runtergehen ohne BH und Höschen.

»Ich kann ihnen sagen, dass sie gehen sollen.« Er half mir bei der Suche, hob die Decken vom Bett und sah auf dem Boden nach. »Oder wir gehen. Du musst sie nicht so kennenlernen.«

»Das wäre unhöflich.« Ich stand auf und fuhr zu ihm herum. »Sie sind hier. Sie sind hier, um dich zu sehen. Ich bin deine Freundin. So funktioniert so was.«

Ein seltsamer Ausdruck legte sich auf Gavins Gesicht, und er kam durchs Zimmer zu mir, nahm mich bei der Taille und küsste mich. Dann löste er sich von mir und sah an mir vorbei. »Ich sehe einen BH.«

Er war ins Bücherregal gefallen – oder geworfen worden.

Ich hatte nichts eingepackt, was dazu geeignet war, Eltern kennenzulernen. Nicht, dass ich genau wüsste, was in diese Kategorie fallen würde. Es war auch nicht so, als hätte ich Stripperklamotten dabei oder so was. Doch ich hatte kein anderes Kleid oder eine Bluse dabei. Mir blieb also nur eine abgeschnittene Jeans und ein hübsches, aber ziemlich legeres Tanktop. Ich hatte gedacht, bei diesem Wochenende ginge es um Liebemachen. Ich hatte nicht erwartet, dass ich mich aufbrezeln müsste. Ich dachte über das Kleid nach, das ich zu dem Dinner am vergangenen Abend getragen hatte, aber das hatte ich auf den Boden geworfen, sobald wir reinkamen, und es war nur noch ein zerknautschter Haufen. Da Gavin ebenfalls Jeans und T-Shirt trug, beschloss ich, es ebenso zu halten. Ich konnte mich nicht erinnern, was seine Eltern trugen. Ich war zu sehr damit beschäftigt gewesen mit dem, was ich *nicht* getragen hatte.

Mit grimmiger Entschlossenheit gingen wir zurück zum Haupthaus. Gavin hatte immer noch nicht viel gesagt, aber ich hatte das Gefühl, dass er ein wenig verärgert war.

»Wie heißt deine Mom?«, flüsterte ich und klammerte mich an seine Hand wie an einen Rettungsring.

»Rebecca«, antwortete er. Er stieß einen tiefen Seufzer aus und blieb stehen, bevor wir hineingingen. »Danke.«

»Wofür?«, fragte ich.

»Weil du du bist. Es tut mir immer noch leid, dass ich dich in diese Lage gebracht habe. Du hast jedes Recht wegzulaufen.«

»Das wäre ein bisschen dramatisch. Außerdem haben sie mich schon ohne Unterwäsche gesehen. Viel schlimmer kann es nicht werden.« Sein Blick war es wert, das auszusprechen, aber ich schob rasch hinterher: »Ich hatte ein Hemd an, erinnerst du dich? Ich denke nicht, dass sie was gesehen haben. Nur hätte ich mich nicht freiwillig dafür entschieden, deine Eltern so kennenzulernen.«

»Glaub mir, so wollte ich das auch nicht haben.«

Ich tat mein Bestes, um fröhlich zu klingen. »Vielleicht ist es auf die Art weniger Druck.« Ich hätte mir tagelang Gedanken darüber gemacht, was ich anziehen sollte oder dass ich mir den Wein überkippte. Jetzt musste ich nicht befürchten, mich zu blamieren, weil ich das bereits getan hatte.

»Du bist wirklich eine Optimistin, oder?« Gavin streckte die Hand nach dem Türknauf aus. »Bist du bereit?«

»So bereit, wie ich es jemals sein werde.«

Es war bedeutend angenehmer, vollständig bekleidet einzutreten. Inzwischen hatten sie den Tisch gedeckt und ein großes Frühstück vorbereitet. Mein Magen grummelte beim Geruch nach Vanille und Schokolade. Ich glaubte sogar Bacon zu riechen. Wenigstens hatten sie Essen dabei, wenn sie schon beschlossen hatten, uns so zu überfallen.

»Guten Morgen, Lieber. Möchtest du Kaffee?« Rebecca Sound strahlte ihren Sohn an, die French Press in der Hand. Sie sah ihm so ähnlich: dunkle Haare und blaue Augen, obwohl sie kleiner war als ihre beiden Kinder.

»Mom.« Gavin ging zu ihr und umarmte sie, gab ihr einen Kuss auf die Wange. »Ich habe euch nicht erwartet.«

Die Schärfe in seiner Stimme war nicht zu verkennen.

»Ich habe versucht, es deinem Vater zu sagen«, erwiderte sie.

»Hat sie.« Richard trug die Pfannkuchen zum Tisch. »Aber ich habe nicht auf sie gehört.«

Von ihm hatten ihre Kinder die Größe. Er sah älter aus als seine Frau, aber auf eine distinguierte Art. Seine Haare waren grau, aber er trug sein Alter mit Würde und Eleganz.

»Ihr hättet wenigstens anrufen können«, tadelte Gavin sie, als Rebecca eine Fluse von seinem Hemd schnippte.

»Du bist zu dünn. Isst du genug?« Sie umging seine Bemerkung völlig.

»Ich koche nicht«, sagte ich entschuldigend, dann erkannte ich, dass es falsch gewesen war, das zu sagen. Wieder ein Fettnäpfchen.

»Na, das ist keine Entschuldigung. Es ist nicht deine Aufgabe, für ihn zu sorgen«, sagte Rebecca, als wäre die Idee lächerlich. »Mein Sohn kann kochen. Du siehst auch dünn aus. Gavin, du musst dem Mädchen Abendessen kochen. Ich habe dich besser erzogen.«

Ich sah zu, wie Richard Sound, der Gründer und CEO eines der erfolgreichsten Unternehmen im Land, Pfannkuchen auf einen Teller stapelte. Ich mochte Gavins Eltern bereits. Kein Wunder, dass Imogen so eigenwillig war.

»Wie sehen eure Pläne für heute aus?«, fragte Richard, als wir uns setzten und uns unseren Pfannkuchen widmeten.

Ich beschloss, Gavin die Beantwortung dieser Frage zu überlassen. Er war derjenige, der die Insel kannte. Außerdem würde er sich wohl etwas einfallen lassen müssen. Ich bezweifelte, dass er Pläne hatte, die weiter reichten als bis zum Schlafzimmer.

Ich hatte gerade den ersten Bissen Pfannkuchen an die Lippen geführt, als Rebecca den Kopf schüttelte. »Richard, sie wollten vermutlich den ganzen Tag im Bett verbringen und Sex haben so wie normale Mittzwanziger, und du hast beschlossen, dass es ein Familienwochenende wird.«

Der Bissen Pfannkuchen, den ich gerade genommen hatte, steckte mir in der Kehle fest, und ich versuchte, ihn runterzuschlucken. Hoffentlich erklärte mein ersticktes Husten mein Erröten. Gavin klopfte mir auf den Rücken, und ich kriegte wieder Luft. Ich schluckte heftig und griff nach meinem Orangensaft, wobei ich hoffte, dass Gavins Mutter nicht weiterhin so direkt wäre.

»Mom, würdest du bitte versuchen, meine Freundin nicht umzubringen?«, bat Gavin sie. Er hatte noch nicht angefangen zu essen, sondern kniff sich mit den Fingern in den Nasenrücken und sah reichlich aufgewühlt aus.

»Sie können später Sex haben. Er hat seinen eigenen Flügel hier im Haus.« Richard schien absolut nicht mitzubekommen, was vor sich ging.

»Dad!«

»Du bist erwachsen. Weshalb wir dich nie sehen. Okay, tut mir leid«, lenkte sein Dad ein. »Ich möchte einfach etwas Zeit mit dir verbringen.«

»Was schwebt dir vor?«, fragte Gavin. »Euch mit meiner Freundin und mir ins Bett legen?«

Mich erregte es immer noch, wenn er *meine Freundin* sagte.

»Nächstes Mal rufen wir an«, versprach Rebecca. Sie tätschelte Gavins Hand. Dann wandte sie ihre Aufmerksamkeit mir zu. »Du bist also Praktikantin bei NorthWest Investments.«

Ich war nicht sicher, was ich von ihrem Tonfall halten sollte. Billigten seine Eltern nicht, dass er mit einer kleinen Praktikantin zusammen war? Ich schätzte, daran konnte ich nichts ändern, und nickte. »Den Sommer über.«

»Mit ein wenig Glück kann ich sie länger behalten«, sagte Gavin vielsagend. Ich wusste, dass er im Unternehmen meinte. Ich konnte mir nicht einmal vorstellen, dass wir nicht zusammen wären.

Es war ein merkwürdiges Gefühl – diese Sicherheit, die sich in mir ausgebreitet hatte und die mich in meiner Mitte verankerte.

»Ich muss erst die Schule fertig machen«, stammelte ich, und mir war bewusst, dass ich ihn anstarrte.

»Aber dann kommst du zurück und arbeitest dort Vollzeit?«, fragte seine Mutter.

»Ich weiß nicht.« Ich wagte es, einen Blick zu Gavin zu werfen. Ich wollte nichts voraussetzen. »Gavin möchte vielleicht tagsüber eine Pause von mir haben.«

Oh mein Gott. Hatte ich das gerade gesagt? Zu seiner Mutter? Ich biss mir auf die Lippen, bevor noch mehr solche Kommentare aus mir hervorkamen. Rebecca strahlte mich nur an. Sie sah aus, als hätte ich ihr gerade gesagt, dass die Einladungen zur Hochzeit in der Post wären. Gavin drückte mein Knie unter dem Tisch.

»Das bezweifle ich«, sagte er.

Ich schmolz dahin wie die Butter auf meinem Stapel Pfannkuchen.

»Was halten die anderen von eurer Beziehung?«, fragte Richard und brachte uns alle unsanft wieder auf den Boden der Realität zurück.

»Wir haben es noch niemandem erzählt«, sagte ich.

Richard sah seinen Sohn mit gehobener Augenbraue an. Ihm gefiel es nicht. Mist.

»Haltet es besser nicht geheim. So was kommt immer raus. Erinnere dich daran, dass Transparenz der Schlüssel zu guter Führung ist«, riet er seinem Sohn.

»Wie du mir schon eine Million Male gesagt hast«, erwiderte Gavin. »Alle im Büro lieben Cassie.«

»Natürlich tun sie das«, sagte Rebecca, als hätte sie bereits beschlossen, dass ich dieser Zuneigung wert wäre.

»Sie könnte auch für mich arbeiten«, sagte Richard.

»Versuchst du, mir meine Freundin zu klauen?« Gavin tat beleidigt und stach in ein Stück Bacon, das auf dem Teller in der Mitte lag.

»Ich bin mehr am CEO interessiert.«

Rebecca seufzte schwer, als hätte sie diese Unterhaltung schon gehört. »Er hat sein eigenes Unternehmen, Richard.«

»Wann setze ich mich dann zur Ruhe?«

»Wenn du einen neuen CEO ernennst«, sagte Gavin.

Das war das erste Mal, dass ich das hörte. Gavin hatte gesagt, dass er sein eigenes Unternehmen aufbauen wollte, aber er hatte nie erwähnt, dass sein Vater ihn bei Sound Coffee haben wollte.

»Ich weiß, dass du dir selbst einen Namen machen willst«, sagte Richard, »aber diese Familie hat ein Unternehmen aufgebaut, und ich würde es gern in der Familie belassen. Ich brauche jemanden, der meiner Vision treu bleibt.«

»Was ist mit Imogen?«, schlug ich vor.

Alle wandten sich mir zu. Offensichtlich hatten sie zu diesem Gedanken eine Meinung.

»Wenn wir sie dazu bringen könnten, lange genug an einem Ort zu sein, wäre das eine Möglichkeit«, sagte Gavin und lachte ein wenig bei dem Gedanken daran.

»Imogen ist ein Freigeist«, erklärte Richard, an mich gewandt. »Vielleicht könnte sie in fünf Jahren so weit sein.«

In seinen Worten schwang viel Zweifel mit. Ich sträubte mich ein wenig. Imogen war kein Kind, und ich mochte sie. Wir waren etwa im gleichen Alter. Andererseits wäre ich selbst absolut nicht darauf vorbereitet, die Zügel eines Fortune-500-Unternehmens zu übernehmen. Sie könnten recht haben.

»Dann wirst du dich wohl in fünf Jahren zur Ruhe setzen können«, sagte Gavin auf eine Weise, die durchblicken ließ, dass diese Unterhaltung beendet war.

»Was werdet ihr zwei also heute machen?«, fragte Rebecca rasch, so als spürte sie, dass wir einen Themenwechsel brauchten.

Ich sah Gavin an. Das hier war seine Stadt. Sein Ferienhaus. Ich war nur dabei. Er zuckte mit den Schultern. »Wir hatten noch nichts geplant.«

»Verbringt den Tag mit uns«, sagte seine Mutter. »Ich verspreche, dass wir uns benehmen werden.«

»Und wir werden euch nicht zu lange draußen behalten«, fügte Richard hinzu. Rebecca warf ihm einen vernichtenden Blick zu, aber er schützte Unschuld vor. »Was denn? Ich habe gehört, dass die beiden hier zurück ins Bett müssen. Es ist wunderbar, dass sie so jung aussehen, aber sie sind so müde.«

Kapitel 20

Heute waren sogar noch mehr Touristen unterwegs. Die Geschäfte im historischen Bezirk in der Stadt waren voll. Ich hatte keine Ahnung, wo sie alle herkamen. Wir gaben unser Bestes zusammenzubleiben, während wir hindurchliefen. Die Unterhaltung floss leicht dahin, außer ein paar Minuten Zankereien zwischen Richard und Rebecca. Trotz ihres Streits hielten sie Händchen und liefen dicht nebeneinander. Es war klar, dass sie sehr verliebt waren, genau wie Gavin es erzählt hatte. Anscheinend waren gutmütige Streitereien eine Tradition der Sounds.

Rebecca blieb vor einem Geschäft stehen und sah ins Schaufenster. »Oh! Die Galerie hat einen neuen Künstler.« Sie scheuchte uns alle hinein.

Ich wusste nicht viel über Kunst, außer über den Teil mit dem Armsein und Am-Hungertuch-Nagen. Rebecca wurde von der Besitzerin der Galerie mit einer herzlichen Umarmung begrüßt, sobald sie zur Tür hereinkam. »Lass mich dir Joshuas Arbeit zeigen. Du wirst sie lieben.«

Rebecca ging mit der Frau davon, während Gavin, Richard und ich ein paar Landschaftsgemälde ansahen. Die meisten schienen von der Region zu sein. So wunderschön wie es hier war, war es nicht schwer, sich vorzustellen, wie Maler hier ihre Inspiration fanden.

»Das sieht bekannt aus«, sagte ich zu Gavin und zeigte auf eine Landschaft mit einer felsigen Küste und grauem Himmel. Ich sah auf den Namen des Stücks und erkannte, dass es Olympic Falls war. »Das ergibt Sinn. Da gehe ich zur Schule.«

»Magst du es?«, fragte Richard.

»Das Gemälde oder die Schule?«

»Beides.«

»Ich kann mich nicht beschweren«, sagte ich. »Sie haben mir ein volles Stipendium gegeben. Ich bin die erste Collegestudentin in meiner Familie, das hat meinen Eltern also wirklich geholfen.«

»Ein Vollstipendium?« Er klang beeindruckt. Er stieß seinen Sohn mit dem Ellbogen in die Rippen und deutete auf mich. »Die da ist klug. Behalt sie.«

»Es würde helfen, wenn du nicht versuchen würdest, sie zu vergraulen«, sagte Gavin ironisch.

Rebecca kam wieder zurück, hellauf begeistert von dem neuen Künstler, der ein Genie mit Wasserfarben war, wie sie sagte. Sie senkte die Stimme verschwörerisch. »Ich weiß absolut nichts über Kunst. Ich kaufe einfach nur, was mir gefällt.«

»Also alles«, fügte Richard hinzu.

Sie warf ihm einen Blick zu und wandte sich dann an

ihren Sohn. »Gavin, nimm deinen Vater mit, damit wir Mädchen allein sein können. Diese Läden sind zu voll für uns zusammen.«

»Und sie will nicht, dass ich mitbekomme, wie viel Geld sie ausgibt«, sagte Richard zu mir.

»Komm schon, Dad. Lass uns Kaffee holen.«

Die Männer gingen, und wir stöberten weiter in der Galerie herum. Sie zeigte mir die Arbeit des neuen Wasserfarbenkünstlers. Ich musste zugeben, dass er bemerkenswert war. Und sie hatte bereits drei Stücke gekauft.

»Das ist besser«, sagte Rebecca mit einem erleichterten Lächeln, als wir in den nächsten Laden gingen. »Ich bin keine dieser Frauen, die die ganze Zeit bei ihrem Mann sein müssen. Ihr beide seid jung, da ist es normal, dass man ständig zusammen sein will.«

Darüber musste ich lachen. »Wir sind noch nicht so lange zusammen. Ich schätze, er hat mich noch nicht satt.«

Ich wollte ihr keine Hoffnungen wegen uns machen, die sie aber offensichtlich bereits hatte.

»Gut, denk dran, steh deine Frau. Das wird er respektieren. Wenn er es nicht tut, ruf mich an. Ich nehm ihn mir zur Brust«, versprach sie mir. »Ich habe ihn anständig erzogen.«

Wir verbrachten den Rest des Morgens in den kleinen Läden. Rebecca gab viel Geld aus, und egal, wie sehr ich mich auch zu weigern versuchte, hatte ich doch immer mehr Taschen mit Dingen, die sie mir kaufte.

»Imogen lässt sich von mir nichts mehr kaufen. Du musst nachsichtig mit mir sein. Meine Kinder sind zu unabhängig«, sagte sie mit einer Spur Stolz in der Stimme. Ohne Zweifel hatten Imogen diesen Charakterzug von ihren Eltern.

Es war lange her, seit ich einen Tag mit meiner Mom verbracht hatte. Ich hatte nicht gemerkt, wie sehr ich das vermisste. Rebecca fühlte sich für mich wie eine Ersatzmutter an.

Wir kamen am Weekend Café vorbei, das, wie es schien, immer voll war. Man musste wohl immer warten. Nach dem exquisiten Abendessen am vergangenen Abend verstand ich, warum. »Wir haben hier gestern gegessen. Es war wundervoll.«

»Oh, Gavins Restaurant?«, fragte Rebecca und sah zu dem lebhaften Café hinüber.

»Ich dachte, das wäre Thomas' Restaurant«, sagte ich zögernd.

»Thomas ist der Chef, aber Gavin gehört es.« Sie sagte das ganz nüchtern, so als wäre das allgemein bekannt. Ein Blick in mein Gesicht, und sie erkannte, dass sie die Katze aus dem Sack gelassen hatte. »Er hat dir das nicht erzählt, nicht wahr?«

»Dein Sohn steckt voller Überraschungen.«

»Er prahlt nicht gern«, erklärte sie mir. »Könnte schlimmer sein, denke ich. Richard und ich haben unser Bestes gegeben, um ihm zu zeigen, dass Geld zu haben nicht alles ist. Ich denke, das ist hängen geblieben.«

Ich dachte daran, wie bescheiden Gavin war, wie hart er arbeitete, um in die Gemeinschaft und die Stadt zu investieren, und mit wie viel Respekt er jeden behandelte, dem wir begegneten. »Ich denke, ihr habt da einen verdammt guten Job gemacht.«

»Danke«, sagte sie ernst. »Er hat das Restaurant letztes Jahr gekauft, als es einen Sturm gab.«

Ich nickte. Das hatte Gavin mir bereits erzählt.

»Thomas wurde verletzt, als ein Teil des Gebäudes einstürzte und sein Bein zerquetschte«, fuhr sie fort.

Ich dachte an das leichte Hinken zurück, das mir aufgefallen war, als ich den Mann kennengelernt hatte. Er konnte sich bewegen, aber wenn es ihn nach einem Jahr immer noch zu schaffen machte, dann musste der Schaden erheblich gewesen sein.

»Das Restaurant ging beinahe den Bach herunter, während er sich erholte. Gavin hat den Laden gekauft. Er hat darauf bestanden, Thomas zur Hälfte zu beteiligen, aber davon wollte der nichts hören. Er will Gavin alles zurückzahlen. Sture Männer.«

»Gibt es auch andere?«, fragte ich mit einem Lachen, während meine Gedanken abschweiften. Gavin hatte mir also nicht alles erzählt. Er schien entschlossen, kleine Geheimnisse zu wahren. Nichts, was gefährlich war oder mich verletzte, sondern Dinge, mit denen die meisten Männer prahlen würden. Ich musste mich nicht fragen, warum er das tat. Gavin wollte nicht, dass die Menschen ihn auf diese Art sahen. Er wollte sein eigener Mann sein. Nicht ein Mann mit Geld. Ich wusste diese Informationen zu schätzen, da sie mir zeigten, dass er hinter den Kulissen Großes bewirkte. Das hatte ich bereits gewusst. Ich war froh, dass andere Menschen das auch zu sehen bekamen.

Wir liefen den Männern eine Weile später über den Weg. Sie hielten immer noch Kaffeebecher in den Händen.

»Kann ich etwas abhaben?«, fragte ich Gavin. Er bot mir seinen ohne Widerrede an.

»Das ist der beste Kaffee auf der Insel«, sagte Richard.

»Ich schätze, du weißt, wovon du redest«, zog ich ihn auf. Der Kaffee war wirklich nicht übel. Ein wenig stark für meinen Geschmack, aber die Familie Sound trank ihren Kaffee vermutlich stärker als wir anderen. »Werdet ihr hier jemals ein Sound Coffee eröffnen?« Es würde Sinn ergeben zu expandieren. Diese Stadt hatte viel Tourismus. Eine Menge Menschen würden zu der bekannten Marke gehen.

Aber Richard schüttelte entschieden den Kopf. »Dieser Kaffeeladen ist seit fünfundzwanzig Jahren hier. Er war hier, als wir unser Ferienhaus gekauft haben, und er wird hier sein, wenn ich tot bin. Die Insel ist zu klein für zu viele konkurrierende Geschäfte. Es gibt jede Menge Sound Coffees an anderen Orten in Washington.«

Das sah ich, nachdem ich den Tag hier verbracht hatte. Die meisten Läden waren voller einzigartiger Stücke. Die Ladenbesitzer versuchten, ein breites Warenangebot zu haben, ohne einander auf die Zehen zu treten. Das machte die Zeit hier nur umso angenehmer.

»Außerdem werde ich so nicht an die Arbeit erinnert«, flüsterte er mir zu.

Gavin und seine Mutter liefen vorneweg und sprachen über etwas, das ich aus der Entfernung nicht mitbekam.

»Gavin sagt, du bist in der PR«, sagte Richard zu mir.

»Ich studiere PR«, stellte ich klar. »Ich mache dieses Jahr den Abschluss.«

»Na, wenn mein Sohn dich nicht einstellt, wir haben eine ziemlich solide PR-Abteilung bei Sound Coffee.«

Daran zweifelte ich nicht. Und doch wollte ich seine Freundlichkeit nicht ausnutzen. »Das ist lieb von dir. Ich weiß wirklich nicht …«

»Du klingst wie mein Sohn«, unterbrach Richard mich. »Ihr beide ähnelt einander wie ein Ei dem anderen, deshalb denke ich nicht, dass mein Rat Eindruck hinterlässt. Gavin ist so störrisch wie sein alter Herr. Aber tu dir einen Gefallen und sei ein wenig klüger als er. Er denkt, dass niemand ihn respektiert, wenn er seine Familienbeziehungen nutzt. In Wahrheit ist aber die Familie alles, was wir im Leben haben. Wir müssen einander unterstützen. Du kannst das Vetternwirtschaft nennen, aber am Ende ist deine Familie vor allen anderen loyal. Das ist einer der Gründe, aus dem ich hoffe, dass er eines Tages mein Geschäft führt.«

»Meine Familie hat eine Ranch in Texas«, sagte ich. »Nicht direkt für ihre PR bekannt. Aber definitiv ein Familienbetrieb. Ich weiß, wie es ist, sich seinen eigenen Namen machen zu wollen. Aber ich glaube auch, dass Familie wichtig ist.« Das tat ich. So war ich erzogen worden. Deshalb hatten meine Eltern ihr altes Auto für mich hochgefahren, damit ich ein unbezahltes Praktikum machen konnte diesen Sommer. Deshalb fuhr ich zu Thanksgiving immer nach Hause.

»Du hast jetzt zwei Familien«, sagte er mit fester Stimme.

»Oh, also …« Ich wusste nicht, was ich sagen sollte.

»Mein Sohn verliebt sich in dich. Das macht dich in meinen Augen zu Familie.« Richard sah zu seinem Sohn, der ein paar Meter vor uns lief. »Gavin vergibt sein Herz nicht leichtfertig. Ich weiß, dass er nur eine herausragende Frau auswählt.«

»Er hatte ein herausragendes Vorbild«, sagte ich leise.

»Worüber tuschelt ihr beiden da?«, rief Gavin über die Schulter.

»Nichts«, rief sein Dad zurück. »Ich erzähl ihr peinliche Geschichten aus deiner Kindheit. Erinnerst du dich daran, dass du überzeugt davon warst, dass im Radio winzige Menschen sitzen?«

Die Sounds versprachen mir, mir beim nächsten Mal ihr Boot zu zeigen, wenn wir wieder alle auf der Insel wären, eine Gelegenheit, vor der ich mich ein wenig fürchtete. Ich hatte weniger Zeit auf Booten verbracht als an Bord von Flugzeugen. Ich nahm an, dass ich mir ansehen musste, wie ich am besten mit meinen Ängsten umging, wenn das mit Gavin und mir ernst wurde.

Am frühen Abend begann mein Magen zu knurren, da unser großes Frühstück langsam verdaut war.

»Sollen wir uns irgendwo hinsetzen?«, fragte Rebecca. »Einen Happen essen?«

Für diesen Vorschlag war ich dankbar, aber ich fragte mich, ob sie wirklich mein Magenknurren gehört hatte.

»Ich könnte kochen«, bot Gavin an.

»Nicht heute Abend. Ich möchte dich genießen«, sagte ich.

»Wie wäre es mit etwas Schnellem?«, schlug Richard vor.

Etwas Schnelles bedeutete auf San Juan Island anscheinend, zu dem Drive-in zu gehen. Es war weniger ein Drive-in als ein Walk-in, da so viele Touristen zu Fuß unterwegs waren. Die kleine blaue Fastfoodbude schien schon immer da zu sein. Die Sounds wurden geduzt, und ich wurde dem Mann hinter der Theke vorgestellt, dem der Laden gehörte.

Gavin ließ mich nicht bestellen. Er kam einfach mit einem prallgefüllten Beutel mit allem darin zurück.

»Wir hatten Schwein«, sagte er. »Heute Abend ist *Film im Park*. Es läuft: *Leoparden küsst man nicht.*«

»Oh!« Rebecca klatschte erfreut in die Hände.

Ich wollte nicht zugeben, dass ich den Film nie gesehen hatte. Mein Gesicht musste mich verraten haben, denn Gavin sah mich ungläubig an. »Sag nicht, du hast *Leoparden küsst man nicht* nie gesehen.«

Ich schüttelte verlegen den Kopf. »Ist es ein neuer? Ich gehe nicht oft ins Kino.«

Als Stipendiatin hatte ich nicht viel Taschengeld. Außerdem verbrachte ich meine Wochenenden meist im Garrets, der Campusbar, mit meinen Freundinnen.

»Du hast nicht viele Klassiker gesehen, oder?«, fragte Gavin.

»Von wie alt reden wir?«, fragte ich argwöhnisch. Ich war mit dem Œuvre von John Hughes vertraut.

»Ich denke, wir haben hier eine Jungfrau, was Filmklassiker betrifft«, sagte Richard.

»Das ist ein Fehler, den wir beheben müssen«, sagte Gavin. »Gott sei Dank, ich habe langsam gedacht, du bist zu perfekt. Ich wollte, während du schläfst, schon nachsehen, ob du ein Roboter bist.«

Film im Park war ein beliebtes Event. Familien und Paare machten Picknick und saßen in Gartenstühlen. Ich stolperte beinahe über ein entwischtes Kleinkind. Gavin fing die Kleine ein und brachte sie zu ihrer aufgeregten Mutter zurück.

Rebecca und Richard liefen rasch in den Laden und besorgten zwei Decken für uns. Da Gavins Augen größer gewesen waren als sein Magen, hatten wir ein Festessen.

»Was denkst du?«, fragte Gavin, als ich den ersten Bissen von meinem Burger nahm.

Ich verdrehte die Augen vor Begeisterung.

»Das ist gut«, sagte ich mit vollem Mund.

Als der Film anfing, streckte Gavin sich auf der Decke aus und legte seinen Kopf in meinen Schoß, und ich fuhr mit den Fingern durch sein Haar. Es fühlte sich einfach gut an, ihn zu berühren, verbunden und entspannt zu sein. Der Film war das Witzigste, was ich je gesehen hatte. Ich ertappte Gavin immer wieder dabei, wie er zu mir aufsah, mit einem dümmlichen Grinsen auf dem Gesicht, als ob meine Reaktion so unterhaltsam wäre wie der Film. Rebecca und Richard saßen auf der Decke neben unserer und hielten einander im Arm. Ich musste gelegentlich einfach zu ihnen hinübersehen, und ich vermutete, dass wir so in dreißig Jahren aussehen könnten. Ich hatte nicht gewusst, was ich von diesem Wochenende zu erwarten gehabt hatte, aber ich hatte nicht erwartet, mich so zu fühlen.

Ich fühlte mich, als wäre ich zu Hause angekommen.

An diesem Abend gab es keine Diskussion, als wir gute Nacht sagten und in sein Zimmer gingen. Wir liebten uns langsam, sahen einander in die Augen und vereinten unsere Körper, als ob wir so unsere Herzen zu einem verschmelzen könnten.

Kapitel 21

Als ich von Friday Harbor nach Hause kam, schenkte ich Olive der Katze meinen Vibrator.

»Den werde ich nicht mehr brauchen«, sagte ich zu ihr. Sie schien deutlich weniger interessiert daran, jetzt, da er nicht mehr tabu war. Trotzdem schleppte sie ihn weg. Ich war nicht so sicher, dass Lillian erfreut über ihr neues Spielzeug sein würde.

Dank der Ankunft von Gavins Eltern, die mit der Fähre gekommen waren, hatten wir unser Beförderungsmittel tauschen können. Es hatte länger gedauert, in Richards Land Rover nach Hause zu kommen. Aber wenigstens verbrachte ich nicht den ganzen Abend damit, mich zu übergeben. Seine Eltern hatten vor, später in der Woche nach Hause zu fliegen. Ich ließ mir von ihnen versprechen, dass sie mir Bescheid gaben, sobald sie die Reise sicher hinter sich hätten. Richard hatte nur gelacht, mit einem fragenden Ausdruck in den Augen. Anscheinend war ich die Einzige, die eine gesunde Angst vor zu kleinen Flugzeugen hatte.

Es war spät, deshalb rief ich die Mädels nicht mit einem Update an. Ich war bereit fürs Bett. Gavin hatte angedeutet, dass ich zu ihm kommen und die Nacht dort verbringen könnte, aber das Wochenende war emotional überwältigend gewesen – auf die allerbeste Art. Nun brauchte ich ein bisschen Zeit, um zu verarbeiten, was zwischen uns geschehen war. Ich nahm an, dass diese getrennte Nacht wohl eine der letzten sein würde. Unsere Beziehung würde nicht langsamer voranschreiten. Und da ich das wusste und außerdem die Präsentation für das Majestic-Projekt am Morgen stattfand, entschied ich mich dazu, bei mir zu bleiben. Ich sagte ihm, dass ich über meinen Notizen brüten wollte. Ein Teil von mir fühlte sich schuldig, weil ich nicht viel an die Präsentation gedacht hatte, während wir weg waren. Vielleicht wären Gavin und ich gut füreinander, und wir würden uns gegenseitig vor unserer Workaholic-Tendenz retten.

Als ich mir aber endlich eingestand, dass ich nicht besser vorbereitet sein konnte, stellte ich fest, dass es schwer war, ohne ihn einzuschlafen. Und dank dieser Feststellung und der anstehenden Präsentation warf ich mich die ganze Nacht von einer Seite auf die andere.

Am nächsten Morgen suchte ich ein elfenbeinfarbenes Wickelkleid aus, das nicht zu elegant war. Ich hielt meinem Spiegelbild eine Rede, während ich mein Make-up auflegte. Während ich einen Hauch Bronzer auftrug, sagte ich: »Du schaffst das. Du bist knallhart. Niemand ist besser vorbereitet als du.« Ich wünschte nur, dass ich irgendwas davon hätte glauben können.

Danny, der sich daran erinnert hatte, dass ich eine Präsentation hatte, wartete mit einem großen Latte an der Tür von Sound Coffee auf mich. »Viel Glück!«

Ich bedankte mich überschwänglich und machte ein paar Schritte, bevor mir einfiel, wann ich ihn das letzte Mal gesehen hatte. »Hast du sie gefragt?«, rief ich ihm über die Schulter zu.

»Sie hat Ja gesagt!« Er hüpfte beinahe ins Sound Coffee zurück.

Das war ein gutes Omen.

Das zweite gute Zeichen wartete auf mich in der Lobby in einem dunkelgrauen Anzug und einer blauen Krawatte, die seine Augen betonte. Ich widerstand dem Drang, zu ihm zu gehen, ihn an der Krawatte zu packen und in eine dunkle Ecke zu schleppen.

George warf mir einen wissenden Blick zu, als Gavin mich begrüßte. Ich hatte meinem Bürofreund nichts von meiner Romanze erzählt, aber es war offensichtlich, dass er erraten hatte, dass da etwas vor sich ging. Ich zwinkerte ihm zu, als Gavin und ich auf den Aufzug zugingen und dabei sorgfältig Abstand voneinander hielten. Ich hatte Gavin darum gebeten, das mit uns geheim zu halten, bis ich bereit war, es jemandem mitzuteilen. Mit der Präsentation heute und meinem Status als Praktikantin schien dies nicht der perfekte Zeitpunkt zu sein, um jeden wissen zu lassen, dass wir uns aufeinander eingelassen hatten. Ganz egal, was sein Dad sagte. Damit würden wir uns später befassen.

»Bist du nervös?«, flüsterte er, als der Aufzug ankam. Die Türen glitten auf, und wir traten ein.

»Nein«, log ich.

Gavin drückte ungeduldig auf den Knopf, während wir darauf warteten, dass sich die Türen schlossen. Als sie zu waren, lag ich in seinen Armen. Es war nur eine kurze Fahrt, was den Kuss nur umso eiliger und dringlicher machte. Ich wünschte beinahe, dass er den Notknopf drücken würde. Gavin trat zurück, als die Glocke verkündete, dass wir auf unserem Stockwerk angekommen waren.

»Ich hab dich vermisst«, sagte er und drückte meine Hand, bevor sich die Türen wieder öffneten und der Lift uns im hektischen Bürostockwerk absetzte. Jeder, der für das Unternehmen arbeitete, schien hier zu sein. Manche hatte ich noch nie zuvor gesehen.

»Das ist der Rest des Komitees für Denkmalschutz«, sagte Gavin leise, als wir zu unseren Plätzen liefen. Ich dachte darüber nach, ihm in sein Büro zu folgen, aber die Präsentation war in nicht einmal einer Stunde, und obwohl die Ablenkung verlockend war, musste ich mich konzentrieren. Gavin kam mit in meinen Arbeitsbereich, wo niemand uns sehen konnte, und gab mir rasch einen Kuss. »Ich sehe dich dann drinnen.«

Die Stunde verging, als hätte jemand an den Uhren gedreht. Dann stand ich schon im Konferenzraum, der voller Menschen war, und bereitete nervös meine PowerPoint-Präsentation vor. Gavin saß auf der einen Seite des Tischs und Imogen auf der anderen. Ich kannte die meisten Leute auf Gavins Seite. Die meisten bei Imogen waren mir fremd. Das musste der Rest des Komitees sein. Ein Teil von Imogens Aufgebot sah ein wenig mürrisch aus, aber sie selbst lächelte mich strahlend an. Ich war nicht sicher, ob sie mich ermuntern wollte oder ob sie sich freute, weil ihre Eltern ihr erzählt hatten, dass das Wochenende gut gelaufen war. Dieses Wochenende würden wir vielleicht zu dritt zum Skeeball gehen. Ich nahm an, dass die Präsentation gut laufen würde und dass das eine gute Idee wäre. Ich wäre in jedem Fall dazu bereit, ein bisschen Dampf abzulassen.

Da sowohl Trevor als auch ich unsere Projektvorstellungen vorbereitet hatten, wurden alle Fragen bis zum Schluss aufgeschoben. Ich führte das Publikum durch mein sorgfältig vorbereitetes Vorhaben.

»Das Majestic ist ein Wahrzeichen des Capitol Hill«, begann ich. »NorthWest Investments möchte, dass es das noch lange bleibt.« Ich fing nicht mit der Baufälligkeit an oder den Besetzern, die darin gelebt hatten, bevor wir es in Besitz genommen hatten. Stattdessen legte ich den Fokus auf das, was es der Nachbarschaft bereits bot. »Unsere Vision ist ein Kino, das der Nachbarschaft als Versammlungsort dient und nicht allein für klassische Filme wie *Leoparden küsst man nicht.*« Ich konnte nicht anders und warf Gavin einen flüchtigen Blick zu. Er grinste. »Sondern auch für Gemeinschaftsveranstaltungen, Konzerte und Schulabschlussfeiern.« Ich klickte mich durch eine Vielzahl an Stockfotos, die ich für die Präsentation gesammelt hatte, bevor ich bei einer baulichen Darstellung des restaurierten Hauses anhielt. »Die Bedenken, dass der Restaurationsprozess eine Last für die Gemeinschaft darstellen könnte, sollten ernst genommen werden. Es ist unser Ziel, die Leute einzubeziehen, die in der Nachbarschaft leben, damit der

Prozess nicht nur korrekt ist, sondern auch Spaß macht. Wir wollen, dass die Anwohner von Capitol Hill wissen, dass wir ein Teil ihrer Familie sind.«

Dieser Teil meines Vortrags war mir spät in der Nacht eingefallen, und er war von meiner Zeit mit den Sounds inspiriert. »Wir werden Filmabende und Gemeindeveranstaltungen ausrichten. Es wird Benefizveranstaltungen geben, die nicht zwingend sind für unser Budget. Doch sie werden einen Gemeinschaftssinn bezüglich der Immobilie fördern – dieses Wir-Gefühl ist es, das wir zu erreichen hoffen mit dem neu restaurierten Majestic, für eine sehr lange Beziehung zwischen dem Kino und seinen Gästen in der Vergangenheit, der Gegenwart und der Zukunft.«

Mehr als nur ein paar der Anwesenden klatschten, als ich fertig war. Da die Fragen erst am Schluss gestellt werden sollten, packte ich meine Sachen zusammen, damit Trevor seine Präsentation halten konnte. Gavin hielt diskret die Daumen hoch, als ich mich an ihm vorbeidrückte. Ich fand eine Stelle im hinteren Teil des Raums, und ein paar Leute machten mir Platz.

»Guter Job«, sagte ein Typ. Ein paar andere lächelten. Bis zum Teil mit den Fragen und Antworten würde ich nicht wissen, wie alle über mein Konzept dachten. Gerade im Moment schwebte ich aber. Nicht auf diese schreckliche, Übelkeit erregende Cessna-Art, sondern ich fühlte mich leichter als Luft. Es hatte jede Menge tolles nonverbales Feedback vom Publikum gegeben während der Präsentation. Die Leute lächelten und nickten. Ich nahm das als gutes Zeichen. Und davon abgesehen war es vorbei, ich hatte es geschafft.

Es wurde still im Raum, als Trevor mit seiner Präsentation anfing. Er hatte sich nicht für eine einfache PowerPoint-Präsentation entschieden, so wie ich. Stattdessen hatte er sich einen merkwürdigen Filmtrailer einfallen lassen. Bilder des Kinos im aktuellen Zustand flirrten vorbei, während düstere Musik spielte.

»Die Restauration des Majestic sollte nicht als eine Plage für die Gemeinschaft angesehen werden«, sagte er, und ich zuckte zusammen. Er klang bereits feindlich. »Stattdessen sollte sie als das gesehen werden, was sie ist: die Gentrifizierung eines sterbenden Wahrzeichens. NorthWest Investments ist sein Retter.«

Sogar von hier hinten sah ich, wie Gavins Schultern steif wurden. Ich würde ihm später den Rücken massieren müssen. Und er würde mich wohl ebenfalls massieren müssen. Das hier wurde heftig.

Trevors Präsentation wurde von da ab nicht besser. Irgendwie schaffte er es, unser Unternehmen, das Denkmalschutzkomitee, die Nachbarschaft und sogar die historische Stiftung, die viele der Wahrzeichen betreute, zu beleidigen. Er endete mit: »Das ist keine Frage des Ob, sondern des Wann. Ohne uns wird das Majestic nur noch eine Erinnerung sein.«

Da lag er nicht direkt falsch, aber er hatte den Teil mit dem Beschwichtigen der Bedenken des Komitees verpasst – den Teil der Pressearbeit.

Als Trevor fertig war, erhob Gavin sich mit ausdrucksloser Miene.

»Danke dafür.« Er klang kein bisschen dankbar, aber er

behielt seine Meinung für sich. »Wie vorhin angekündigt, werden wir jetzt auf die Fragen eingehen. Bitte wenden Sie sich damit an die gesamte Gruppe, und wer am besten geeignet ist, sie zu beantworten, wird etwas sagen.«

Er sah zu Imogen, die immer noch verwirrt von der letzten Präsentation wirkte. Das verhinderte nicht, dass eine Vielzahl an Fragen von ihrer ganzen Truppe aufkam. Manche waren leicht zu beantworten. Wie war unser Zeitplan? Ein Jahr. Andere waren etwas komplexer. Wie konnte es eine Restauration sein, wenn wir das Gebäude entkernten? Antwort: Wir hatten angesichts seines Zustands keine Wahl. Ich sprang ein, wann immer das möglich war, aber in den meisten Fällen kam Trevor mir zuvor und stellte sein heftig mangelndes Taktgefühl zur Schau. Wir waren hier nicht die Experten, aber das war PR: alle Belange eines ganzen Unternehmens zu bündeln und dann mit einer Antwort beizukommen. Ich sprach über den Bauvorgang. Sie waren nicht die Typen, die öffentlich sprachen, deshalb war ich ihr Sprachrohr. Zum ersten Mal fühlte ich mich wirklich, als wüsste ich, was ich da tat. All diese Jahre des Unterrichts machten sich bezahlt.

Als wir fertig waren, sahen alle Imogen an, die Vorkämpferin der Organisation. »Zuerst möchte ich mich bei Ihnen allen bedanken, dass Sie unsere Bedenken so ernst nehmen.« Ihr Blick huschte zu Trevor hinüber, als wollte sie ihn ermahnen, still zu bleiben. »Wir sehen das Majestic als ein historisches Wahrzeichen, und wir wollen, dass es auch weiterhin ein Ort im Viertel ist, auf den die Nachbarschaft stolz sein kann. Ich denke, ich spreche für uns alle, wenn ich sage, dass Cassies Pläne den Geist dessen, was das Kino für die Gemeinschaft bedeutet, erfassen. Wir freuen uns darauf zu sehen, wie mit offener Kommunikation und einer klaren Vision NorthWest Investments etwas Gutes für unsere Nachbarschaft bewirken kann.«

Diesmal klatschten sie nicht nur vereinzelt, sondern alle brachen in Applaus aus. Die Menschen standen neben mir und gratulierten mir und klopften mir auf die Schultern. Trevor hatte sich weiter in die Ecke geschoben, als wollte er verschwinden. Es fühlte sich gut an, dass es vorbei war, und noch besser, dass ich eine Brücke zwischen diesen beiden Organisationen hatte schlagen können.

Gavin stand da und wartete darauf, dass der Applaus und das Geplapper verstummten. »Hervorragende Arbeit. Lasst uns hoffen, dass wir Cassies Plan nicht versauen, während sie das College fertig macht.« Fast alle lachten. Ein paar der Mitglieder des Denkmalschutzkomitees drehten sich verblüfft um. »Ich wollte einen Moment, um mit euch zu reden, denn es ist ziemlich schwer, uns im Sommer alle zur gleichen Zeit am gleichen Ort zu haben.«

Von hinten rief jemand: »Wir brauchen ein größeres Büro.«

»Ich behalte das im Hinterkopf«, sagte Gavin trocken. »Hier geht es aber nicht um Restaurationen, deshalb möchte ich mich bei meinen Gästen entschuldigen. Obwohl es sie auch irgendwie betrifft.« Er räusperte sich, als müsste er seine Gedanken kurz sammeln. Was hatte er vor? »Ich habe das Wochenende überraschend mit meinem Vater verbracht.«

»Hat er dich endlich überzeugt, seine Firma zu übernehmen?«, rief Agnes vom Ende des Tischs.

Nervöses Gelächter und rastlos umherhuschende Blicke folgten. Keiner wollte Gavin an Sound Coffee verlieren, aber sie schienen zu begreifen, dass das eine Möglichkeit war. Bis jetzt hatte ich nicht gewusst, wie viele über seinen Dad Bescheid wussten, aber Gavin glaubte an Transparenz. Er mochte ja den Namen seiner Mutter auf seine Visitenkarte geschrieben haben, aber er hatte nicht versteckt, wer er war. Das wäre unmöglich gewesen.

»Nein, aber er hat mich an ein paar Dinge erinnert.« Die Ernsthaftigkeit in seiner Stimme ließ die Menschen im Raum sofort wieder verstummen. »Er erinnerte mich daran, dass ein guter Boss transparent ist. *Ehrlich.*«

Gavin sah mich in dem Moment direkt an, in dem ich begriff, was er vorhatte. Es war wie die Sekunden vor einem Unfall. Ich sah es kommen, aber ich konnte es nicht aufhalten. Ich konnte nur zusehen.

»In diesem Sinne möchte ich euch sagen, dass ich mit jemandem aus dem Büro zusammen bin.«

Gemurmel brandete auf, die Leute flüsterten und sahen sich im Raum um, als ob sie nach einer Verdächtigen suchten. Niemand sah wütend aus. Ich erwartete nicht, dass jemand die Heugabel auspackte und einen Mob aufstellte. Und doch betete ich im Stillen, dass er nicht meinen Namen nennen würde. Ich hatte gedacht, er hätte verstanden, dass ich noch nicht dazu bereit war, auf diese Weise im Rampenlicht zu stehen.

»Es ist ernsthaft«, fuhr er fort.

Oh nein. Nein. Nein.

»Wie lange bist du mit ihr zusammen?«, fragte jemand, dann fügte er rasch hinzu: »oder ihm.«

Entweder war Gavin nicht so transparent, wie er dachte, oder er datete wirklich so selten, dass niemand sicher wusste, ob er hetero war.

Gavin lächelte nur. »Sie. Noch nicht so lange. Ich wollte sicher sein, bevor ich etwas sage. Ich glaube nämlich, es gibt einen Topf mit Wetten hier im Büro, ob ich als Junggeselle sterbe oder nicht. Da wollte ich den Einsatz nicht verpfuschen.«

»Der geht bis zu 200 Dollar«, warf Agnes von hinten ein.

Imogen versuchte, ihr Grinsen zu verbergen, während die Sache sich entspann. Sie wagte es, zu mir zu blicken, und das Grinsen glitt von ihrem Gesicht. Sie öffnete den Mund, als wollte sie aufspringen und den entgleisten Zug aufhalten, bevor er alles zerstörte, aber sie sprach nicht. Sie schloss die Augen, als wappnete sie sich, während er fortfuhr.

Wenigstens eine im Raum war auf meiner Seite, als Gavin mich ansah und die Spannung auflöste. »Ich weiß, dass wir alle hier das Privatleben der anderen respektieren und dass es keine große Sache ist, aber ich möchte ehrlich mit euch sein und euch sagen, dass ich Cassie Hart date.«

Aller Augen im Raum wandten sich mir zu und starrten mich an.

Kapitel 22

Ich schaffte es bis zu meinem Schreibtisch, bevor ich anfing zu weinen. Ich hatte mein Telefon dort gelassen aus Angst, dass es mitten in der Präsentation losklingeln könnte. Jetzt nahm ich es und sah, dass meine besten Freundinnen mir ein halbes Dutzend Nachrichten geschickt hatten, in denen sie mir viel Glück wünschten und mich über das Wochenende ausfragten. Ich brachte es nicht über mich zu antworten. Ich hatte meine ganze Kraft dafür gebraucht, ein Lächeln auf dem Gesicht zu behalten, während ich mich aus dem Konferenzraum schob. Die meisten Leute wollten mir zu meinem guten Job gratulieren. Nur ein paar erwähnten meine neue Beziehung mit Gavin. Man konnte ihm zugutehalten, dass niemand wütend zu sein schien. Er hatte mir gesagt, dass es niemanden kümmern würde.

Aber das war nicht der Punkt.

Ich spürte, dass jemand hinter mir stand, und fuhr in meinem Stuhl herum, um mich ihm zu stellen. Aber es war nur Trevor.

»Bist du hier, um dich zu ergötzen?«

»Ich bin hier, um dir zu sagen, dass deine Präsentation toll war.« Er schob die Hände in die Taschen seiner Hose und lehnte sich gegen den Eingang zu meinem Arbeitsplatz.

»Sicher«, sagte ich ausdruckslos.

»Nein!« Er schüttelte den Kopf mit ernster Aufrichtigkeit. »Du schienst wirklich zu wissen, was sie wollen. Du bist besonders, Cassie. Ich hätte dir das schon vorher sagen sollen.«

Ich blinzelte, und mein Gehirn versuchte zu begreifen, was hier gerade geschah. Trevor machte mir ein *Kompliment*. Das konnte nichts Gutes bedeuten.

»Ich weiß, was Gavin da drin gesagt hat. Aber ihr könnt euch noch nicht so lange treffen.« Er richtete sich auf und kam einen Schritt auf mich zu. »Was wir hatten, war besonders. Das habe ich vorher nicht erkannt.«

Oh, oh, das hier wurde wirklich, wirklich übel.

»Weil du nicht hingesehen hast.« Es war unglaublich. Ein anderer Mann hatte gerade seinen Anspruch auf mich erklärt. Und jetzt beschloss mein Exfreund, dass wir wieder zusammen sein sollten. Anscheinend hatten sie alle das Memo nicht gekriegt, in dem stand, dass diese Vagina hier keinem Mann gehörte. Ich ließ ihn gar nicht erst weiterreden. »Wenn du denkst, dass du mal eben so entscheiden kannst, was am besten für mich ist – für unsere Beziehung, die aber so was von vorbei ist –, dann liegst du falsch. Ich sitz hier nicht herum und warte darauf, dass du es dir anders überlegst. Ich habe Pläne und Hoffnungen und

Ziele. Ich verdiene jemanden, der mich zu jeder Zeit respektiert. Nicht nur, wenn es gerade mal gut für ihn passt.«

»Cassie, ich …«

Ich unterbrach ihn. »Mach's gut, Trevor.«

Er ging davon und murmelte dabei vor sich hin. Gavin hatte hinter ihm gestanden und sich das Ganze angesehen.

»Kann ich mit dir reden?«, fragte er leise. ER hatte alles mit angehört. Er wusste, dass mein Ausbruch sich nicht nur an Trevor gerichtet hatte.

»Habe ich eine Wahl?«, gab ich zurück.

»Mein Büro?«

Ich wollte Nein sagen – dass er, was immer er zu sagen hatte, auch vor dem ganzen Büro sagen konnte, da wir ja offensichtlich keinerlei Geheimnisse vor niemandem hatten. Aber ich hatte noch einen Funken Würde in mir. Der wurde mit jeder Sekunde kleiner, also stand ich auf und marschierte auf sein Büro zu. Er folgte mir hinein und schloss die Tür. Ich zuckte zusammen und fragte mich, was die anderen davon halten würden.

»Hat Trevor …«, setzte er an.

»Trevor ist mir egal«, unterbrach ich ihn sofort.

»Du bist wütend«, sagte er.

»Verdammt, ja. Das bin ich. Du hast mir was versprochen.« Er musste doch wissen, wie sehr es mich verletzte, dass er eine so wichtige Verkündigung ohne meine Zustimmung gemacht hatte. »Das hier war eine große Entscheidung. Es hat lange gedauert, mich davon zu überzeugen, dass es nicht falsch ist, wenn ich dich treffe. Ich brauchte ein wenig länger, um mich darauf vorzubereiten, jedem hier im Büro täglich nicht nur als ihre Kollegin, sondern als deine Freundin gegenüberzutreten.«

»Das verstehe ich.« Er hob die Hände.

»Offensichtlich tust du das nicht, sonst hättest du nicht jedem erzählt, einschließlich des Denkmalschutzkomitees, dass du deine Praktikantin vögelst.«

Gavin zuckte zusammen, als hätte ich ihn mit Steinen beworfen. »Darum geht es zwischen uns nicht. Das wissen wir beide. Du denkst, ich hätte ihnen von dir erzählt, wenn es nur um Sex ginge?«

»Ich denke, dass du mich genug respektiert hättest, wenn es mehr wäre – so wie du behauptest –, um mir die Zeit zu geben, die ich brauchte, bevor wir es der Welt erzählen. Zuerst deine Eltern und jetzt das Büro.«

»Ich dachte, du hattest eine schöne Zeit mit meinen Eltern.« Seine Stimme war so ruhig, dass mich ein Zittern überlief.

Eine kleine Stimme in mir warnte mich davor, dass ich es zu weit trieb. Und doch fuhr ich fort. »Ich hatte nicht wirklich eine Wahl, oder? Es scheint, als hätte ich in deiner Gegenwart nie groß eine Wahl. Ich meine, ziehen wir zusammen? Werden wir heiraten? Wann möchtest du das erste Kind? Gib mir einfach nur den Zeitplan.«

»Das ist nicht fair.« Seine Worte grollten durch ihn hindurch wie der erste Donnerschlag, bevor der Gewitterregen begann. Das brachte uns aus einer hitzigen Diskussion mitten hinein in unseren ersten richtigen Streit.

Es klopfte. Wir beide starrten böse zur Tür, als wäre die Bedeutung, dass sie geschlossen war, ignoriert worden.

»Gib mir ein paar Minuten«, rief Gavin.

»Ich verstehe, dass ich dich überrumpelt habe«, fing er an und sprach so leise, dass derjenige vor der Tür nicht hören konnte, dass wir stritten. »Ich muss nicht nur an unsere Beziehung denken, sondern auch an meine Beziehung zu all diesen Leuten. Ich wollte meine Gefühle für dich nicht verstecken. Ich schäme mich nicht dafür.«

»Denkst du, ich schäme mich?«

»Ich weiß nicht, was mit dir los ist«, sagte er matt.

Das brachte das Fass zum Überlaufen. »Ich sagte dir, dass ich niemanden treffe, und du hast dir ein Date erschlichen! Ich habe erwähnt, dass ich zu schnell vorzugehen pflege, und du hast aufs Gas getreten! Ich habe noch kaum verarbeitet, wie ich mich fühle, und du schreist es von allen Dächern.«

»Ich dachte, wir wären der gleichen Meinung.« Jetzt sah Gavin nicht verletzt aus, er sah am Boden zerstört aus.

Ich hatte ihn nicht nur verletzt, ich hatte die eine Sache gefunden, die uns zerstören könnte. ER hatte während unserer ganzen Werbungsphase Schritte unternommen, um sicherzugehen, dass er keine Grenze überschritt. Er hatte mir auf Schritt und Tritt die Gelegenheit gegeben zu sagen, was ich wollte, und er hatte immer nachgefragt, bevor er den nächsten Schritt gemacht hatte. Hatte er mich verfolgt? Ja. Hatte ich ihm das erlaubt? Ja. Mich traf genauso die Schuld an dem, was zwischen uns passiert war. Aber das war die Sache mit Streitereien unter Liebenden, es war viel leichter, die Tatsachen zu übersehen, um sich stattdessen in seinem Elend zu wälzen.

Die Tür zum Büro öffnete sich, und Imogen spähte herein. »Es tut mir leid, euch zu stören, aber ich muss los. Ich wollte mich nur verabschieden.«

Sie sah nervös zwischen uns hin und her. Entweder waren wir nicht so leise gewesen, wie wir gedacht hatten, oder sie hatte das hier kommen sehen. Sie hatte meine Stimmung erkannt, als wir im Konferenzraum gewesen waren.

»Ist in Ordnung«, sagte ich zu ihr. »Wir sind gerade fertig. Ich musste Gavin sagen, dass ich meine Beziehung zu NorthWest Investments überdenke.«

»Cassie«, sagte Gavin und machte einen Schritt auf mich zu. »Nicht.«

»Ich beende mein Praktikum«, sagte ich zu ihm, bevor ich mich wieder an sie wandte. »Ich sorge dafür, dass, wer immer das Majestic-Projekt übernimmt, gut vorbereitet ist.«

Ich stiefelte an ihnen beiden vorbei und direkt ins Bad. Die ersten Tränen liefen über meine Wangen, als die Tür hinter mir zufiel. Ich verschloss sie, dankbar, dass es einen Ort gab, an dem ich nicht gestört werden würde. Ein paar Minuten später klopfte es leise.

»Cassie?«, rief Imogen durch die Tür.

Ich wischte mir die Tränen weg, aber mein verschwollenes Gesicht konnte ich nicht verstecken. Dann öffnete ich die Tür einen Spalt und sah hinaus. Das war alles, was sie brauchte. Sie trat ein und verriegelte die Tür wieder.

»Geht es dir gut?«, fragte sie.

»Hat er dich geschickt?«

Sie schüttelte den Kopf. »Ich bin von mir aus hier. Keine

Agenda. Obwohl er ziemlich wütend ist. So sah er an dem Tag aus, an dem unser Hund gestorben ist.«

Das sorgte nicht dafür, dass ich mich besser fühlte. Ich konnte es ihr nicht erklären. Imogen und ich waren gleich alt. Wir hätten Freundinnen werden können. Aber das hier konnten nur Gavin und ich klären. »Ich bin nicht bereit, darüber zu reden.«

»Ich verstehe.« Sie gab mir einen Streifen Papier. »Das hier ist meine Nummer. Ich möchte, dass du sie hast. Sieh mal, Gavin kann ein Arsch sein, ich weiß. Aber er liebt dich.«

»Ich hab es langsam wirklich satt, dass alle das immer sagen, so als wäre es deshalb okay, sich scheiße zu benehmen.« Dabei hatte Gavin es noch nicht mal gesagt. Sie wusste das nicht. Aber wenn das jedermanns Entschuldigung dafür war, dass er ohne meine Zustimmung zu meinem angeblichen Vorteil handelte, würde das ein Problem werden.

»Das entschuldigt ihn nicht«, stimmte sie zu, »aber du solltest es dennoch wissen.«

»Ich weiß das, aber ich bin nicht sicher, ob ich das hier vergessen kann.« Das war die Wahrheit. Ich war zu wütend und verletzt, um zu erkennen, was auf der anderen Seite auf uns warten könnte. Wenn da überhaupt etwas war.

»Ruf mich an, falls du mal was trinken gehen willst«, sagte sie mit echter Besorgnis.

Irgendwie kriegte ich den Tag rum und kam mit ein wenig Smalltalk mit ein paar Leuten davon. Ich weigerte mich zu weinen, wenn jemand einen Witz über meine Beziehung zu Gavin machte, obwohl mein Herz jedes Mal ein bisschen mehr brach.

Ich hatte keinen Zweifel, dass Gavins Verkündigung mittlerweile auch unten beim Empfang angekommen war, also rannte ich förmlich aus dem Gebäude, als die Uhr fünf schlug. Wenigstens bot die Wohnung mir Zuflucht. Lillian würde im Büro sein. Als ich nach Hause kam, war es zum Glück ruhig. Olive spielte mit ihrem neuen lila Freund und sah auf, als ich hereinkam. Ich schloss die Tür und sank dagegen, als die Tränen kamen. Bis auf meinen Ausbruch im Bad hatte ich dem Schmerz in mir nicht nachgegeben. Jetzt verschlang er mich.

»Cassie? Bist du das?«, rief eine besorgte Stimme von der Couch, und ich erschrak mich zu Tode. Ich machte ein paar Schritte ins Wohnzimmer und entdeckte die Letzte, die ich dort erwartet hätte, und die Person, mit der ich am dringendsten reden wollte.

Kapitel 23

Jess war aus Mexiko zurückgekehrt, braungebrannt und mit Sommersprossen. Sie hatte mir nichts davon erzählt, weil sie dachte, es wäre eine schöne Überraschung, und nun war ich tränenüberströmt.

»Ich hoffe, das sind Freudentränen«, sagte sie, als ich auf sie zustürzte, um sie zu umarmen.

»Von wegen«, krächzte ich mit wunder Kehle.

Sie drängte mich nicht, Einzelheiten zu erzählen, sondern ließ mich einfach an ihrer Schulter weinen für wer weiß wie lange, bis ich mich endlich aufrichtete, völlig leergeweint, und bereit war, ihr mein Herz auszuschütten.

»Pizza?«, fragte sie, aber es war keine richtige Frage. Sie bestellte, während ich ins Bad ging und mich wusch.

Ich sah in den Spiegel und erkannte, dass ich furchtbar aussah, mit Pandaaugen und Mascarastreifen, die über meine Wangen nach unten führten. Meine Haare waren platt, als ob die Ereignisse des Tages sie auch geplättet hätten. Ich wusch mein Make-up ab, zog meine Haare zu einem Dutt und ging dann in mein Zimmer, um mir etwas Bequemeres anzuziehen. Als ich in meiner Pyjamahose wieder auftauchte, hatte Jess sich ebenfalls ihre angezogen.

»Wo ist dein Mann?«, fragte ich sie und sah mich um, als ob Roman jeden Moment auftauchen könnte.

»Er ist wieder nach Olympic Falls zurück. Ich habe ihm gesagt, dass ich heute Abend die Fähre nehme«, sagte sie und fügte schnell »oder morgen« hinzu.

»Morgen«, sagte ich. Ich würde ein paar Stunden brauchen, um das hier durchzuarbeiten, und ich wollte mich dem lieber mit ihr stellen.

Von meinen beiden Freundinnen war Jess die Vernünftige. Das war der Grund, aus dem es so ein Schock gewesen war, als ich feststellte, dass sie sich auf einen Prof eingelassen hatte. Sie war der lebende Beweis dafür, dass die Liebe nicht immer Sinn ergab. Doch obwohl sie ein Risiko in der Liebe eingegangen war, wusste sie trotzdem, wie man einen kühlen Kopf bewahrte. Sie hatte vor, Ärztin zu werden, was bedeutete, dass sie wusste, wie man zuhörte und dann die Sache auf den Punkt brachte. Das war genau das, was ich brauchte.

»Erzähl mir, was passiert ist.« Sie setzte sich auf die Couch, kreuzte die Beine und wartete.

Die Geschichte kam stoßweise aus mir heraus. Manches wusste sie schon, ich wiederholte es dennoch. Ich musste mich daran erinnern, wie ich hierhergekommen war. Die Pizza kam, als ich erzählte, wie seine Eltern in Friday Harbor aufgetaucht waren. Wir holten Teller, und sie biss in ein Stück Pizza, während ich mich wieder in die Geschichte vertiefte. Als ich bei Gavins großer Verkündung ankam, keuchte sie auf.

»Also hat er dem gesamten Büro erzählt, dass ihr beide zusammen seid?« Sie warf die Pizza auf ihren Teller, als hätte sie keinen Appetit mehr. »Ich kann's gar nicht glauben.«

»Du meinst, du hättest nicht gewollt, dass Roman der gesamten Fakultät verkündet, dass ihr beide miteinander schlaft?«, fragte ich trocken.

»Nein, hätte ich nicht.« Sie rutschte näher an mich heran und legte mir einen Arm um die Schulter. »Aber Roman und ich waren irgendwie dumm wegen unserer Beziehung. Wir waren nicht ehrlich, und das hat uns beinahe Ärger eingebrockt. Erinnerst du dich?«

Da hatte sie nicht unrecht, aber darüber wollte ich nicht nachdenken. Nicht, während ich sauer auf Gavin sein wollte.

»Als die Schule es herausfand, hat der Disziplinarausschuss darüber nachgedacht, mich rauszuwerfen. Das hätte ziemlich übel werden können.«

Ich las zwischen den Zeilen. »Also sagst du da, ich sollte verstehen, warum er es allen gesagt hat?«

Sie war die Rationale von uns. Ich wusste, dass sie recht hatte. Deshalb vertraute ich mich ihr an. Das änderte nichts daran, dass ich ihre Antwort nicht mochte.

»Er hätte zuerst mit dir darüber reden sollen«, lenkte sie ein. »Und er hätte wirklich nicht zustimmen dürfen, es geheim zu halten, und es dann trotzdem allen erzählen.«

»Absolut! Was sollte das?« Wenigstens da waren wir uns einig.

»Hast du ihn gefragt, warum er es heute allen gesagt hat?«

Das war ein anderer hervorragender Punkt. Ich erinnerte mich, dass sie darüber nachgedacht hatte, Anwältin zu werden wie ihre Schwester, bevor sie sich für das Medizinstudium entschieden hatte. Sie wäre eine verdammt gute Anwältin geworden.

»Hab ich nicht«, erklärte ich kleinlaut.

»Also hast du ihm wohl keine Chance gegeben zu erklären, warum er dachte, dass es wirklich wichtig wäre, dass jeder Bescheid weiß?«, fragte sie.

»Nein.« Da hatte sie mich jetzt wirklich.

»Sieh mal, ich verstehe, warum du wütend bist. Das wäre ich auch. Er hat dich überrumpelt. Aber ich denke, einer der Gründe, aus denen du so wütend bist, ist der, dass die Dinge sich so schnell entwickeln. Tief in dir drin möchtest du auf die Bremse treten, glaube ich. Du musst nur rausfinden, warum.«

»Ich liebe ihn«, sagte ich sehr leise. Es war das erste Mal, dass ich diese Worte laut aussprach.

»Ich weiß«, sagte Jess beruhigend. Sie zog mich fest an sich. »Flipp mir nicht aus, aber ich denke, das macht dir Angst.«

»Ich werde jetzt etwas wirklich Dummes sagen«, warnte ich sie vor.

»Vorurteilsfreie Zone«, versprach sie.

»Ich denke nicht, dass ich jemals zuvor verliebt war.« Da, ich hatte es ausgesprochen. Ich, Cassie Hart, das Mädchen, das *immer* verliebt gewesen war, wusste nicht wirklich, wie das ging. Seit der Pubertät war ich immer verliebt in jemanden gewesen, hatte mir in meinem Kopf eine Zukunft mit Mr. Right erträumt und mein Leben mit einer ganzen Reihe der Falschen erbaut. »Warum habe ich solche Angst, jetzt, da ich den Einen gefunden habe?«

»Weil du jetzt wirklich etwas zu verlieren hast.« Jess war immer die Weise gewesen. Jillian war gut, um wütend zu sein, aber Jess war diejenige, die man bei sich haben wollte, wenn es an der Zeit war, sich den Tatsachen zu stellen. Jetzt, da sie die Liebe gefunden hatte, hatte sie noch mehr Einsicht als zuvor.

»Denkst du, ich habe ihn verloren?«

Sie schüttelte mit einem Lächeln den Kopf. »So leicht ist das nicht. Liebe ist schwer. Liebe besteht aus Opfern und Kompromissen. Liebe ist Arbeit. Es geht darum, wütend zu sein und aus dem Zimmer zu laufen und dann wieder reinzukommen. Also, nein, ich denke, was ihr beide da habt, ist echt. Gerade läuft's nicht zwischen euch. Aber meiner Erfahrung nach gehst du durch die Hölle und zurück, um bei ihm zu bleiben, wenn du den Richtigen gefunden hast.«

»Ich habe ihn nicht gefunden«, flüsterte ich. »Ich habe ihn erreicht.«

»Das wird schon.« In ihren Worten schwang kein Zweifel mit.

Wie war es so weit gekommen? Wie war Gavin in mein Leben getreten, und wie konnte ich bereits versucht haben, alles zwischen uns kaputt zu machen? »Ich bin noch nicht bereit.«

Sie schien zu verstehen, was ich meinte. Ich war nicht

bereit, mich Gavin zu stellen. Ich musste mich sammeln. Ich musste verstehen, und ich musste Vertrauen haben – oder lernen, Vertrauen zu haben –, dass er noch da sein würde, egal, wie verrückt ich wäre. Ich mochte Gavin ja vielleicht erreicht haben, aber ich brauchte Zeit zu akzeptieren, dass ich ihn verdiente.

Am nächsten Tag meldete ich mich krank. Das war nicht besonders erwachsen, aber ich rechtfertigte es mit Jess' Rückkehr. Ich hatte den ganzen Sommer über keinen einzigen Krankentag genommen, und ich hatte Überstunden gemacht, da konnte ich ruhig den einen Tag nehmen, um meinen Kopf freizukriegen. Gavin rief an, eine Stunde nachdem ich hätte da sein sollen, aber ich ließ die Voicemail rangehen. Ich würde mit ihm reden. Bald. Aber nicht jetzt.

Noch traute ich mir nicht. Ich musste einen klaren Kopf haben. Ich war bereit zu akzeptieren, dass unsere Beziehung Arbeit brauchen würde, aber ich musste die richtigen Worte finden, um ihn wissen zu lassen, wo meine Grenzen waren. Ich hatte keinen Grund anzunehmen, dass er sie nicht respektieren würde. Ja, er hatte sich entgegen meines Wunsches verhalten. Nach einer Nacht Schlaf konnte ich verstehen, warum er das getan hatte. Ich stimmte nicht mit ihm überein, aber ich verstand es. Diese eine Fehleinschätzung löschte nicht all die Male aus, in denen er unglaublich respektvoll gewesen war.

Jess und ich blieben unverschämt lange im Bett und standen nur auf, um was zu essen zu holen oder ins Bad zu gehen. Wir schauten miese TV-Sendungen, und sie erzählte mir von ihrem Sommer.

Es war schwer, keine gute Laune zu haben, wenn man mit jemandem Zeit verbrachte, der verliebt war. Selbst das schenkte mir Hoffnung. Jess und Roman hatten ihre eigenen Hindernisse gemeinsam überwunden. Sie hatte recht, Probleme waren das, was die Liebe unverbrüchlich machte.

Wir hatten gerade angefangen zu beratschlagen, ob wir einkaufen gehen oder wieder Pizza bestellen sollten, als Jillian uns anrief. In dem Moment, in dem wir ihr Gesicht sahen, wussten wir, dass etwas nicht stimmte.

»Leute«, sagte sie, und ihre Stimme brach.

Und einfach so waren all meine Probleme vergessen. Unsere beste Freundin war auf der anderen Seite der Welt, und ich wollte sofort bei ihr sein und sie in den Arm nehmen.

»Ich war endlich bei diesem Spezialisten«, sagte sie.

Sowohl Jess als auch ich hielten die Luft an. Jillian hatte eine besondere Form von Parkinson. Einer der Gründe, aus dem sie nach Schottland gegangen war, war, um einen bekannten Spezialisten in Edinburgh zu sehen. Das war die Idee ihres Freundes Liam gewesen – und wir hatten gedacht, das wäre ein cleverer Schachzug seinerseits gewesen, damit sie über einen Umzug nach ihrem Abschluss nachdachte. Zwischen den beiden war es ziemlich ernst, aber nichts war beschlossen, zumindest nicht, soweit wir wussten. Ich fragte mich, ob sich das ändern würde.

»Was hat er gesagt?«, fragte Jess knapp. Wenn sie sich aufregte, wurde sie ganz geschäftsmäßig. Die Diagnose unserer besten Freundin war es gewesen, die sie zum Medizinstudium gebracht hatte. Sie war während dieser ganzen Achterbahn an Jillians Seite gewesen.

»Es ist übel«, sagte sie und begann zu weinen. »Ich dachte, ich hätte ein bisschen mehr Zeit. Dass Liam und ich vielleicht die Chance auf ein normales Leben bekommen würden. Jetzt ist das alles vom Tisch.«

Jess schüttelte den Kopf. »Du solltest wenigstens zehn Jahre haben, bevor …«

»Versuchs mal mit fünf«, unterbrach sie sie. »Ich wollte weiterstudieren. Ich wollte Kinder haben. Ich wollte, dass Liam Kinder hat.«

Sie wurde immer wütender. Wir hörten, wie jemand hinter sie trat, und Liam tauchte auf dem Bildschirm auf und legte seine Arme um ihre Schultern und hielt sie fest. Ich hörte ihn flüstern: »Das können wir immer noch alles haben.«

Wir ließen sie eine Weile weinen und schwiegen alle, während ich die Tränen zurückhielt. Plötzlich fühlten sich meine eigenen Beziehungsprobleme so dumm an. Liebe war schwierig, und man hatte keine Garantie auf das Leben. Warum versuchte ich so sehr, beides unter Kontrolle zu behalten?

»Ich musste es euch sagen«, sagte sie endlich. »Ich wusste, dass es sich nicht echt anfühlen würde, bis ich es euch erzählt hätte, und es muss sich echt anfühlen.«

»Wann kommst du nach Hause?«, fragte ich, nicht in der Lage, die Frage länger für mich zu behalten. Ich hatte sie seit Monaten vermieden, aus Angst vor Jillians Antwort.

»Ich werde zurückkommen, bevor das Herbstsemester anfängt«, versprach sie. »Es sieht aus, als könnte Liam sein Studentenvisum vielleicht verlängern.«

Keine von uns sagte, was wir dachten. Es gab eine einfache Art, wie Liam sein Visum verlängert bekäme. Ich hatte den Vorschlag nie zuvor gemacht, weil ich annahm, dass wir Jillian vielleicht an Schottland verlieren könnten, wenn sie ihn heiratete. Aber die beiden so zusammen zu sehen ... Außerdem hatte ich meine andere Hälfte gefunden. Ich konnte mir nicht vorstellen, wie hart es wäre, wenn wir getrennt werden würden. Er war ihr Fels. Sie war sein Licht. Sie brauchten einander.

Liam versprach, sich um sie zu kümmern und sie aufzuheitern, bis wir sie in ein paar Wochen wieder zu Hause haben würden. Wir versprachen, am Flughafen zu sein, wenn sie ankam. Dann legten wir auf.

»Wow«, murmelte ich. »Perspektivwechsel um hundertachtzig Grad.«

»Verwechsle deine Beziehung nicht mit ihrer«, sagte Jess.

»Ich komme mir dumm vor, weil ich mich so aufgeregt habe.«

»Du hast ein Recht auf deine Gefühle. Aber weißt du die eine Sache, die Jillian und Liam wirklich gut gelernt haben?«

Ich schüttelte den Kopf. »Ist es schmutzig?«

Jess grinste. »Davon abgesehen. Sie haben gelernt zu reden. Sie haben aufgehört, vor allem davonzulaufen, das ihnen Angst machte. Erinnerst du dich daran, wie Jillian immer so getan hatte, als wäre sie nicht krank?«

»Ja.« Da hatte Jess recht. Wenn die beiden sich dem stellen konnten, dann musste ich meine Frau stehen und mich meinen Ängsten stellen. Ich würde einfach darauf vertrauen müssen, dass Gavin das auch tun würde, an meiner Seite.

Kapitel 24

Am nächsten Tag kam Gavin nicht zur Arbeit. Ich gab ihm den Raum. Ich hatte ihm eine Menge Sachen vorgeworfen, und dann hatte ich mich seinen Anrufen verweigert. Wenn er blaumachen wollte, dann konnte ich das respektieren. Als er auch am Donnerstag nicht zur Arbeit erschien, machte ich mir Sorgen. Am Freitag war ich eine zitterndes Nervenbündel.

Da ich nicht Gegenstand von Bürotratsch hatte sein wollen, hatte ich versucht so zu tun, als wäre alles in Ordnung. Ich machte weiter meine Scherze mit George und holte uns jeden Tag Kaffee. Ich schwatzte mit den Leuten und ertrug ihre gutmütigen Witze über meine neue Beziehung. Ich arbeitete weiter an dem Majestic-Projekt.

Nach unserem großen Streit fragte ich mich aber, ob ich das hier durchziehen würde. Ich war die gewesen, die gesagt hatte, dass sie nicht für den Job hierher zurückkommen würde. Ich hatte Imogen jedoch versprochen, alles in gute Hände zu übergeben, und das würde ich tun. Es gab jede

Menge Arbeit, die mich beschäftigt hielt, aber ich dachte nur an ihn.

Ich hatte Gavin eine Nachricht geschickt. Eine Art Friedensangebot. Ein digitaler Olivenzweig, in dem nur stand: »Bereit zum Reden«, sonst nichts. Ich ließ das Satzzeichen am Ende mit Absicht aus. Ich schätzte, wenn er es als Befehl sehen wollte und sofort angerannt käme, war das in Ordnung. Wenn er es als Frage sehen wollte, dann würde ich ihm den Raum geben zu antworten, sobald er bereit war. Das Problem war nur, dass er zu lange brauchte, um sich zu entscheiden. Es machte mich verrückt.

Jess war nach Olympic Falls und zu ihrem Mann zurückgekehrt, was mir eine Menge Zeit verschaffte, die Situation zu überanalysieren. Jess bot mir immer wieder an, mir zuzuhören. Ich wusste jedoch, dass ich das ab diesem Punkt allein schaffen musste. Wenn ich weiter nachdachte, würde ich mich nur umso mehr verspannen. Also ging ich dem normalen Trott nach. Ich ging zur Arbeit, ich duschte, ich schlief. Na ja, eigentlich schlief ich nicht. Das war ziemlich unmöglich, da das Bett der Ort war, an dem ich Gavin am meisten vermisste. Wir hatten nur ein paar Nächte miteinander verbracht, und irgendwie sah mein Körper ihn bereits als Zuhause an. Ohne ihn neben mir fühlte ich mich nicht mehr so sicher. Ich fühlte mich nicht mehr so behaglich. Ich wollte seine Wärme. Ich wollte ihn.

Am Freitag nach der Arbeit ging ich nach Hause und fragte mich unterwegs, was ich mit dem Abend anfangen sollte. Ich war kurz davor durchzudrehen. Also tat ich das Einzige, was mir einfiel, und rief seine Schwester an.

»Hallo?«, fragte sie vorsichtig, und ich begriff, dass sie vermutlich meine Nummer nicht erkannte. Gott sei Dank war sie überhaupt drangegangen. Ich hätte nicht den Mumm gehabt, eine Nachricht zu hinterlassen.

»Hey, Imogen, hier ist Cassie.«

»Cassie!« Sie klang überglücklich, von mir zu hören. Vielleicht war sie zu Hause und babysittete ihren traurigen Bruder. Oder war das zu viel erhofft? Dass es ihm genauso mies ging ohne mich in dieser Woche wie mir ohne ihn? »Ich habe gehofft, dass du anrufst.«

»Ja, aber es passiert aus einem wirklich jämmerlichen Grund«, warnte ich sie.

»Du suchst Gavin«, riet sie.

»Er war die ganze Woche nicht im Büro. Ich war ziemlich sauer auf ihn.«

»Das weiß ich«, sagte sie. »Hier war es wie im Leichenschauhaus. Ich musste ihn dazu zwingen, zu essen und zu duschen.«

»Wirklich?« Okay, ich klang vielleicht ein bisschen zu erfreut. Es war einfach gut zu wissen, dass er nicht abgehauen war, um irgendein Showgirl in Las Vegas zu heiraten oder so.

»Ich glaube, er ist auf dem Weg nach Friday Harbor«, erzählte sie mir. »Er sagte, er muss mal raus und nachdenken, und er hat eine Tasche mitgenommen. Ich könnte nachsehen, ob er einen Flug angemeldet hat.«

»Wann ist er los?«, zwang ich mich zu fragen.

»Vor vielleicht zehn Minuten. Wenn du dich beeilst, könntest du das Flugzeug schaffen.«

Ich legte mit einem kurzen Gruß auf und versprach, bald mit ihr auf einen Drink auszugehen. Gavin wollte weg – er wollte fliegen. Mein Magen sackte mir in die Kniekehlen, aber ich ignorierte es. Ich hatte keine Zeit, mich von meiner Nervosität überwältigen zu lassen. Wenn er nach Friday Harbor wollte, würde ich mit ihm gehen. Ich würde hingehen, wo immer er hinging, solange wir endlich reden konnten.

Gavin war ein wenig näher am Flugplatz als ich, da ich aus dem Osten kam. Ich trug noch meine Arbeitskleidung und Schuhe mit Absatz, und ich hatte vielleicht noch einen viertelvollen Tank. Der Verkehr am Freitagnachmittag würde ihn langsamer machen. Außerdem war Gavin ein vorsichtiger Fahrer. Ich fuhr wie eine gesengte Sau. Die Chancen standen nicht gut für mich, aber aussichtslos war es auch nicht.

Der Verkehr war so übel, wie ich es erwartet hatte. Mein Filter funktionierte nicht, also war ich mir der schlimmen Dinge sehr bewusst, die ich den anderen Fahrern zuschrie, während ich mir den Weg durch den Verkehrsinfarkt ermogelte. Es waren weniger als acht Meilen von der Wohnung bis zu dem Privatflugplatz. Bei den Straßenverhältnissen in Seattle würde es mich geschätzt den Rest meines Lebens kosten, dorthin zu kommen.

Ich hängte mich auf die Hupe, machte den Blinker an und flitzte auf die andere Spur, die schneller vorankam. Gavin musste von seiner Wohnung nur downtown fahren, was laut meinem Navi nicht mal zwei Meilen waren. Imogen hatte gesagt, der Verkehr war in ihrem Teil der Stadt grauenhaft. Das war die einzige Hoffnung, die ich hatte, und ich klammerte mich daran.

Dank der späten Stunde war der Flugplatz fast verlassen, außer ein paar Flugmannschaften, die mich böse anstarrten, als ich in meinem Toyota an ihnen vorbeiraste und auf die Hangars zuhielt.

Ich erblickte die Sound One, die darauf wartete, auf die Flugbahn abzubiegen.

Ich sprang aus dem Auto und merkte erst da, dass ich meine hohen Schuhe nicht gewechselt hatte. Ich streifte sie ab und rannte los. Ich schaffte es zum Flieger, als der Propeller anfing, sich zu drehen. Ich riss die Beifahrertür auf und schwang meinen Hintern hinein. Gavins Hand lag auf der Steuerung, und er fuhr überrascht herum. Ich konnte ihn nicht hören, doch seine Lippen bewegten sich. Ein paar Sekunden später erstarb der Motor, und ich begriff, dass wir nicht abheben würden. Das war eine Erleichterung. Wenn ich den Flug mit bloßen Füßen und ohne Kotztüte hätte machen müssen, ich hätte es getan. Aber es wäre nicht meine erste Wahl gewesen.

Gavin löste seinen Gurt und sprang aus dem Flieger, wobei er sein Headset auf den Sitz warf. Ich öffnete die Tür und erkannte, wie schwer es war, ohne Schuhe auszusteigen, als er auf meiner Seite des Flugzeugs auftauchte.

»Was zur Hölle machst du hier?«, wollte er wissen.

Ich hatte keine Ahnung, wie viele Sicherheitsvorschriften Privatpiloten befolgen mussten, aber ich hatte das Gefühl, dass ich gerade jede einzelne gebrochen hatte.

»Ich möchte nicht, dass du gehst«, sagte ich. »Nicht nur

weil ich nicht in diesem Flugzeug bleiben möchte, um mit dir diese Unterhaltung zu führen, sondern weil ich dich vermisse. Und ich brauche dich. Und ich liebe dich.«

Gavins Kopf sank vor, sodass sein Gesicht kurz verdeckt war, bevor er die Hände ausstreckte und mich mit einem Zucken seiner Lippen aus dem Flieger hob.

»Ist das so?«, fragte er und stellte mich auf die Füße. Er runzelte die Stirn ob meiner fehlenden Schuhe, dann hob er mich wieder ein wenig hoch und stellte meine Füße auf seine, damit sie nicht auf dem heißen Asphalt standen.

»Ich liebe dich«, wiederholte ich. Das schien mir das Wichtigste in diesem Moment. Nicht mein schuhloser Zustand, oder dass ich ihn beinahe dazu gebracht hatte, einen Unfall auf der Startbahn hinzulegen. Nichts davon schien so wichtig zu sein.

»Das wusste ich in der Sekunde, in der du in den Flieger gestiegen bist«, murmelte er. Er sah mich immer noch nicht an, aber seine Hände hatten meine Hüften fest gepackt, als ob er mich nicht loslassen wollte – oder konnte.

»Ich verstehe, wenn du darüber nachdenken musst«, sagte ich kleinlaut. »Aber ich konnte dich nicht gehen lassen, ohne dass du weißt, was ich fühle.«

»Was möchtest du?«, fragte er.

»Dich«, sagte ich.

»Bist du sicher? Du schienst mich vor ein paar Tagen nicht zu wollen.« Er sah auf, und in seinen blauen Augen lag Schmerz. Er war immer noch verletzt. Das konnte ich ihm nicht vorwerfen. Ich hatte ihn in die Mangel genommen. Das hatten wir beide mit dem jeweils anderen getan.

»Das ist neu«, sagte ich langsam und gewann ein wenig Zutrauen. »Das macht mir ein bisschen Angst. Ich wollte nicht, dass die anderen denken, dass ich den Job nur habe, weil ich mich mit dir treffe. Ich wollte, dass sich meine Leistung wie meine eigene anfühlt.«

»Cassie«, sagte er und schloss die Augen einen Moment, als ob er eine schwere Last auf den Schultern trüge. Als er sie wieder öffnete, begegnete er meinem Blick. »Lass mich etwas klarstellen. Ich habe NorthWest Investments aufgebaut. Es bedeutet mir viel. *Du bedeutest mir mehr.* Ich würde eher dich wählen. Wenn du dir selbst einen Namen machen möchtest, bin ich währenddessen an deiner Seite. Wenn du es gemeinsam machen möchtest, dann können wir etwas Neues aufbauen. Aber du kannst uns nicht sabotieren. Du kannst uns nicht anzweifeln. Hab Vertrauen in uns.«

Dann fügte er leise hinzu: »Ich hab Vertrauen.«

»Manchmal bin ich eine neurotische, verrückte Irre«, gestand ich ihm. Er schüttelte den Kopf, zweifellos eine unwillkürliche, instinktive Reaktion darauf, dass eine Frau so etwas über sich selbst sagte. »Ernsthaft, wenn du wüsstest, mit welcher Menge an Selbstanalyse und Selbstzweifeln ich jeden Tag kämpfe, wärst du nicht überrascht, wenn ich etwas völlig Verrücktes tue, wie zum Beispiel das Beste zu zerstören, was mir jemals passiert ist. Ich verspreche, dass ich es besser zu machen versuche, wenn du mir versprichst, ein wenig Geduld zu haben, wenn ich jemals wanke. Oh, und mir Bescheid zu sagen, bevor du irgendwelche großen Lebensentscheidungen für uns triffst.«

»Allen zu sagen, dass wir zusammen sind, ist eine gemeinsame Lebensentscheidung?«, fragte er. Ich glaubte, ein Lächeln auf seinen Lippen zu sehen.

»Verdammt, ja, das …«, setzte ich an, aber sein Mund lag auf meinem, bevor ich meine Tirade fortsetzen konnte. Er küsste mich heftig. Voller Sehnsucht und Abbitte und Hoffnung und Versprechung. All die Zweifel, all die Angst, all das Zögern verschwanden sofort. In seinen Armen hatte ich meine Antwort.

Als wir uns endlich voneinander lösten, suchte Gavins Blick meinen. »Dann schätze ich, sage ich dir das jetzt besser.«

Ich hob fragend eine Augenbraue. Was immer es war, ich würde damit klarkommen, solange er mich im Arm hatte.

»Ich liebe dich, Cassie Hart. Ich gehe nirgendwohin. Ich will dich. Ich will nicht *leicht*, ich will verrückt und neurotisch und brillant und klug und lieb. Ich will *dich.*«

»Ich will dich auch«, flüsterte ich.

Er küsste mich erneut, diesmal sanfter. Ich wusste, es war der erste Kuss eines gemeinsamen Lebens. Als er also meine Hände nahm und in Richtung des Flugzeugs nickte, hatte ich keine Angst, als er fragte: »Wo möchtest du hin?«

Weil ich meine Entscheidung erreicht hatte. »Egal, Hauptsache, wir sind zusammen.«

Epilog

»Cassandra Marie Hart.«

Ich stieg die Stufen zur Bühne hinauf und hoffte, dass ich nicht auf meinen Umhang treten würde. Warum hatte ich so unpraktische Schuhe gewählt? Das war eine ernste Charakterschwäche. Während der Dekan mir mein Diplom überreichte, sah ich in die Menge, in der ich meine Familie erblickte. Sie war nicht schwer zu finden, denn trotz der Ermahnung zu Beginn der Zeremonie, mit dem Applaus zu warten, bis alle dran gewesen waren, rief und jubelte sie. Gavin saß eingezwängt zwischen meinem älteren Bruder und meiner Mutter. ER jubelte nicht – er befolgte die Regeln –, aber das musste er auch nicht. Seine Miene war voller Stolz. Ich winkte ihnen verschämt zu, und dann lief ich zur anderen Seite der behelfsmäßigen Bühne.

Der Rest der Zeremonie rauschte an mir vorbei. Jillian bekam ihr Diplom ein paar Dutzend Studenten nach mir. Sie blieb stehen und grüßte ihre Familie mit der Metallhand, wahrscheinlich um ihre Mutter auf die Palme zu bringen. Jess war die Letzte von uns, die offiziell den Abschluss in der Tasche hatte, da sie ihren Namen mit Bindestrich schrieb. Ich jubelte bei jeder meiner Freundinnen. Wir hatten das hier geschafft.

Gemeinsam.

Meine Mädchen schlossen sich mir in dem Wartebereich neben der Bühne an, während der Rest des Jahrgangs aufgerufen wurde. Ich schlang die Arme um die beiden und drückte sie an mich. Das hier war auf eine Art das Ende einer Ära. Wir würden bald ausfliegen und unser eigenes Ding machen. Jess wollte nach Oregon, um an der Uni Medizin zu studieren, die einen Job für Roman hatte. Jillian ging sogar noch weiter weg. Ich wollte nicht über die Entfernung nachdenken, die bald zwischen uns lag. Oder dass ich sie nicht mehr jeden Tag sehen konnte. Unsere Leben fingen an. Es war aufregend und beängstigend gleichermaßen. Aber ich wusste, dass sie stets nur einen Anruf oder einen Flug entfernt sein würden.

»Wir haben es geschafft«, quietschte Jess. Das war untypisch fröhlich von ihr. Ich wusste, wie sie sich fühlte.

»Und ich hab mich nicht auf die Schnauze gelegt«, sagte ich.

»Und ich hab mich nicht übergeben!«, sagte Jillian genauso begeistert.

Jess lächelte sanft und sagte leise, sodass nur wir es hören konnten: »Wir haben überlebt.«

Als Gavin mir gesagt hatte, dass er eine Abschlussparty arrangiert hatte, hatte ich nicht so etwas erwartet. Taras grimmigem Blick zufolge, hatten Jillians Eltern auch mit etwas anderem gerechnet. Natürlich konnte ihre Wut auch mit Jillians anderer Neuigkeit zu tun haben.

Das *Cheesy Pete's* war unsere Feier-Location.

»Ich hol noch Bier«, sagte Roman und stand auf.

»Bringst du mir ein Wasser mit?«, bat Jillian.

Liam stand auf. »Ich helfe dir.«

»Wie viele Männer braucht es, um einen Krug Bier zu holen?«, scherzte Jess.

»Ich vermisse Bier«, grummelte Jillian, und ich sah sie mit einem mitfühlenden Stirnrunzeln an.

Gavin war auch weg. Wahrscheinlich bezahlte er die obszön hohe Rechnung für den irrsinnigen Berg an Essen, den unsere Leute verschlungen hatten. Er hatte die gesamte Spielhalle angemietet. Es war perfekt, den Abend mit meinen besten Freundinnen und meiner Familie gemeinsam zu verbringen, Bier zu trinken und Skeeball zu spielen, um mein College-Leben abzuschließen und mein Erwachsenenleben zu beginnen.

»Hat dir Roman das zum Abschluss geschenkt?« Jillian verrenkte sich den Hals, um das Medaillon anzusehen, das Jess trug. Sie nickte und hielt es von ihrem Hals weg, damit wir es näher ansehen konnten. »Es gehörte seiner Großmutter.«

»Das ist so süß«, sagte Jillian. Mit einem Seufzen tätschelte sie sich den Bauch. »Mir hat Liam nur das hier gegeben.«

Ich streckte ihr die Zunge raus. »Tu nicht so, als hättest du nichts damit zu tun.«

»Oh doch, das habe ich«, sagte sie selbstzufrieden.

»Wie hat Tara auf die Neuigkeit reagiert?«, fragte Jess und blickte über die Schulter, als würde Tara gleich wie eine Rachegöttin über uns auftauchen, wenn man ihren Namen erwähnte.

»Sie wurde knallrot vor Wut«, sagte Jillian und lächelte, als ob ihr die Erinnerung gefiel.

»Sie wurde lila«, korrigierte Liam und setzte sich auf den Stuhl neben seiner Verlobten. »Ich dachte, sie bekommt gleich ein Aneurysma.«

»Sie hat sich aufgeregt, weil wir heiraten«, sagte Jillian. »Aber inzwischen ist sie aus dem Häuschen, weil sie eine Hochzeit planen will.«

»Hey, ich habe dich gebeten mich zu heiraten«, sagte Liam.

»Und ich habe Ja gesagt!« Jillian lachte und beugte sich hinüber, um ihn zu küssen, was seine grummelige Miene sofort verschwinden ließ. »Ich heirate bloß nicht, während ich fett bin.«

»Du bist nicht fett, du bist schwanger«, sagten Jess und ich gleichzeitig.

»Die Hochzeit kann bis nach dem Baby warten«, setzte sie der Diskussion ein Ende. »Wir sind einfach alternativ. Jess könnte das Baby zur Welt holen.«

»Das Medizinstudium dauert etwas länger als neun Monate«, sagte Jess trocken. Sie stieß mir mit dem Ellbogen in die Seite. »Was hat Gavin dir geschenkt?«

Ich biss mir auf die Lippe und wurde rot. »Einen Schlüssel für seine Wohnung.«

Diese inoffizielle Verkündung wurde mit Oooohs quittiert.

Mittlerweile hatte ich es irgendwie erwartet. Ich hatte das letzte Jahr damit verbracht, mein Studium in Olympic Falls abzuschließen und war an den Wochenenden in der Stadt bei ihm gewesen. Wir waren sogar fast jeden Freitagabend hier gewesen, hatten Dampf abgelassen, Skeeball gespielt und einander nach einer langen Woche mit Arbeit und Schule neu erkundet. Ich war nervös gewesen anzusprechen, was nach dem Abschluss geschehen würde. Ich hatte nicht zu denken gewagt, er könnte wollen, dass ich bei ihm einzog. Immerhin hatte ich einen Job in der PR-Abteilung von NorthWest Investments angenommen.

»Sie konnte sich keine eigene Wohnung leisten«, sagte Gavin und gesellte sich mit einem Augenzwinkern wieder zu uns. »Nicht bei dem bisschen, das ihr schrecklicher Chef ihr zahlt.«

»Das ist mehr, als ich im letzten Jahr verdient habe«, scherzte ich.

»Letztes Jahr hast du nur ihn verdient«, sagte Jillian. Ich warf ihr eine zusammengeknüllte Serviette zu.

Unsere Familien hielten es nicht so lange aus wie wir. Vermutlich, weil keiner von uns wirklich bereit war zu gehen. Nicht nur diesen Ort zu verlassen, sondern diesen Teil unseres Lebens. Während der Abend voranschritt, schrumpfte unsere Gruppe. Jillian war das erste Opfer. Ihre Fußknöchel waren angeschwollen, und trotz der Tatsache, dass man noch kaum etwas sah, stellte sie fest, dass es schwer für sie war, die meisten Spiele zu spielen.

»Ich bringe dich nach Hause ins Bett«, sagte Liam endlich, als sie die Arme über den Kopf streckte und gähnte.

»Ich dachte schon, du würdest nie fragen«, sagte sie kokett.

»Ich habe nicht *gefragt*«, sagte er grinsend. Er sprang auf und half ihr hoch. Wir alle standen auf, um sie zum Abschied zu umarmen.

»Ruf mich morgen an«, flüsterte sie mir ins Ohr.

Ich hatte noch so viel mit ihr zu bereden, bevor sie nächste Woche nach Schottland ging. Ich konnte nicht glauben, dass sie sich dafür entschieden hatte. Der eigensüchtige Teil von mir hatte gehofft, dass Liam und sie nach Washington kommen würden, aber ich wusste, dass sie ihre Gründe hatten, nach Schottland zu gehen. Ich umarmte sie noch einmal extrafest und versprach, sie anzurufen.

Sie hatten es fast zum Eingang geschafft, als Liam stehen blieb und sie hochhob. Sie legte den Kopf auf seine Schulter, offensichtlich zu müde, um es bis zum Parkplatz zu schaffen.

»Ich denke, das war unser Stichwort«, sagte Jess entschuldigend, als sie und Roman ihre Sachen einsammelten. Er hatte ihr eine große rote Kuschel-Chilischote aus einem Greifautomaten geholt.

Ich sprang auf und umarmte sie fest. Sie löste sich von mir und lachte. »Ich gehe erst in einem Monat.«

»Und wir sind nur drei Stunden entfernt«, rief Roman mir ins Gedächtnis. »Außerdem habe ich versprochen, gut auf sie aufzupassen.«

»Lass sie nicht zu hart arbeiten«, sagte ich und war kurz davor loszuheulen.

»Ich versuche es, aber ich kann dir nichts versprechen. Du kennst sie ja.« Roman nahm die Hand seiner Frau und gab ihr einen raschen Kuss auf die Lippen. Sie waren wie Tag und Nacht, sie blond, mit heller Haut, seit sie wieder unter Washingtons Wolkenhimmel war, und er dunkelhaarig und mit olivfarbener Haut – das komplette Gegenteil und doch perfekt zueinander passend.

»Ruf mich morgen an«, sagte Jess mit einem durchtriebenen Grinsen. Anscheinend wollten meine besten Freundinnen sichergehen, dass wir so viel Zeit wie möglich zusammen verbrachten, bevor wir alle getrennte Wege gingen.

»Und dann waren es nur noch zwei«, sagte Gavin, als wir auf den leeren Tisch hinabsahen, der von Tellern und Bechern übersät war.

Der Barmann, der die Drinks für unsere Party gebracht hatte, tauchte auf und nahm den leeren Krug. »Letzte Runde.«

»Danke«, sagte Gavin. Dann wandte er sich mir zu und hielt die Karte hoch. »Bereit für eine letzte Runde Skeeball.«

»Ich tret dir in den Hintern«, versprach ich.

»Diesbezüglich habe ich keine Zweifel.«

Da wir so viel Zeit hier verbrachten, war mein Spiel sogar noch besser geworden. Nicht einmal Gavin konnte mit mir mithalten. Wir nahmen jeder unseren Platz an unseren liebsten Maschinen ein, und Gavin zog die Karten durch. Die Bälle rollten heraus und reihten sich auf vertraute, beruhigende Art ein.

»Ich wette, dass ich dir einen Preis vom oberen Regal

gewinnen kann«, sagte er und erinnerte sich an den Handel, den wir während unseres ersten, inoffiziellen Dates geschlossen hatten.

Meine Lippen verzogen sich zu einem Grinsen. »Du lernst es nie.«

Es war das Spiel mit meinem höchsten Punktestand überhaupt. In meiner Begeisterung achtete ich nicht darauf, was Gavin traf, aber bedachte man die Anzahl an 100ern, die ich einsackte, wusste ich, dass er keinesfalls mithalten konnte. Ich war wie im Rausch. Als der letzte Ball in einem 50-Punkte-Ring landete, sah ich auf, um meinen Punktestand zu prüfen.

Aber da war kein Punktestand. Hatte die dumme Maschine nicht meine beste Runde Skeeball mitgezählt? Dann begriff ich, dass dort eine Nachricht stand, kein Punktestand.

Willst …

Du …

Mich …

Heiraten …

?

Die Frage rollte über das Display, und ich starrte sie an. Nachdem ich mich ein wenig von dem Schock erholt hatte und mich wieder bewegen konnte, sah ich Gavin an. Er war auf einem Knie und hatte einen Plastikball in der Hand, in dem sonst die Preise waren.

»Ist das ein Preis vom obersten Regalbrett?«, fragte ich schwach.

»Mach auf und find's raus«, schlug er vor, und seine Augen waren so strahlend blau wie ein klarer Tag.

Ich nahm den Preis und öffnete mit zitternden Fingern den Deckel. Innen war ein dünnes Stück Schaumstoff, und darin steckte ein prächtiger Diamantring.

»Willst du mich heiraten, Cassie?«, fragte er, und seine Stimme war belegt vor Gefühl.

»Ja«, sagte ich atemlos.

Gavin stand auf und nahm den Ring, dann schob er ihn auf meinen Finger.

Er passte perfekt.

Ich streckte die Hand nach ihm aus, nahm sein Gesicht in meine Hände und zog es an meines. Unsere Lippen besiegelten das Versprechen, das wir einander gerade gegeben hatten, und unsere Körper drängten sich aneinander. Ich erinnerte mich endlich daran, wo wir waren, und löste mich von ihm. »Hast du es jemals auf einer Skeeballmaschine getrieben?«

Es war nur ein halber Scherz. Ich wollte ihn allein für mich haben – und zwar schnell. Dann blickte ich mich um und erkannte, dass wir bereits allein waren. »Du hast das alles geplant«, warf ich ihm vor. Jetzt wusste ich, warum meine Freundinnen so seltsam gesagt hatten, ich sollte sie am Morgen anrufen. »Wie hast du alle hier rausbekommen?«

Er sah auf seine Schuhe hinab und schien ein plötzliches Interesse an Schuhen zu entwickeln, bevor er verlegen zugab. »Mir gehört der Laden.«

»Und ich habe das letzte Jahr hier immer brav meine Rechnung bezahlt«, sagte ich und schlug ihm spielerisch auf die Schulter.

»Wenn du das mit der Skeeballmaschine also ernst meinst«, sagte er todernst.

»ZU schwer.« Ich nahm seine Hand und zog ihn zur Tür.

»Wohin dann?«, fragte er.

»Bring mich nach Hause«, sagte ich zu ihm. »In dein Bett.«

Er nahm mich bei der Taille und zog mich für einen Kuss an sich. Als unsere Lippen sich voneinander lösten, legte er seine Stirn an meine, und ich staunte darüber, wie viel Glück ich hatte. Dieser Mann, der mich genau so liebte, wie ich war, der mir gezeigt hatte, dass es lohnte, für das zu kämpfen, was ich wollte, der Mann, nach dem ich mein ganzes Leben lang gesucht zu haben schien – ich hatte ihn endlich erreicht.